KB121209

로크미디어가
유혹하는
재미있는 세상

ROK
MEDIA
로크미디어

엑스트라 책사의 로열로드 9

2023년 3월 17일 초판 1쇄 인쇄
2023년 3월 22일 초판 1쇄 발행

지은이 mensol
발행인 강준규

기획 이기헌 왕소현 박경무 강민구 조익현
책임편집 이정규
마케팅지원 이원선

발행처 (주)로크미디어
출판등록 2003년 3월 24일
주소 서울시 마포구 마포대로 45 일진빌딩 6층
Tel (02)3273-5135 **Fax** (02)3273-5134
홈페이지 rokmedia.com **E-mail** rokmedia@empas.com

ⓒ mensol, 2022

값 9,000원

ISBN 979-11-408-0619-5 (9권)
ISBN 979-11-354-8160-4 04810 (세트)

엑스트라 책사의
로열로드

mensol 퓨전 판타지 장편소설 ⑨

Contents

1장

후방으로 후퇴하려는 인원들이 많아지면서 우리의 전력도 점점 늘어났다.

'슬슬 새로운 표식을 생각해야 할 타이밍이 됐네.'

상대가 우리의 표식을 따라 해 잠입할 여지가 있기 때문이다.

나는 인원을 더 받기 전에 2차 표식을 만들려 했으나 여기서 기분 좋은 변수가 발생한다.

─쿠오오오오······!

찢어지는 듯한 드래곤의 포효 소리. 그것은 마치 다가오지 말라고 비명을 지르는 어린아이 같았다.

평정을 잃은 울부짖음. 그건 현상으로 나타났다.

환혹의 힘이 드래곤 주위로 집중된 모양인지, 거리가 있던 우리에게 가해지던 영향이 줄어들었다.

'전방에 있던 인원들이 드래곤을 노리고 있는 건가!'

사람들의 모습이 점차 정상으로 돌아가기 시작했다. 아직도 제대로 된 외형을 구분할 순 없었지만 그것만으로도 고무적이었다.

무엇보다 말을 알아들을 수 있게 됐다.

"알스 님! 제 말이 들리세요!?"

곁에 있던 에리나의 말이었다. 소리는 여전히 왜곡되는지 노쇠한 남자의 목소리로 들렸지만 뜻은 알아들을 수 있게 됐다.

"응, 들려."

이건 결정적이었다.

이젠 암구호를 정할 수 있기에 내부 결속이 훨씬 쉬워지니까.

'500명만 모이면 돼.'

그때부턴 버티기에 들어갈 수 있다. 그 경우 상대는 외통수에 빠지게 될 테다.

그러나 불안 요소도 있었다.

'상대가 그걸 몰라주길 바라야 하는 상황인데……'

만약 이게 중앙 대륙에서 펼쳐진 전쟁 상황이었다면 상대가 모를 리 없다고 판단하고 다른 방법을 찾았겠지만 이 세계는 전쟁이 거의 없는 세계다.

이런 대규모 전쟁이 벌어진 것도 백여 년 만의 일이니 충분히 상대가 모를 수 있다고 생각했다.

내가 하려는 건 엄밀히 말해 공짜로 먹어 보려는 거였으나, 날로 먹을 수 있다면 그렇게 하는 게 상책이다.

그러나 역시 공짜를 좋아하면 벌을 받는 모양이다.

"적습! 대규모의 적이 몰려온다!"

"역시 그냥 넘어가진 않는건가……. 당황하지 마십시오! 선진은 뒤로 후퇴! 우익과 좌익은 태세를 갖추고 적을 받아칠 준비를 하세요!"

적 병력의 다수는 지성이 없는 언데드 병사. 당연히 전술적인 움직임은 취약하다.

나는 그걸 노리고 선진을 후퇴시켜 상대를 끌어 들인 다음 좌우에서 공격하는 방식으로 적을 협공하기로 했다.

이론 자체는 완벽했다. 만약 이게 훈련된 일반 병사들과의 전투였으면 그걸로 전술적인 우위를 차지했겠지.

그러나 이곳은 그런 상식이 통하지 않았다.

아군에게 내 전술적인 명령을 따라올 만큼의 훈련도가 없었기 때문이다.

그 탓에 좌우의 병력이 제때 협공을 하지 못했고, 오히려 상대의 무지성 돌격에 선진이 크게 무너지는 결과가 발생했다.

그리고 그로 인해 위험해진 건 그 뒤에 위치해 있던 나였다.

"쳇! 에리나! 뒤로 물러나!"

"시, 싫어요! 저도 함께 있겠어요!"

"그런 말을 하고 있을 때가 아니잖아!"

"앗, 알스 님! 조심하세요!"

"헛……!?"

부웅! 어느새 쇄도하여 내 목을 노리는 큼지막한 할버드의 날. 그것은 마치 사신이 휘두르는 낫처럼 섬뜩했다.

캉! 나는 서둘러 등에 차고 있던 검을 뽑아 공격을 방어한 뒤 허리의 단도를 뽑아 상대에게 투척했다.

팅! 상대는 팔뚝의 보호대로 단검을 쳐 내며 한 발자국을 후퇴. 거리를 둔 채 나를 응시한다.

"제법이로군. 이 정도로 침착하게 받아칠 줄이야."

쇠파이프로 칠판을 거칠게 긁는 듯한 소름 돋는 목소리였다. 외모는 다른 이와 똑같은 괴물처럼 보였으나 입고 있는 갑주가 달랐다.

녀석은 가죽 갑옷을 입고 있었는데, 본래 하얀색이었던 가죽이 계속해서 피에 절여진 것 같았다. 그 피가 변색된 검정의 색깔이 소름을 돋게 만들었다.

'언제 접근한 거지?'

전혀 감지하지 못했다. 그것이 녀석의 실력인지, 드래곤의 탓인지는 모르겠으나 주의하는 게 좋아 보였다.

녀석은 씨익 웃으며 말을 이어 간다.

"네놈의 이름은 뭐지?"

"……."

"순순히 말하는 게 좋을 거다. 그러면 네놈의 묘비에 이름 정도는 새겨 줄 테니까."

"입은 살았군. 그런 네 이름이나 말해 보시지? 묘비는 만들어 줄 생각 없다만."

나는 평정을 가장하며 에리나에게 도망가라는 눈치를 보냈다. 이미 상대에게 덜미를 잡힌 상황이었기에 혼자 싸우는 편이 훨씬 나았다.

그러나 에리나는 그렇게 생각하지 않는지 내 시선을 애써 무시하며 전투태세에 들어갔다.

그녀는 자신이 보호받는 입장이 아니라는 걸 증명하고 싶은 것 같았다. 반대로 나를 지켜 주겠다고 말하듯 내 눈앞의 상대에게 마법을 시전했다.

파지직! 스파크가 튀기며 녀석에게 향하는 정전기 줄기.

"웃……!?"

녀석은 깜짝 놀라 옆으로 뛰어 공격을 피했다. 그로 인해 뒤에 있던 자들이 공격에 맞고 말았다.

정전기는 타깃과 그 주변에 퍼져 나갔다.

에리나는 메인 타깃이 회피한 모습에 아쉬워하면서도 공격을 멈추지 않았다.

"썬더 볼트!"

쿠르르릉! 정전기에 이끌리듯 천둥이 내리쳐 상대를 직격했다.

벼락을 맞은 건 언데드 병사였는지 까맣게 그슬려 풀썩 쓰러진다. 그 주변에 있던 10여 명의 상대도 간접적으로 피해를 입었는지 부르르 떨며 쓰러졌다.

"번개술사인가!"

상대의 경계도가 부쩍 높아졌다.

번개술사의 파괴력이란 그만한 것이었다. 인류 최강자라도 마땅한 방어책이 없다면 초급 번개술사에게 살해당할 수 있다.

"쳇! 번개술사가 있다! 지형지물을 충분히 이용해서 싸워라!"

번개술사의 약점이자 강점이었다.

환경의 영향을 받는다는 점. 하늘이 막혀 있는 동굴 내부나 건물 내부 같은 곳에선 힘이 반감된다.

반대로 하늘이 트인 상황에서 비가 내리고 뇌운이 몰려 있다면 감히 당할 자가 없어진다.

지금 환경은 조금 불리했다.

하늘은 트여 있지만 날씨는 쾌청했고 나무를 비롯한 지형 지물이 있다.

게다가 번개술사의 최대 약점인 막대한 마나 소모량도 있다.

환경에 영향을 받는 건 약점도 되고 강점도 되지만 이 부분은 명백한 약점이었다.

구름이 몰려 있는 상황이라면 모를까 마른하늘에 날벼락을 치는 건 마나 소모량이 어마어마했다.

에리나가 조금 전과 같은 공격을 할 수 있는 건 기껏해야 앞으로 두 번.

"에리나! 남발하지 마!"

그녀 본인의 안전을 위해서도 아무렇게나 사용해선 안 된다.

'다행히 다들 정신을 차렸어.'

여기저기서 치열한 전투가 벌어지고 있었다. 좌우 날개의 병력이 뒤늦게나마 협공을 시작한 것이다.

상대도 그걸 감지했는지 지휘관인 나를 빠르게 처리하려 들었다.

'역으로 받아쳐 주지.'

여기서 적의 유격대를 격퇴하면 승기는 우리 쪽으로 기운다.

나는 태세를 가다듬고 핏빛으로 물든 상대와의 전투에 들어갔다.

❖

후방에서도 전투가 벌어진 와중.

선진은 그런 걸 신경 쓸 새가 없었다.

위협을 느낀 드래곤이 자신 주변으로 힘을 집중시킨 탓에 선진은 혼란의 도가니에 빠져 있었기 때문이다.

다른 이가 괴물로 보이고 말이 통하지 않을 뿐만 아니라 이젠 헛것까지 보이기 시작했다.

그로 인해 프라우드 왕자 일행의 발이 멈추고 만다.

보이지 않는 활로. 프라우드 왕자는 꽉 막힌 듯한 답답함을 느끼고 있었다.

그런 그가 기대를 걸고 있는 쪽은 엘레나가 향한 방향이었다.

그곳만 뚫어 낼 수 있으면 그걸 미끼 삼아 후퇴를 하든 드래곤을 노리든 선택을 할 수 있었으니까.

그리고 그 엘레나라고 하면 일리야와 일진일퇴의 공방을 벌이고 있었다.

둘의 대결에 다른 이들은 간섭조차 할 수 없었다.

엘레나가 발한 열기 때문이었다. 너무 뜨거웠던지라 상대인 일리야 외에는 누구도 접근하지 못했다.

그나마 이것도 엘레나가 출력을 최소한으로 한 것이었다.

출력을 높여 화재가 일어나기라도 하면 가뜩이나 혼란한 상황에 기름을 붓는 격이었기 때문이다.

"하아앗!"

획획획획! 대기를 가르는 창촉. 엘레나는 신묘한 12연격을 찌르며 머리, 목, 심장, 명치, 무릎, 다시 명치, 머리, 목으로 향하며 일리야의 급소를 노렸다.

"어림도 없다."

그러나 일리야는 양손의 무기. 그리고 유연한 몸놀림으로 모든 공격을 회피하며 역으로 상대의 품으로 파고든다.

"큭!"

그 간결한 접근에 엘레나는 내지른 창을 회수할 타이밍이 없다고 판단. 창을 위로 던진 뒤 상대를 떨쳐 내기 위한 근접 격투를 시도했다.

상대가 파고들었다고는 해도 근접 공격 수단은 왼손의 검밖에 없다고 생각했다.

그러니 그 검을 조심하며 시간을 벌 생각이었으나 일리야는 그걸 허용해 줄 정도로 어수룩하지 않았다.

일리야는 팁! 절묘하게 창대를 고쳐 잡아 엘레나의 머리를 찌른다.

검의 움직임에 집중하고 있던 엘레나는 이 공격을 미처 회피하지 못했다. 재빨리 머리를 젖혔으나 늦고 말았는지 창촉은 왼쪽 눈으로 향했다.

'이런, 당했⋯⋯!'

그러나 우뚝! 동공을 1cm 앞에 두고 멈춰 서는 창촉.

"뭣!?"

덕분에 거리를 벌리고 물러난 엘레나는 하늘에서 떨어져 내리는 창을 고쳐 잡았다.

그녀의 표정은 굴욕으로 물들어 있었다.

"당신⋯⋯! 제게 수치를 줄 생각입니까!"

당연히 말은 통하지 않았지만 일리야는 그 뜻을 어림짐작할 수 있었다.

일리야는 어깨를 으쓱이고는 한 번 더 하겠냐는 듯 자세를 잡았다.

그건 명백히 하수를 대하는 자세였다.

일리야는 실제로 엘레나를 자신보다 밑이라 생각하고 있었다.

무예의 경지 자체는 동급에 있었으나 전투 경험에서 커다란 차이가 있었다.

엘레나도 경험이 적지 않은 편이긴 했으나 일리야와 비교하면 새 발의 피였다. 큼지막한 전쟁 한 번. 그리고 아랫사람의 무예 지도 정도다.

반면 일리야는 수백 번의 크고 작은 전투에 참여했고 남편 안톤과 수도 없이 대련하며 강자와의 전투에도 익숙했다. 무엇보다 에오니아와의 대련 경험을 바탕으로 엘레나의 창술의 체계를 읽고 있는 게 컸다.

엘레나도 알스를 상대해 보며 일리야의 창검술을 알고는 있었으나 알스가 구사하는 것과 일리야가 구사하는 것은 큰 차이가 있었다.

'그렇다 해도 강하군. 에오니아가 더 성장하면 이런 느낌인 걸까.'

일리야는 앞으로 백 번 정도 대련하면 자신이 밀릴지도 모른다고 생각했다.

이는 반대로 말해 앞으로 백 번은 이길 자신이 있다는 뜻이기도 했다.

엘레나는 이 기색을 고스란히 느끼고 있었다.

평생 느껴 보지 못한 굴욕의 절정에 그녀의 표정이 구겨진다.

"날 죽일 수 있던 기회를 놓친 걸 후회하게 될 겁니다!"

화륵! 올라가는 열기. 엘레나가 오러를 극한으로 끌어올리자 주변이 불타기 시작했다. 영역에 휘말린 언데드 병사는 빨갛게 익어 고꾸라졌다.

"대단하군."

일리야는 순수하게 감탄했다.

그만큼 이 열기 마법은 위협적이었다.

보통의 마법들은 오러를 사용하면 방어할 수가 있다.

마법으로 생성한 바위도, 불도, 물도 오러로 맞받아치면 지워 버릴 수 있다. 그렇기에 이 세계에서도 웨폰 스펠이라 불리며 고평가를 받는다.

그러나 이 열기는 그런 방식으로 대처할 수 없었다. 열기 자체가 실제 환경을 바꿔 버리기 때문이다. 열기로 인해 올라간 온도. 그리고 그로 인해 발생한 불길은 오러를 사용해도 지울 수 없다.

그럼에도 일리야는 아무렇지도 않았다.

'이것이 마법을 통한 전투……. 역시 이 세계는 독특해.'

일리야는 기본적인 신체 강화 이외에도 한 가지의 마법을 더 사용하고 있었다.

바로 땅 속성의 기초 마법인 스톤스킨이다.

이 마법은 말 그대로 피부를 딱딱하게 만드는 기초 마법이었지만 시전자의 어레인지에 따라 얼마든지 성능이 바뀌었다.

일리야의 오러는 그 성능을 크게 강화시켜 땅 속성의 최상급 마법 중 하나인 아이언스킨에 버금가는 효과로 만들었다.

제아무리 열기가 뜨겁다고 해도 바위를, 쇠를 녹이지는 못하는 법.

일리야는 열기가 폐를 손상시키지 못하도록 호흡에만 주의하며 엘레나를 80합 만에 제압해 냈다.

"크윽!"

만신창이가 되어 무릎을 꿇는 엘레나.

일리야는 그 목을 잠시 바라보더니 등을 돌렸다.

이것이 평범한 전쟁이었다면 그 자리에서 죽이거나 포로로 잡았겠지만 이건 일리야가 생각하기에도 일반적인 전쟁은 아니었다.

게다가 친우인 에오니아와 같은 유파라고 하니 죽이고자 하는 마음도 옅어졌다.

"가라. 그리고 다시는 이곳에 접근하지 마라."

그런 강자의 자비를 엘레나는 받아들이기 힘들었다. 차라리 죽이라는 듯 다시 덤비려 했지만 제때 루크레치아가 나타났다.

"엘레나 님! 지금은 물러나야 합니다!"

말이 통하지 않았기에 루크레치아는 몸을 써서 엘레나를 만류했다.

엘레나를 끌어안은 루크레치아는 일리야를 두려운 눈으로 훔쳐보더니 경계하며 서서히 뒷걸음질 쳤다.

그렇게 선봉대장의 역할을 맡고 있던 엘레나가 패퇴하자 선진은 이도 저도 못 하는 상황에 처했다.

프라우드 왕자는 이 이상은 힘들다고 판단. 후퇴 명령을 내리려 했으나 이 순간을 노리던 자들이 있었다.

왕가의 깃발을 들고 나타난 무리.

그 깃발을 본 프라우드 왕자는 눈을 빛냈다.

"그 깃발⋯⋯. 란디스와 파리스냐!"

2왕자 란디스와 3왕자 파리스의 깃발.

프라우드 왕자는 반색하며 그들을 맞이했다. 지휘관인 왕자들이 모인다면 태세를 가다듬는 속도가 훨씬 더 빨라질 터.

"잘 와 주었다! 전황은 파악하고 있겠지. 지금은 후퇴를 해야 한다. 너희들도 조력해라!"

프라우드 왕자는 소통을 하기 위해 주섬주섬 종이를 꺼냈으나.

푹! 그의 심장을 꿰뚫는 검. 동생이라 생각한 자들에게 기습을 당한 것이다.

"크⋯⋯헉! 네, 네놈들은 대체⋯⋯!"

프라우드 왕자의 눈에 핏발이 섰다. 자신이 죽는 것도 죽는 거지만 자신을 찌른 상대가 2왕자와 3왕자의 깃발을 가지고 있는 것이 마음에 걸렸다.

"그렇다는 건 란디스와 파리스도⋯⋯? 설마 그런⋯⋯! 커헉!"

절규하며 숨이 끊어지는 프라우드 왕자. 흉수들은 프라우드 왕자의 근위병들에게 추적을 받았으나 손쉽게 떨쳐 내고 유유히 인파 속으로 사라졌다.

대놓고 죽인 거지만 서로의 모습이 왜곡되어 보이는 지금 상황에서 이건 완벽한 암살이나 다름없었다.

뒤섞이는 쇠의 소리.

알스가 공포의 기사 커스버트와 결투를 벌이는 소리였다.

둘은 한 걸음도 물러서지 않고 공격을 주고받고 있었다.

다만 객관적인 우위는 알스에게 있었다. 알스의 공격에 커스버트의 몸은 계속해서 상처가 생기고 있었다.

"우오오옷!"

수세를 참기 힘들었던 커스버트는 광란하듯 할버드를 크게 휘두른다. 알스는 콱! 커스버트의 허벅지를 찌르며 할버드를 피해 뒤로 물러난다.

"하아! 하아!"

거친 숨을 몰아쉬는 커스버트. 알스는 피식하며 말한다.

"입이 요란한 것치곤 별거 없잖아. 너."

"핫! 네놈이 괴물인 거겠지."

커스버트는 알스의 정체를 알고 있었다.

'일리야 안페이가 찾고 있다던 제자 놈인가 보군. 그러면 그야 괴물일 수밖에.'

그래도 일리야에 비하면 알스는 충분히 상대할 만했다. 당장은 창검술이라는 무예의 의외성 때문에 밀리고 있는 것뿐. 무예의 경지 자체는 둘 다 비슷했다.

'그렇다면 내가 이긴다.'

빠지지직! 알스의 공격을 받고 크게 벌어졌던 허벅지의 상처가 재생하듯 급격하게 아물었다.

알스가 눈을 휘둥그렇게 뜨고 보고 있자 커스버트는 입꼬리를 올리며 웃는다.

"자, 2회전을 시작해 보실까?"

"재생 능력이라니……!? 어떤 속성인 거지?"

"알 필요 없다."

다시금 맞붙는 둘. 첫 대결보다도 더한 접전이 벌어졌다. 그래도 아직은 알스가 우위를 점해 커스버트는 급소 이외의 부분을 당하며 가까스로 알스를 밀쳐 내는 데에 그친다.

다시금 상처가 재생하는 모습을 보며 알스는 처음으로 표정을 구겼다.

"머리를 필사적으로 보호하는 걸 보면 거기가 약점인가 본데."

"정답이다. 그러면 너도 이젠 알았겠지. 날 이길 수 없다는 걸. 죽일 수도 없다는 걸 말이다."

"……요상한 놈이 나타났네."

다른 곳을 공격하는 건 의미가 없다. 그렇다고 머리를 부수자니 상대가 머리를 집중적으로 보호하고 있다. 심지어 머리를 노리는 데에 성공했다고 해도 머리를 부수기 전에 구원 이동이 발동할 테다.

커스버트의 전략은 상대의 약점을 파악할 때까지, 상대가 지칠 때까지 무한정으로 싸우는 것이었다.

커스버트는 음흉한 시선으로 알스를 응시했다.

'기필코 죽여 주지.'

커스버트는 일리야와 아티클 사이의 계약을 알고 있었다. 알스가 발견되는 즉시 일리야와의 계약이 파기된다는 부분을 말이다.

그런 만큼 최소한 이번 일이 끝나기 전까진 둘을 만나게 해선 안 됐다.

가능하다면 자신이 여기서 알스를 죽이고 은폐하는 게 최선이었다.

"겨우 머리를 부숴도 적 본진으로 돌려보내는 것에 그친다는 건가."

"그때는 기대하라고. 구원이동 주문서를 다시 사용한 뒤 네놈을 물어뜯으러 몇 번이고 돌아올 테니까 말이야!"

죽이기도 힘들고, 구원이동으로 인해 제대로 죽일 수도 없는 불사의 존재.

그것이 아티클의 최고 전력 커스버트였다.

알스는 어떻게든 머리를 노리기 위해 커스버트의 신체를 먼저 절단하는 방식으로 싸워 봤으나 믿기지 않게도 잘린 부분에서 신체가 재생하여 다시 생겨나고, 절단된 신체 부분은 재가 되어 사라졌다.

"뭐야 이 괴물은! 너 사람 아니지?"

"하하하핫! 계속 고뇌해라!"

아무리 알스라도 무한정으로 싸우는 건 무리가 있었다.

그런 만큼 일단 구원이동을 발동하게끔 하여 커스버트를 본진으로 되돌려 보내려 했으나 머리만 보호하는 커스버트의 수비를 뚫어 내기가 쉽지 않았다.

'큰일인데.'

커스버트의 무예 능력은 알스가 보기에도 수준급이었다. 지금이야 대인전 경험과 의외성으로 압도하고 있다지만 이러한 이점도 머지않아 사라진다.

'저 재생의 비밀을 알아내야 해.'

당초 알스는 마나가 소모되면 재생 능력도 끝나리라 생각했지만 계속된 상처에도 재생 능력은 멈출 기미가 보이지 않았다.

'이러다 내가 먼저 지치겠어!'

알스는 거리를 두고 숨을 가다듬었다.

"이런 괴물 같은 놈이 있었을 줄이야……."

전의를 꺾이게 만드는 집요함과 생명력.

그때 에리나가 깨달았다는 듯이 외친다.

"알스 님! 외부에서 지원을 받고 있는 거예요! 흑마법사와 공포의 기사……. 흑마법사는 죽은 자, 혹은 산 자를 사역하여 특수한 능력을 부여하고 마력을 전달한다고 해요. 분명 근처에 저 재생 능력을 부여하는 흑마법사가 있을 거예요!"

"역시나. 어쩌면 그럴지도 모른다고 생각하긴 했는데. 그렇다 해도 찾을 방법이 없어. 적어도 나는 불가능해."

알스는 그것이 가능한 다른 사람에게 일을 맡기고 싶었으나 이런 난장판 속에서 그런 사람을 찾기란 어려웠다.

"제게 방법이 있어요."

"정말로?"

에리나는 힘을 모으기 시작했다.

"하아앗!"

그녀는 마치 쇼크웨이브를 일으키듯 모았던 힘을 있는 힘껏 방출했다.

그러자 파지직거리며 자그마한 정전기 줄기가 흩어져 알스와 커스버트를 덮쳤다.

알스는 이에 기분 좋은 자극을 받았지만 커스버트는 꽤나 따끔한지 표정을 찡그린다.

그리고 커스버트에게 덮친 정전기 줄기는 그에게 마력을 공급하는 줄기를 찾은 것처럼 어디론가 흘러갔다.

에리나는 고개를 끄덕였다.

"찾았어요! 저곳이에요!"

전투가 벌어지지 않는 구역이었다. 숨어 있기 딱 좋은 지형.

알스는 부근에서 숨을 고르고 있던 자들을 호출했다.

"저곳에 언데드 병사들을 사역하는 흑마법사가 있습니다!

처리하고 와 주세요!"

그 지시에 셋 정도의 인원이 그곳으로 향했다.

"젠장."

커스버트는 가볍게 욕지거리를 내뱉는다. 그러나 여유는 사라지지 않았다. 알스가 보낸 인원만으로는 제압할 수 없는 전력이었기 때문이다.

알스도 그걸 알고 있었기에 다른 이들을 추가로 보내려 했지만 전투가 치열해 여유가 있는 자들은 없었다.

알스에게 남은 방법은 뒤도 보지 않고 도망치는 것이었다. 지금이라면 그래도 커스버트를 떨쳐 내고 에리나와 함께 줄행랑을 칠 수 있다.

알스는 도주 자체에는 거부감이 없는 편이었다. 처음 드래곤이 혼란을 일으켰을때도 망설임 없이 에리나와 함께 후방으로 도주했다.

그러나 지금의 알스는 사람을 이끄는 위치에 있었다.

이 상황에서 도주한다는 건 자신을 따르는 자들을 버린다는 뜻이었다.

알스에게는 지휘관으로서, 장군으로서의 자존심이 있었다. 그렇기에 커스버트와 대결을 펼치며 어떻게든 타개책을 찾으려 하고 있던 것이다.

"누군가 없습니까! 누구든 좋으니 이쪽을 도와주십시오!"

알스의 외침에 응하는 자들은 없었다. 다들 그럴 만한 여유가 없었기 때문이다.

이때 에리나는 입술을 질끈 깨물었다.

알스가 커스버트의 공격을 받고 처음으로 수세에 몰리자 결심을 굳혔다.

"알스 님, 제가 갔다 올게요."

"안 돼, 너무 위험해! 그냥 내 옆에 있어!"

"괜찮아요. 반드시 살아 돌아올 테니까."

"기다려, 에리나!"

알스는 그녀를 붙잡으려 했지만 마침 커스버트가 휘두른 할버드로 인해 발이 묶이고 만다.

점입가경으로 흘러가는 전황.

프라우드 왕자가 암살당하며 선진이 무너진 탓에 승패의 열쇠는 후방으로 향했다.

후방까지 무너질 경우 더 이상 진형을 고쳐 세울 수 없게 되며 지리멸렬하게 패주할 수밖에 없어진다.

반면 후방에서 전력을 가다듬을 수만 있으면 오히려 상대 쪽에서 물러나야 했다.

후방의 전황은 막상막하.

양측은 치열하게 맞붙고 있었다.

그 후방의 일각에선 회색의 로브를 한 10명의 남녀들이 무언가에 집중하고 있었다.

"커스버트 씨가 또다시 상처를 입었어!"

"어서 재생해!"

"하아! 하아! 나, 난 이제 마나가 없어. 교대해 줘."

그들은 커스버트의 생명 줄이었다.

커스버트를 직접적으로 사역하는 건 중심에 있는 컬리라는 남자였으나 다른 이들이 컬리에게 마나를 주입하며 커스버트에게 끊이지 않는 재생력을 부여하고 있었던 것이다.

보통 다른 이에게 마나를 주는 건 불가능에 가깝다.

일란성 쌍둥이들이 서로의 마나를 공유하는 경우가 가끔 있었지만, 타인 간에 마나를 주고받는 경우는 어지간해선 없었다.

그 어지간한 경우도 혈마법이라는 특수한 방법이 아니면 불가능했다.

이들은 그 혈마법을 사용하고 있었다.

"커스버트 씨가 이 정도로 상처를 입다니. 대체 어떤 놈이랑 싸우고 있는 거야?"

"설마 최강의 왕자라는 란디스 2왕자인가?"

"아닐 거야. 후방에서 왕자의 깃발은 보이지 않는다고 했어. 게다가 커스버트 씨가 란디스건 뭐건 밀릴 리가 없잖아! 분명 여러 명의 공격을 받고 있는 거야."

"뭐가 됐든 좋아! 어서 마나를 줘! 에스텔! 네 차례야!"

에스텔은 고개를 흔들었다.

"안 돼. 나는 혈마법을 익히지 않았으니까."

"마, 맞아. 넌 그랬었지."

에스텔의 안색은 편치 않았다. 아까부터 묘한 울렁임을 느끼고 있었기 때문이다.

'뭐지 이 두근거림은? 설마 일리야 씨가 다치기라도 한 걸까?'

그런 일이 있어선 안 된다며 에스텔은 입술을 깨물었다.

이전의 일리야는 그녀와 별 접점이 없는 사람이었지만 이 세계에 와선 달라졌다.

지금 그녀에게 일리야는 가족이나 다름없었다.

그녀가 다쳤다고 생각하니 에스텔은 불안하고, 한편으론 적인 엘란 왕국에 대한 적개심이 치솟았다.

일리야는 전쟁이란 그런 거라며 상대를 굳이 미워할 필요가 없다고 말하겠지만, 전쟁을 직접 경험해 본 것이 처음인 에스텔은 감정을 다스리기 어려웠다.

그때 커스버트를 사역 중이던 컬리가 감전이 된 것처럼 몸을 부르르 떨었다.

"이건……?"

"왜 그래, 컬리?"

"번개술사가 내 위치를 파악했어! 모두 조심해!"

머지않아 알스가 1차로 보낸 세 명의 추적자들이 모습을 드러냈다.

"여기다! 찾았어!"

"조심해! 생각보다 숫자가 많다!"

그들의 앞에 나타난 세 명의 전투원들.

그들은 각자가 가진 마법을 시전했다.

거대한 화염구, 묵직한 물대포, 날카로운 바람의 칼날.

그중 물대포의 표적이 된 에스텔은 입술을 앙 깨물고는 어둠의 화살을 쏘아 냈다.

그녀가 쏜 어둠의 화살은 물대포의 질량을 당해 내지 못하고 허무하게 흡수됐지만 거기서 끝이 아니었다.

흡수된 에스텔의 검은 기운이 물을 빠르게 오염시키며 최종적으론 자신의 것으로 만들었기 때문이다.

에스텔은 검게 오염된 물대포를 조종해 역으로 상대에게 쏘았다.

"뭣!?"

물대포를 쏘았던 마법사는 눈을 부릅떴다.

되돌아온 공격을 피한 그는 두렵다는 듯 중얼거렸다.

"마력 오염이라고……!?"

이제는 역사책에서나 볼 수 있는 능력이었다. 흑마법사 중에서도 구사하는 자가 극히 드물다는 능력.

그 능력을 사용하는 흑마법사들을 두고 호사가들은 밴시

라 칭했다.

"조심해! 밴시가 있다!"

"밴시라니……. 그런 게 실존하는 거였냐고!"

에스텔은 칠흑빛 보호막을 펼쳐 상대의 공격을 막아 냈다. 그 공격이 보호막에 닿은 순간 상대의 마력을 빠르게 오염시키며 자신의 것으로 만들어 반사해 쏘아 냈다.

"빌어먹을! 이러면 공격할 수단이 없어!"

에스텔이 수비하고 다른 이들이 공격에 집중하자 셋은 속절없이 밀리기 시작했다.

그러던 때였다.

"제게 맡겨 주세요!"

뒤늦게 나타난 에리나가 하늘 높이 손을 뻗었다.

그리고 쿠르릉! 벼락이 에스텔의 보호막에 직격했다.

이 벼락은 오염시킬 수 없었다. 너무 빠르기도 했고, 번개는 형태가 순식간에 사라지는 특성이 있었기에 오염시키는 게 사실상 불가능했다.

"크흑!?"

번개의 무지막지한 파괴력에 보호막은 간단하게 부서져 에스텔은 엉덩방아를 찧었다.

"이게……!"

에스텔은 반사적으로 에리나를 향해 어둠의 화살을 쏘았다. 서로를 알아보는 일은 없었다.

환혹의 정도가 약해졌다곤 해도 얼굴을 알아볼 수 있을 정도는 아니었다.

그나마 정신 보호 마법을 받고 있던 에스텔은 상황이 더 괜찮았지만, 상대의 얼굴을 유심히 관찰할 수 있는 여유가 있는 건 아니었기에 알아보기는 힘들었다.

"저를 보호해 주세요!"

에리나는 두 번째 번개를 준비했다.

이번 공격 한 번이면 마나가 바닥나는 상황이었지만 개의치 않았다. 자신의 안위보단 알스를 위험에서 벗어나게 하는 게 먼저였으니까.

그렇기에 에리나는 커스버트의 생명 줄인 컬리를 노리고 두 번째 번개 공격을 가했다.

"사라져 버려!"

쿠르르릉! 에리나의 공격에 컬리는 구원이동이 발동해 사라졌다.

'됐어! 이걸로⋯⋯!'

알스가 커스버트를 처리할 수 있다.

"하아! 하아⋯⋯!"

마나를 전부 사용한 에리나는 탈진하여 가쁜 숨을 몰아쉬었다.

에스텔 일행은 분노하여 소리쳤다.

"컬리가⋯⋯!"

"이러면 작전 실패야!"

"빌어먹을! 저놈들이라도 죽이자!"

그들은 당초 컬리를 지키는 데에 집중하여 소극적으로 대응하고 있었으나 컬리가 죽은 지금은 그럴 필요가 없어졌다.

역으로 공세에 나서며 에리나 일행을 죽이려 들었다.

마나가 바닥난 에리나는 다른 전투원 셋의 보조를 하며 전투를 지속했지만 수적 열세는 극복하기 힘들었다.

"크헉……!"

"젠장! 이, 일단 물러나자!"

한 명이 당해 버리자 둘은 에리나를 버리고 제각각 도주하기 시작했다.

에리나도 도망가려 했지만 다리에 힘이 풀려 넘어지고 말았다.

그런 에리나에게 여성 흑마법사 하나가 다가가더니 그녀를 거칠게 걷어찬다.

"잘도 저질러 줬네……! 번개술사 씨!"

"크윽!"

에리나는 배를 움켜쥐고 신음했다.

"어디 또 한 번 나대 보시지! 응?"

계속된 구타에 에리나는 결국 정신을 잃고 말았다.

"이제 됐어! 빨리 죽이고 돌아가자."

"흥. 말하지 않아도 그러려고 했어."

에리나가 정신을 잃고 축 늘어지자 재미가 없어졌다는 듯 여자는 허리에서 단검을 뽑아 들었다.

"죽어어엇!"

그렇게 에리나의 등을, 심장을 노리고 단검이 내리찍히는 순간이었다.

"잠깐!"

에스텔이 절박한 목소리로 저지했다. 목소리로 저지하는 걸로 모자라 마법까지 사용해 그 움직임을 봉쇄했다.

"무슨 짓이야!"

"기, 기다려."

에스텔은 입술을 바르르 떨며 에리나에게 향했다. 그녀의 시선은 에리나의 등에 박혀 있었다.

에리나의 로브에 새겨진 일라인 가문의 문장에 말이다.

"이게 어떻게……?"

에스텔은 우연일 수도 있다고 생각했다. 일라인 가문의 문장은 단순한 편이었으니까. 비슷한 문장을 가진 귀족 가문이 이 세계에 있을 수도 있다.

그렇다 해도 너무 공교로웠기에 확인을 하고 싶었다.

"비켜, 에스텔! 죽여야 하니까!"

"기다리라고 했잖아! 이, 이 여자는 포로로 잡아가겠어."

"무슨 헛소리야! 이년 때문에 작전이 실패로 돌아갈 참이라고!"

"뭐가 됐든 상관없어. 뭣하면 일리야 씨를 부르겠어."

일리야는 포로를 죽이지 못하게 하는 권한을 가지고 있었다. 그건 일리야의 파트너인 에스텔에게도 간접적으로나마 권한이 있다는 뜻이었다.

"쳇!"

여자는 마음에 들지 않는다며 표정을 찡그렸다. 미련이 남는지 에스텔이 한눈을 팔기만을 기다리고 있었다.

그러다 에스텔이 불온하게 고동치는 가슴을 움켜쥐고 주변을 둘러본 순간이었다.

'지금이다!'

일단 죽이면 에스텔이 어떻게 화를 내건 상관이 없었다. 실수였다고 얼버무리면 그만이었으니까.

은밀하게 에리나의 목을 노리는 단검.

그러나 여성의 필름은 거기서 끊기고 말았다.

쐐애액! 돌연 날아든 창에 머리가 꿰뚫리기 직전에 구원이동이 발동한 것이다.

창은 에리나를 죽이려던 여성을 지나친 뒤 땅에 박혀 자그마한 폭발을 일으켰다.

"크읔!?"

"뭐야, 갑자기!"

그들이 폭발에 당황하고 있는 틈에 나타난 알스는 에리나를 지키고 서서 살기 충만한 눈으로 주변을 노려보았다.

"아아……!?"

가까이에 있던 에스텔은 그 위압적인 살기에 겁을 먹어 엉덩방아를 찧었다.

알스의 살기등등한 모습을 처음 겪어 본 에스텔은 눈앞의 상대가 알스라고는 꿈에도 생각지 못했다.

에리나의 안전을 확보한 알스는 냉혹하게 주변을 정리하기 시작했다.

"저놈을 집중적으로 노려!"

"죽여!"

그러나 소용없었다. 체급 차이가 난다고 할까. 창을 투척용으로 사용한 탓에 검 한 자루만으로 싸웠음에도 그 움직임을 당해 낼 수 있는 사람은 없었다.

알스는 오러를 이용해 상대의 마법을 무력화시키며 순식간에 정리해 버렸다.

남은 건 에스텔 하나뿐.

구원이동이 걸려 있으니 죽음을 두려워할 필요는 없었으나 에스텔은 근본적인 공포에 벌벌 떨었다.

"저, 저리 가!"

자신에게 다가오는 알스에게 반사적으로 어둠의 화살을 쏘아 낸다.

그 화살을 이용해 알스의 마력을 오염시키고 움직임을 통제할 생각이었다.

그러나 알스가 빛의 보호 마법을 사용하자 에스텔의 공격은 허무하게 튕겨져 나왔다.

'뭐야 이 짙은 빛은⋯⋯!'

에스텔은 눈이 멀 것만 같은 빛에 홀린 듯이 멍하니 알스를 올려다보았다.

알스는 그러거나 말거나 검을 수평으로 휘둘러 에스텔의 목을 그었다.

스륵! 목이 베이기 전에 구원이동이 발동하여 사라지는 에스텔.

"전부 살아 돌아가다니⋯⋯. 하여간 사기적인 마법이라니까."

알스는 짜증 섞인 한숨을 내쉬고는 기절한 에리나를 조심스럽게 안아 들고 안전한 곳으로 이동했다.

구원이동을 통해 본진으로 복귀한 에스텔은 공포에 질려 있었다.

안전이 확보된 상황이었음에도 떨림이 멈추지 않았다.

'구원이동이 없었다면 난 죽었을 거야!'

전쟁이란 것의 공포. 그리고 자신을 죽이려던 자의 냉혹함이 뇌리를 떠나지 않았다.

결과적으로 살았지만 에스텔은 한 번 죽었다 살아난 것 같은 감각을 느꼈다.

"그놈은 대체 뭐야!"

에스텔의 동료들도 알스의 정체를 두고 목소리를 높이고 있었다.

"괴, 괴물 같은 놈이었어. 설마 그놈이 란디스 왕자인 건가?"

"커스버트 씨가 상대하고 있던 게 설마……."

마찬가지로 알스에게 당해 본진에 돌아와 있던 커스버트는 눈매를 좁히며 떨고 있는 에스텔을 응시했다.

그러고는 그들을 향해 말했다.

"이봐, 너희들. 그놈의 일은 일리야 안페이에게는 말하지 마라."

"예? 그건 어째서……."

"개망신이잖냐. 한 놈에게 전부 당했다고 자랑이라도 할 생각이냐!"

"그, 그렇지 않습니다."

"그놈은 다음 전투에서 나와 너희들이 죽인다. 그거면 충분해."

"예? 하지만 이젠 여분의 구원이동 주문서가 없습니다."

"없으면 없는 대로 싸우는 거다. 죽음을 두려워해서 무슨 전쟁을 하겠다는 거냐."

"지, 지당한 말씀이십니다."

"어이, 에스텔!"

에스텔은 부름에 번쩍 고개를 들었다.

"이번 일을 일리야에게 말하면 그 녀석은 분명 자신이 처리하겠다고 할 거다. 일리야가 그런 괴물 같은 녀석과 싸우는 걸 보고 싶진 않겠지?"

에스텔은 고개를 끄덕였다. 그렇게 무서운 녀석과 전투라도 벌였다간 일리야가 다칠 수도 있었다.

그러니 차라리 커스버트가 싸우게 두는 편이 나았다.

"흥, 겁을 집어먹은 모양이군. 재능이 있으면 뭐 해, 풋내기일 뿐인데. 넌 본진에 남아 일리야 안페이가 무사히 돌아오길 기도라도 하고 있어라."

"나, 난 괜찮아요! 계속 싸울 수 있습니다."

"……훗. 그러면 다행이고. 다음 전투에선 부디 최선을 다해 싸워 달라고."

"알아요!"

비릿하게 웃으며 떠나가는 커스버트.

에스텔은 떨리는 몸을 애써 추스르며 전의를 가다듬었다.

소강상태에 접어든 전황.

아티클 측은 드래곤을 중심으로 수비진을 펼치고 있었고, 엘란 왕국의 병력은 후방으로 물러나 전열을 가다듬고 있었다.

피해 상황은 심각했다.

고작 반나절 만에 6만에 달하는 병력 중 2만이 사망하고 1만이 실종됐다.

이와 비슷하게 아티클 측도 피해를 입었지만 아티클 측이 소모한 것은 언데드 병사들뿐으로, 살아 있는 자들 중에선 사망자가 없었다.

알스는 지휘권을 상급자에게 넘긴 뒤 급조해 텐트를 세우고 에리나를 간호하고 있었다.

'다행히 타박상이 전부인 것 같긴 한데.'

혹시나 내장에 문제가 있을 수도 있는 만큼 치유사를 호출했다.

지금은 부상자가 워낙 많아 치유사를 부르기 힘들었지만 마침 연락이 닿은 루크레치아가 본인의 입김을 사용해 치유사를 붙여 주었다.

그렇게 치유사의 치료를 지켜보고 있는 알스에게 루크레치아가 속삭였다.

"웨이드, 잠시 이야기를 할 수 있겠습니까."

"무슨 일인데요? 치료가 끝난 뒤에 하면 안 돼요?"

"잠깐이면 됩니다."

알스는 어깨를 으쓱이고는 루크레치아를 따라 나왔다.

루크레치아는 주변을 살펴보고는 말했다.

"당신에게 전할 말이 두 가지가 있습니다만. 하나는 엘레나 씨께서 직접 얘기할 테니 다른 하나만 간결하게 전하겠습니다."

"별로 좋은 내용 같지는 않네요."

"예, 비보입니다."

루크레치아는 침통한 목소리로 말을 이어 갔다.

"왕자님들께서 참변을 당한 것 같습니다."

"흐음⋯⋯. 전투 중에 일어난 어쩔 수 없는 사고입니까? 그도 아니면⋯⋯."

"암살당하셨습니다. 적어도 프라우드 왕자님은 그래요. 란디스 왕자님과 파리스 왕자님의 상태는 아직 확인되지 않았으나 아직까지 합류 소식이 없는 걸 보면 그 둘도⋯⋯."

왕위 계승 순위가 가장 높은 1왕자부터 3왕자까지가 모두 죽었다.

이건 국가의 근본이 흔들릴 수 있는 대사건이었다.

"전쟁 뒤처리가 까다로워지겠네요."

"거기가 문제인 겁니다."

"무슨 뜻입니까?"

루크레치아는 이게 본론이라며 눈빛을 굳혔다.

알스는 이어지는 그녀의 말에 말문을 잃고 만다.

"웨이드, 현재 리노아 양이 왕자 암살의 용의선상에 올라 있습니다."

2장

왕자 암살의 용의선상에 오르게 된 리노아.

나는 어이가 없어 되물었다.

"대체 무슨 영문으로 그런 일이 벌어진 겁니까?"

"듣자니 관측자들의 증언이 있었던 모양입니다."

"관측자……? 아, 던전 관측자들을 말하는 겁니까?"

던전 공략에서 던전의 위험도를 측정하거나 공략 참여자의 기여도를 측정하는 일을 하는 마법직이다.

이 관측에는 공간을 다루는 능력, 혹은 시간을 다루는 능력이 필요해서 시간과 공간 두 가지 속성을 동시에 타고난 마법사들이 최고의 관측자로 꼽힌다.

시간과 공간을 다루는 마법사, 즉 구원이동을 사용할 수 있는 마법사를 뜻한다.

"맞아요, 여차할 때 왕자님들에게 구원이동을 사용하기로 했던 관측자들입니다. 그들이 왕자님들에게 한 명씩 붙어 있었습니다."

"왕자들이 결국에 해를 입게 된 걸 보면 제 역할은 하지 못한 모양이네요."

"그렇기에 더더욱 왕자님들을 공격한 자들을 찾기 위해 혈안이 됐죠. 그 결과 리노아 양이 물망에 오른 겁니다. 전투가 종료된 후에 상황을 정리해 본 결과, 살아남은 조셉 왕자님 쪽을 제외한 나머지 세 곳에서 공통적으로 리노아 양이 관측됐거든요."

"살해된 1왕자, 실종된 2왕자, 3왕자가 있던 곳 전부에 리노아가 있었다고요?"

"그렇습니다."

"자, 잠깐만요. 애초에 전원에게 강력한 환혹 마법이 걸려 있었잖아요? 관측 결과가 잘못됐을 가능성은요?"

"그 가능성을 부정할 순 없지만 제대로 된 단서는 결국 그 것밖에 없는지라……. 따로 다른 단서나 증언이 나오지 않는 이상은 그 자료를 토대로 조사가 진행될 겁니다."

"쯧, 설마 그것만으로 리노아가 암살의 범인으로 지목되는 건 아니겠죠?"

"당장은 용의선상에 올라 있는 정도입니다. 자세한 건 이

전황이 정리된 후에 조사를 하겠죠."

"후우……! 골치 아프게 됐군요."

리노아가 왕자들을 암살했을 가능성이 아예 없냐면 그런 것도 아니었다. 나도 리노아의 뒷사정을 완벽하게 알고 있는 건 아니니까.

"리노아는 지금 어디 있죠?"

"안두하 씨와 함께 중앙 진지에 구속돼 있습니다."

"왕궁에서 풀려난 지 얼마나 됐다고……. 면회는 가능합니까?"

"불가능합니다. 웨이드, 리노아 양의 파트너인 당신도 의심의 눈길을 받고 있어요. 당신의 알리바이를 증명하는 확실한 증언들이 있기에 당장은 손을 쓰지 않고 있지만, 리노아 양의 혐의가 짙어지면 당신도 구속당할 수 있습니다."

"그때는 당신이 조치를 취해 줘요. 그 정도는 할 수 있잖아요?"

"글쎄요. 저도 그게 가능할지 어떨지……."

그녀도 왕자 암살 사건으로 인해 입장이 난처해진 모양이었다. 근위대의 최우선 역할인 왕족 보호를 실패했으니까.

루크는 어깨를 축 늘어뜨린 채 떠나갔다.

그리고 배턴을 터치하듯 엘레나가 나타났다.

마침 에리나의 치료가 끝난 상황이었기에 내 텐트에서 차분하게 이야기를 나눌 수 있었다.

"……응?"

엘레나는 왜인지 불쾌해 보였다.

외형이 왜곡되어 표정을 알아볼 수 없었음에도 저기압인 것이 느껴졌다.

"뭔가 기분 나쁜 일이라도 있었습니까?"

"……."

엘레나는 정말이지 말하기 싫다는 듯 입술을 삐죽이더니 한숨과 함께 입을 열었다.

"이번 전장에서 당신의 스승인 일리야 안페이를 발견했습니다."

"그게 정말입니까!"

처음으로 들려온 낭보. 나는 언제, 어디서, 어떻게 만났는가를 캐물었다.

그러자 엘레나는 삐친 듯, 간결하게 말한다.

"드래곤이 있는 곳에서 마주쳤습니다."

"마주쳤다? 그렇다는 건 설마 전투를 벌였다는 건가요?"

"……."

"어떻게 됐어요? 전투를 벌였습니까?"

"벌였습니다."

"누가 이겼어요?"

"왜 곧장 그런 이야기로 가는 겁니까. 그보다는 달리 물어야 하는 게 있지 않습니까!"

"보나 마나 스승이 흑마법사 집단과 협력하고 있는 거겠죠. 왜 협력하고 있는가는 모르겠지만, 뭔가 사정이 있을 거고. 그보다, 누가 이겼냐고요."

엘레나는 나를 한번 흘겨보더니.

"……제가 졌습니다."

"아."

분위기가 냉각되며 어색한 공기가 흐른다. 에리나도 눈치를 보는 듯 눈동자를 이리저리 굴렸다.

나는 눈치를 보는 게 더 힘들었다.

내심 일리야 스승의 승리가 기뻤기 때문이다.

'크! 역시 스승이야. 하기야, 그래야 내 스승님이지.'

나를 압도했던 엘레나를 이겼으니 스승이 내 복수전을 해준 셈이었다.

"으, 으음. 그렇……군요."

나는 가까스로 웃음을 참으며 고개를 끄덕였다. 엘레나는 못마땅하다는 듯 말한다.

"뭔가요, 하고 싶은 말이 있으면 확실하게 하십시오."

"벼, 별로 하고 싶은 말은…… 풉!"

"지금 웃었습니까!"

"웃긴 누가 웃습니까? 그냥…… 푸핫!"

"이이……!"

엘레나의 눈가가 파르르 떨렸다.

이런 부분에선 에오니아와 닮은 부분이 많았다. 같은 핏줄을 가진 친척 관계라고 하니 그럴 만도 하다.

특히 승부욕이 강한 점이 쏙 빼닮았다. 엘레나는 분함을 여과 없이 드러냈다.

"하하하핫!"

참을 수 없었던 나는 그냥 웃어젖혔다. 엘레나는 발끈해 소리쳤다.

"크윽! 일라인! 밖으로 나오세요! 상대해 주겠습니다!"

"저는 갑자기 왜요!?"

"에오니아의 짝으로 알맞은 남자인지 확인하겠어요!"

갑자기 무슨 억지란 말인가.

겨우 진정한 후에는 전투 경과를 물어봤다.

"숨기지 말고 전부 말해 줘요. 이건 중요한 정보이니까."

엘레나는 체념했는지 전투의 경과를 하나에서 열까지 세세하게 설명했다.

스승이 엘레나의 목숨을 거둘 수 있었음에도 두 번이나 자비를 베푼 것까지.

"대박 사건!"

어쩌면 일리야 스승이 이길 수도 있을 거라 생각은 했지만 설마 압도를 해 버릴 줄이야.

"크! 역시 스승님이라니까! 격의 차이를 보여 주셨구만!"

"격의 차이라니, 어떤 격의 차이가 있다는 겁니까!"

"당신 말을 들어 보면 두 번이나 손 속을 봐준 거잖아요. 그게 격의 차이 아닙니까?"

"그, 그건 제가 조금 안일하게 승부를 건 탓으로……."

"그게 격의 차이라는 거죠."

팩트를 박아 버리자 엘레나는 이를 악문다.

그녀는 복수전을 천명했다.

"다음번에 만나면 고스란히 되갚아 주겠어요."

"진정하세요. 대련이라면 상황이 정리된 뒤에 얼마든지 할 수 있으니까. 그보다도……. 스승이 적진에 있단 말이죠."

외형이 왜곡되어 보이건 말건, 내 무예를 보면 스승은 내 정체를 대번에 간파할 테다. 그러니 스승과 만나기만 하면 상황은 해결된다.

'우선적으로 일리야 스승을 찾아야겠어.'

어차피 내일은 드래곤을 향한 총공격이 예정돼 있었다.

본래라면 그냥 여기서 버티는 게 더 확실했으나 왕자들이 참변을 당한 탓에 상황이 바뀌었다.

왕자들의 죽음은 장기적으로 혼란을 초래할 테고, 무엇보다 그런 짓을 한 적들을 가만둬선 안 됐기 때문이다.

만약 여기서 공격하지 않는 선택을 한다면 지휘를 맡고 있는 상급자들은 훗날 왕가로부터 문책을 당할 게 분명했다.

그렇기에 윗선의 사람들도 총공격을 하는 데 합의를 했다.

"선진에 합류할 생각이라면 저도 함께하겠습니다."

"재차 말하지만 복수전은 다음으로 미뤄 줘요. 나중에 자리를 만들어 줄 테니까. 당신은 후방에 남아서 에리나와 함께 리노아를 지켜 줬으면 합니다. 누군가가 리노아를 의도적으로 노리는 것 같은 느낌이 들어요."

본래라면 내가 후방에 남을 생각이었지만, 일리야 스승과 접촉하기 위해서는 어쩔 수 없었다.

"당신의 호위는요?"

"괜찮을 것 같네요. 일리야 스승과는 만나면 즉시 서로의 정체를 확인할 수 있을 테고."

혹여나 그 좀비 같은 놈이 나를 노릴 수도 있었지만 드래곤의 주변은 환혹 마법이 최고조로 펼쳐져 있으니 그놈도 나를 찾기는 어려울 테다.

엘레나는 납득했다는 듯 고개를 끄덕였다.

"나중에 자리를 만들어 주겠다는 약속, 꼭 지켜야 합니다."

"알겠다니까요. 그러니 지금은 일단 제 가신들 중에선 3위인 걸로 하죠."

"3위라니! 안톤인지 뭔지랑은 아직 겨뤄 보지 않았잖습니까!"

"안톤은 일리야 스승도 당해 내지 못하는 수준이거든요. 그럼 굳이 겨뤄 보지 않아도 아는 거잖아요?"

"크……!"

부들부들 떨리는 주먹.

이번 패배가 어지간히 굴욕이었나 보다.

저렇게 승부욕에 불타는 모습을 보니 나중에 무도대회라도 열어서 제대로 서열 정리를 하는 것도 괜찮을 것 같았다.

다음 날이 밝자 진군을 위한 준비로 바빠졌다.

무엇보다 중요한 건 소통 수단이었다.

외곽인 이곳은 말이 통하지만 드래곤의 주변은 지금도 말이 통하지 않는다고 한다.

그렇다고 일일이 필담으로 소통할 수도 없으니 수신호를 정해 놓기로 했다.

그 수신호를 전부 외울 때쯤 진군 준비 명령이 떨어졌다.

임시로 총대장의 지위를 맡게 된 4왕자 조셉은 분노에 찬 목소리로 외쳤다.

"저놈들은 외도다! 괴물이나 다름없는 악귀들이다! 놈들을 사람이라 생각하지 마라! 한 놈도 살려 둬선 안 된다!"

우오오오! 함성이 쩌렁쩌렁 울렸다. 사람들의 사기는 하늘을 찌르고 있었다.

'이런 의외의 저력이 있었네.'

만약 이게 일반적인 군대였다면 사기가 바닥을 치고 있었을 것이다. 어제 전투에서 대패를 당하고 지휘관인 왕자들까지 죽었으니까.

그러나 지금 이 군대는 개인주의적인 성향이 강한 탓에 그런 영향이 적었다. 오히려 자존심을 자극당해 복수심에 불타고 있었다.

"각각의 지휘관들은 부대를 확실히 통솔하도록!"

조셉은 지금 이 상황을 기회라고 생각하는지 어느 때보다 의욕에 찬 모습을 보였다.

형들이 모조리 죽었다는 건 왕위 계승 1순위가 자신에게 올 수도 있다는 뜻이니까.

"모두 전진!"

일제히 전진하는 3만의 병력.

나는 상대가 적당히 후퇴할지도 모른다고 생각했다.

반으로 줄었다고는 해도 여전히 3만에 가까운 대군이다. 드래곤이 죽는 순간 적은 일망타진될 수밖에 없다.

'나였다면 무조건 후퇴했을 거야.'

어제 우리 후방을 찔렀던 적의 전술적인 움직임으로 미뤄 봤을 때, 상대 지휘관은 무능하지 않다. 당연히 그 부분을 생각할 거다.

그럼에도 후퇴하지 않는다고 하면 그 경우는 하나뿐이다.

'드래곤의 통제를 잃은 상태일 때지.'

저 드래곤은 일종의 전술핵의 역할을 한다.

저 드래곤이 있다는 것만으로도 엘란 왕국은 추후 한탄의 숲 정벌에 소극적이 될 수밖에 없다.

그러니 상대도 후퇴하는 게 낫다. 자신들과 싸웠다간 크게 다칠 수 있다는 걸 충분히 어필했으니까.

여기서 전면전을 벌이는 건 넌센스다.

'전투를 벌이려는 건가. 보아하니 드래곤의 제어에 실패한 모양이네.'

그러니 드래곤의 통제권을 되찾을 때까지 버티는 거다.

이는 상대도 궁지에 몰려 있다는 뜻이었다.

알스의 예측대로.

아티클의 진영은 패닉 상태에 있었다.

"어서 드래곤을 제어해라!"

수장 키에런은 진땀을 흘리고 있었다.

"빌어먹을! 당했군……!"

당초 키에런은 시간이 더 있다고 생각했다. 태세를 갖춘 상대가 신중을 기해 한동안은 제자리에 있을 거라 판단했기 때문이다.

이렇게 다음 날 곧장 총공격을 할 거라곤 예상하지 못했다.

상황이 이렇게 된 건 결국 왕자들의 죽음과 실종 때문이었다.

그 분노로 인해 군의 움직임이 빨라진 것이다.

"연맹 놈들……! 처리해야 할 일이란 게 이거였구나……!"

전황을 좌지우지할 만한 일이라면 자신들에게도 얘기를 해 줬어야 했다. 키에런은 그 부분이 화가 났다.

"커스버트! 얼마나 버틸 수 있을 것 같나!"

"글쎄올시다. 아무래도 전력의 질은 상대가 훨씬 좋으니까. 우리 언데드 병사들의 숫자도 2만까지 떨어졌고. 우리 마법사들까지 전부 동원된다면 그래도 반나절은 버티지 않을까 싶은데."

"안 돼! 구원이동이 더 이상 없잖은가! 우리 아이들을 사지로 내몰 수는 없어. 전투에는 필요한 인원만 데려가도록."

"그런 거라면 3시간도 버티지 못하는데. 그걸로 괜찮겠습니까?"

"……괜찮다. 내가 직접 메파트라의 제어 작업에 들어가지."

"휘유! 대마법사 키에런 님께서 직접 하는 거라면 얘기가 다르지. 좋습니다. 어떻게 해서든 버텨 내 보죠."

"부탁한다, 커스버트."

"홋. 맡겨 주십쇼."

커스버트는 바쁘게 명령을 내리는 키에런을 의미심장한 눈으로 응시했다.

'일이 급박하게 돌아가는군. 나도 슬슬 몸을 뺄 때인가.'

철컥! 그는 할버드를 등에 메고는 진군해 오는 엘란 왕국의 부대를 향해 몸을 돌렸다.

'그래도 떠나기 전에 그놈만큼은 죽여 둬야겠어.'

가능하면 일리야도 죽여 놓고 싶었지만 그건 커스버트라고 해도 불가능했다.

게다가 일리야는 훗날 이용할 수 있는 가능성이 있다.

알스만 죽으면 일리야는 어디에도 소속되지 않은 재야의 인재가 될 테니까.

"자, 가자!"

오늘 그의 생명 줄이 될 흑마법사의 숫자는 자그마치 200명이었다.

'오늘의 난 진정으로 불사의 존재다.'

그는 알스를 끌어내기 위해 언데드 병사들을 이끌고 역으로 적진으로 돌격해 들어갔다.

드래곤이 있는 곳에 가까워지자 환혹의 영향이 점점 짙어졌다.

이윽고 주변 사람들이 괴물처럼 보이고, 말도 통하지 않게 됐다.

각각의 지휘관들은 바쁘게 수신호를 보내며 혼란을 최소

화했다.

그렇게 진군이 순조롭게 이어지던 때였다.

"크아아아앗!"

콰드드득! 돌연 난입해 들어와 할버드를 휘두르는 괴한. 나는 대번에 알 수 있었다.

'그때 그 좀비 같은 녀석이구나!'

놈은 단신으로 공격해 들어와 무차별적인 살육을 시작했다.

곧장 녀석에게 집중적인 공격이 가해졌으나 녀석은 특수한 재생력으로 말미암아 그것들을 사실상 무효화시켰다.

"그하하하핫!"

온몸에 상처를 입으면서도 광소하며 날뛰는 그 모습은 괴담에서 언급되는 공포의 기사 그 자체였다.

그 광기에 사람들은 주춤했다.

녀석을 막기 위해 전사들 몇몇이 나서 포위하려 했으나 녀석은 재빨리 도주하여 그 포위망을 빠져나간 다음 예상치 못한 지점에서 다시 나타나 피해를 입혔다.

환혹의 영향으로 인해 정밀한 추격이 불가능하다는 점을 이용한 거다.

무적. 놈을 처치할 방법이 없다.

나도 마찬가지였다. 무한히 싸울 수 있는 녀석을 어떻게 이길 수 있을까.

그렇다고 방치하자니 녀석의 파괴력이 어마어마했다.

그나마 통제할 수 있는 수단은 하나.

녀석의 발을 확실하게 묶어 줄 수 있는 실력자의 존재다.

'그랬던 건가.'

나는 그제야 확신했다. 지금 녀석의 행동이 나를 불러내고
자 함이라는 걸.

'내게 심리전을 걸어오다니.'

분명 나라면 녀석의 신출귀몰한 움직임을 제어할 수 있다.
하지만 그랬다간 일리야 스승을 찾으러 갈 수 없어진다.

나는 애써 무시할 생각이었으나 그때 창을 든 여성이 녀석
의 앞을 가로막았다. 그 자세를 본 나는 여성이 누구인가를
알 수 있었다.

'저 멍청이!'

루크레치아였다.

그녀는 진영을 휘젓고 있는 상대의 발을 막기 위해 근위대
원들과 함께 덤벼들었다.

그러나 벅찼다.

녀석은 머리 이외의 신체 부분을 모조리 노출한 채 공격
일변도로 근위대원들을 처치했다.

그래도 루크는 순순히 당하고만 있지는 않았다.

"하앗!"

찌적! 녀석의 상처가 아물지 못하도록 상처 부분을 얼려

버린 것이다. 잠깐이라도 상처의 재생을 막는다면 빈틈이 생길 거라는 판단이다.

그러나 너무 찰나의 순간이었다. 상대는 흑마법사들의 서포트를 통해 무한한 오러를 사용할 수 있는지 순식간에 얼음을 없애 버리고 역으로 루크의 머리를 쪼개려 들었다.

난 그 전에 이미 달리고 있었다.

캉! 루크의 머리가 분쇄돼 버리기 직전에 할버드의 날을 쳐 냈다.

"물러나 있어요."

루크는 나를 보며 뭐라 아우성쳤다. 왜 왔냐는 거겠지. 내 임무가 일리야를 찾는 거라는 건 그녀도 알고 있었으니까.

"그렇다고 죽는 걸 지켜볼 수는 없잖습니까! 어휴, 일이 꼬였지만……. 스승을 찾아오는 건 당신이 해요."

나는 임무 교대의 수신호를 보냈다. 그 수신호를 읽은 루크는 눈을 크게 뜨더니 이내 고개를 끄덕이고 어디론가 향했다.

'루크가 잘 해내 주길 바라는 수밖에.'

나는 태세를 가다듬고 상대를 마주했다. 상대는 기다렸다는 듯 씨익 웃는다.

지난번보다도 외형이 왜곡된 지금, 녀석의 모습은 지옥에서 올라온 악마 같았다.

"무서워라……. 그렇게나 날 죽이고 싶은 거냐."

"그하핫!"

다른 말은 필요 없었다.

위협적으로 날아드는 할버드.

'어제보다 속도가 더 빠른데……!'

그를 보조하는 흑마법사의 숫자가 어제보다 많다는 뜻인 걸까.

'오래 끌고 싶지는 않아.'

소모전으로 가면 결국 불리한 건 내 쪽이었다.

'협공으로 잡아내야겠어.'

전날엔 동료들 간의 소통이 힘들어 나 혼자 녀석을 감당해야 했지만 오늘은 다르다.

소통이 힘든 건 오늘도 마찬가지이긴 하지만 그래도 수신호가 있다.

녀석은 그 기괴한 형태로 말미암아 적으로 낙인찍힌 상태. 그런 녀석과 맞서고 있는 나를 어떻게든 도우려 할 거다.

'기회는 아마 한 번.'

나는 그 틈을 노리기 위해 잠시간의 탐색전에 들어갔다.

한편 알스의 신호를 이해한 루크레치아는 드래곤이 있는 방향으로 계속 움직였다.

'일리야 안페이는 어디 있는 거지?'

일리야를 찾은 건 금방이었다.

일리야는 드래곤으로 향하는 측면의 좁은 길을 지키고 있었다. 이 길을 통과할 경우 드래곤의 뒤로 돌아갈 수 있는 만큼 제법 중요한 요충지였다.

그렇기에 왕국의 군대에서도 정예병들을 투입한 상황이었다.

'저 레이피어는……. 하트 경인가!'

왕국에서도 손꼽히는 기사로, 레이피어의 달인이었다.

그는 잽을 내지르듯 레이피어를 찌르며 일리야를 견제하고 있었지만 소용없었다.

일리야는 움직임에 낭비가 많다고 말하듯, 최소한의 움직임으로 파고들어 명치를 가격해 무력화시킨 뒤 기절시켰다.

이미 일리야의 근처에는 그렇게 기절한 사람들이 여럿 널브러져 있었다.

몇몇 마법사들이 악에 받쳐 일리야에게 마법을 쏘았지만 일리야는 큰 위협이 되지 않는다고 판단하고 그냥 몸으로 받아 냈다.

오러가 활성화된 와중 스톤스킨 마법까지 걸려 있는 상황이었기에 그 내구력은 강철에 버금갔다.

이에 전의를 상실한 마법사들이 이곳의 돌파는 글렀다고 판단하고 도주하기 시작한다.

주변이 조용해지자 일리야는 어깨를 으쓱이고는 기절시킨 자들을 포박하는 작업에 들어갔다.

이를 엿보고 있던 루크레치아는 진득한 호승심을 느꼈다.

'싸워 보고 싶다!'

전쟁터에서 벌이는 강자와의 싸움. 루크레치아는 로망과도 같은 그 유혹에 지고 말았다.

그녀는 창을 겨눈 채 일리야에게 다가갔다.

"또다시 손님인가……."

일리야는 지겹다며 루크를 맞았다.

루크는 한순간에 모든 것을 쏟아부을 생각으로 덤볐다. 그녀의 주변으로 얼음송곳의 눈보라가 휘몰아쳐 일리야를 덮친다.

이걸 몸으로 받아도 상관은 없었으나 일리야는 굳이 그러지는 않고 뒤로 뛰어 회피했다.

이 순간을 노린 루크는 타닷! 경쾌한 대시로 파고들어 일리야의 머리, 목, 심장에 3연격을 찌른다.

이 공격을 일리야가 검으로 받아 낸 순간 쩌저적! 맞닿아 있는 검이 급격하게 얼기 시작하며 검의 무게를 높였다.

일리야는 오러를 사용해 얼음을 지워 내며 오른손의 창으로 루크레치아의 관자놀이를 노렸다. 창대로 관자놀이를 후려쳐 기절시키기 위함이었다.

'지금이다!'

루크레치아는 상체를 극단적으로 숙여 창대를 피했다.

그 정도로 상체를 숙인 상태에서 팁! 루크는 온 힘을 다해 앞발을 내디뎠다.

그러고는 상체를 들어 올리는 탄력을 통해 일리야의 머리로 창을 뻗었다.

"흐아아앗!"

몸의 탄력을 최고조로 이용한 쾌속의 일격. 움직임의 효율을 살리라는 알스의 가르침을 바탕으로 고안해 낸 카운터 기술이었다.

이 공격에 일리야의 눈에 이채가 흐른다.

"……!"

사락! 일리야의 머리카락이 흩날렸다. 머리를 틀어 창촉은 피했으나 머리카락이 조금 베어 나간 것이다.

루크는 이를 악물었다.

'역시 통하지 않았나……!'

이후 퍽! 일리야의 발길질에 루크는 바닥을 뒹굴었다.

"커헉……!"

바닥을 뒹구는 루크. 몸은 고통스러웠지만 내심은 만족스러웠다. 예전의 자신이었다면 아무것도 해 보지 못하고 제압당했을 걸 알았으니까. 자신의 성장이 기뻤다.

터벅! 터벅! 일리야는 루크를 기절시키기 위해 다가왔다.

루크레치아는 그제야 알스와의 임무를 우선시하며 무작정

수신호를 보냈다.

"……?"

그 지리멸렬한 수신호를 이해하지 못한 일리야가 고개를 갸웃하고 있는 사이, 루크레치아는 이때다 하며 근처에 떨어져 있던 검 한 자루를 집어 들었다.

검과 창을 동시에 쥐고 알스가 예전에 시범을 보였던 움직임을 어설프게나마 취해 보인다.

그 모습에 일리야의 눈이 커졌다.

일리야가 알스에 대해 묻는 전문적인 수신호를 보내자 루크는 뜻도 이해하지 못했으면서 병아리처럼 고개를 끄덕였다.

"맞습니다! 맞아요! 웨이드! 내 친구! 당신 친구! 동료! 맞아요!"

왕국 근위대 간부라기엔 꽤 바보 같은 모습이긴 했지만 그 필사적임이 일리야의 마음에 닿았다.

일리야는 고개를 끄덕이고는 안내하라며 손짓했다.

루크는 안도의 한숨을 쉬며 앞장을 섰다.

'잘돼서 다행이긴 한데…….'

그녀는 이런 수준의 가신을 거느린 알스의 정체가 새삼 궁금해졌다.

일리야가 합류한 알스의 전력이라면 왕궁을 습격하는 것조차 어렵지 않을 수준이 될 테니까.

격화되는 알스와 커스버트의 대결.

커스버트는 시간이 촉박함을 느끼고 있었다.

'이놈, 일리야 안페이에게 어떠한 연락을 보냈군. 설마 아까 그 여자인가?'

일리야가 이곳으로 오면 말짱 도루묵이 된다.

'게다가 다른 쪽도 움직이기 시작한 것 같으니…….'

커스버트는 빠르게 승부수를 띄우기로 했다.

"흐아앗!"

캉! 할버드를 크게 휘둘러 알스의 움직임을 봉쇄한 그는 신호를 보냈다.

"지금이다!"

그러자 숨어 있던 20명의 흑마법사들이 나타나 알스와 커스버트를 향해 일제히 공격 마법을 시전했다. 그중엔 에스텔도 있었다.

"나락에 떨어져라!"

쿵! 알스가 도망가지 못하도록 맞닿은 무기에 힘을 주는 커스버트.

알스는 하늘을 뒤덮은 검은 마력들을 보며 표정을 구기더니 가볍게 이를 악물었다.

그러더니 사르륵! 빛의 마력으로 변하며 후방 5m 뒤로 순간 이동 했다.

빛 속성의 중급 마법이자, 전투에서 효율이 좋지 않기로 유명한 빛의 마법 중에 그나마 유용하다는 평가를 받는 점멸 마법이었다.

"이런……!"

커스버트는 당황할 수밖에 없었다. 그는 알스가 빛의 마법을 쓰는 걸 보지 못했기 때문이다.

당시 알스에게 당한 마법사들의 증언을 통해 비전 마법을 사용한다는 건 알았지만 빛의 속성을 다루는 건 알지 못했다.

유일하게 에스텔이 알스가 빛의 마법을 구사하는 모습을 봤으나 커스버트에겐 말하지 않았다. 일부러 말하지 않았다기보단 당시 알스에 대한 공포로 인해 경황이 없었다.

"지금입니다!"

공격을 회피한 알스는 역으로 아군에게 작전 수신호를 보냈다.

그러자 주변에 있던 자들이 일제히 속박 마법을 사용해 커스버트의 움직임을 봉쇄했다.

커스버트는 오러를 사용해 속박을 풀려 했으나 그사이 알스가 승부수를 띄운다.

"흐읍……!"

파지지직! 창에 모이는 마력. 알스는 오러와 마나 전부를 때려 박아 폭발하는 비전의 창을 만들어 냈다.

그러고는 탓! 탓! 근처 나무를 박차고 올라 5m 정도를 점 프하여 커스버트에게 쏘아 냈다.

쐐애액! 대기를 찢으며 쇄도하는 창.

이에 본능적인 위험을 감지한 커스버트가 소리친다.

"방어 마법을 펼쳐라! 어서!"

말이 통하지 않는 상황인지라 지시를 수행한 흑마법사는 9명밖에 되지 않았다.

그들은 창이 날아오는 방향으로 마력의 방어막을 펼쳤다.

티티티티팅! 순식간에 깨져 나가는 방어막.

그래도 아홉 겹이나 되는지라 창의 기세를 죽일 수 있었 다.

마지막 한 겹. 에스텔의 보호막을 두고는 밀고 밀리는 상 황이 됐다.

'엄청난 압박이야……!'

에스텔은 창의 압박에 굴하지 않고 최대한 집중하여 보호 막을 유지했다.

그것에 그치지 않고 창을 감싸고 있는 알스의 비전 마력을 오염시키기 시작했다.

'해냈어!'

알스의 비전 마력을 전부 오염시킨 에스텔은 환희하며 반 색했으나 그것도 잠시였다.

그 비전 마력 내부에 밀집돼 있는 빛의 마력을 본 에스텔은 어떤 반응도 할 수 없었다.

콰과과광! 대폭발을 일으키는 창. 알스의 오러 대부분이 담긴 빛의 마력이었기에 그 폭발력은 어마어마했다.

반경 10m를 초토화시킨 폭발의 여운이 걷히자 걸레짝이 된 커스버트가 모습을 드러냈다.

가까스로 머리는 지켜 냈으나 몸은 넝마가 돼 있었다.

"어떻게 돼 먹은 생명력인지는 모르겠지만……!"

알스는 재생이 되기 전에 커스버트의 머리를 찔렀다. 이에는 커스버트도 속수무책이었다.

스륵! 구원이동이 발동하여 사라지는 커스버트.

"커, 커스버트 씨가 당했어!"

"히익─!"

"괴물 같은 놈……!"

커스버트가 당하자 흑마법사들은 공황 상태에 빠졌다. 그들은 물량 문제로 인해 구원이동을 사용하지 않은 상태였기에 겁을 먹자 지리멸렬하게 도망가기 바빴다.

그러나 에스텔은 그러지 못했다.

"잠깐, 케흑! 나도 같이……! 크흑……!"

그녀는 폭발로 인한 영향을 받고 말았다.

그녀가 구사하는 마력 오염은 시전하기 위해선 그 마력을 자신과 연결하고 있어야 한다.

그 탓에 연결되어 있던 보호막이 무참하게 깨졌을 때 마나가 흐트러지며 몸에 영향을 준 것이다.

주저앉은 에스텔은 몸을 가눌 수가 없었다.

그런 그녀의 앞으로 알스가 다가왔다.

"아, 아아……!"

에스텔은 짜릿하고, 한편으론 절망스러운 공포감을 맛봤다.

얼마나 겁을 먹었는지 자기도 모르게 실례를 하고 말았을 정도다.

알스는 그런 모습을 보면서도 아무런 감상도 느끼지 못했다. 그야 이 정도의 일은 익숙했으니까. 여러 전쟁을 겪으며 오줌을 흘리는 것보다 더 심한 것들도 봐 왔다.

그렇기에 겁을 먹고 있는 상대의 목숨을 거두는 것에도 거부감이 없었다. 게다가 어차피 구원이동을 사용하고 있을 거라 생각했다.

알스는 창을 에스텔에게 겨눴다.

그리고 잠시 동작을 멈춘다. 생포할지 말지를 고민한 것이다.

에오니아의 기억을 되찾기 위해서도, 혈법사를 찾기 위해서도 정보를 알려 줄 사람이 필요했기 때문이다.

이 망설임에 에스텔은 자그마한 희망을 품었으나 알스는 고개를 흔들었다.

어차피 그런 정보들이야 한탄의 숲에 있던 노마법사 폴라리안에게 물어보면 되는 거기도 했고, 아직 전황이 끝나지 않은 상황이기에 당장 포로를 관리하기도 어려웠다.

알스는 심장을 향해 창을 찔렀다.

그러나 그때.

-쿠오오오--!

드래곤의 거친 포효와 동시에 모든 환혹의 힘이 사라졌다.

그와 함께 모든 것이 정상으로 돌아왔다.

붉게 물들어 있던 하늘도, 다른 이의 모습을 왜곡되게 보이게 하던 힘까지도.

알스는 그제야 눈물범벅이 되어 자신을 올려다보고 있는 에스텔의 얼굴을 확인할 수 있었다.

"……!?"

알스는 급하게 창을 거두려 했으나 늦었다.

최후의 순간에 창촉을 컨트롤해 심장을 피했지만 찌르는 것 자체를 막을 수는 없었던 것이다.

명치를 찌르는 창촉.

"알스…… 님?"

에스텔은 믿기지 않는다는 표정 그대로 정신을 잃었다.

"이게 대체……!?"

알스는 손을 덜덜 떨며 창을 떨어뜨렸다.

그런 그에게 일리야와 루크레치아가 달려왔다.

"알스!"

"스승……! 제, 제가……. 제가 에스텔을……."

"무슨!?"

일리야는 둘의 모습을 보고는 대번에 상황을 파악했는지 메고 있던 군장에서 붕대를 꺼내 응급처치를 시작했다.

패닉에 빠진 알스는 어떤 행동도 하지 못했다.

"빌어먹을, 상처가 심해……!"

일리야는 당장의 출혈을 잡는 데에 집중하고 있었다.

당황한 알스가 창을 뽑아 버린 탓에 출혈이 기하급수적으로 늘어났기 때문이다.

알스와 달리 일리야와 루크레치아는 그래도 상황을 냉정하게 파악하고 있었다.

"안페이 님, 현 상황에서 우리 진영에서 치료를 받기는 힘들 겁니다. 안전하고, 지속적인 치료를 받기 위해선 그쪽 치료 시설로 가야 할 겁니다."

루크는 재빨리 지형도를 펼쳐 상대 본진으로 도주할 수 있는 빈틈을 설명했다.

"이 방면으로 빠져나가면 방해하는 자들이 없을 겁니다."

"누군지는 모르겠지만 고맙습니다."

급하게 출혈을 잡은 일리야는 에스텔을 안아 들고 일어났다.

"알스."

그 말과 함께 많은 뜻이 담긴 눈빛을 보낸 뒤 서둘러 달려 가기 시작했다.

나는 멍하니 일리야 스승이 사라진 쪽은 바라보고 있었다.

'나는 대체 무슨 짓을…….'

그야 내 입장에선 나를 공격했던 상대가 에스텔일 거라고 생각하는 게 불가능한 상황이긴 했으나 그렇다고 해도였다.

"이러고 있을 때가 아니야."

나는 스승을 쫓아가려고 했다. 그런 나를 루크레치아가 만 류한다.

내가 적 본진으로 가려고 한다는 걸 눈치챈 모양이다.

"웨이드! 기다려요!"

"막지 마요."

"냉정하게 생각하세요. 적 본진에 잠입하는 위험도 위험 이지만 이후 당신과 리노아 양의 입장이 난처해질 가능성도 있습니다!"

내가 적 본진에 갔었다는 게 알려지기라도 한다면 필시 의 심의 눈길을 받을 거다. 덩달아 내 파트너인 리노아도 의심 의 눈길을 받겠지.

가뜩이나 리노아가 왕자 암살 혐의를 받고 있는 지금 상황에선 불난 집에 기름을 붓는 격이 될 거다.

"지금은 당신의 스승을 믿고 기다려요. 그게 최선입니다."

"무엇이 최선인지는 내가 정합니다. 나는 갈 거예요. 그러니까 루크, 당신은 이렇게 말해 두세요. 웨이드는 싸우던 적의 숨통을 끊기 위해 추격하러 갔다고. 그거면 당장의 변명은 될 겁니다."

"못 말리겠군요. 후우⋯⋯! 반드시 살아 돌아와야 합니다."

나는 루크에게 고개를 끄덕여 보인 뒤 스승이 향한 곳으로 뛰었다.

그 와중 상대가 떨어뜨린 것으로 보이는 회색빛 로브와 후드를 주워 몸을 덮었다.

'적의 본진은 이스와칸⋯⋯. 스승이 향한 곳도 그곳일 거야.'

이스와칸은 지난번에 한번 방문한 적이 있기에 어느 정도 지리를 알고 있었다.

게다가 지금은 여기저기 혼란한 상태였다.

힘을 거둬들인 드래곤이 날아올라 하늘 저편으로 사라졌기 때문이다.

'무슨 일이 벌어지고 있는 거지?'

흑마법사 집단이 드래곤의 통제권을 되찾는 데 성공했다면 무작정 먼 곳으로 날려 보내는 게 아니라 환혹의 힘을 유지한 채 천천히 후퇴를 했을 거다.

그래야 손해를 최소한으로 줄일 수 있으니까.

드래곤이 훌쩍 떠나 버린 이 상황은 무언가 예상치 못한 일이 발생했다는 방증일지도 몰랐다.

'드래곤이 제정신을 차린 걸지도 몰라. 혹은 이곳 흑마법사 집단이 아니라 다른 집단이 개입한 걸 수도.'

뭐가 됐든 지금의 내겐 고마운 상황이었다.

덕분에 적진이 혼란하여 어렵지 않게 도시에 잠입할 수 있었으니까.

나는 에스텔을 찾기 전에 내 상황을 체크했다.

그 좀비 같은 녀석을 후퇴시키느라 오러와 마나를 전부 소모했기에 남아 있는 마나의 양은 한 줌뿐이었다.

나는 부디 사건이 없길 바라며 도시의 성당으로 향했다.

이스와칸의 성당을 치료소로 개조해 사용하고 있는 모양이었다.

내가 접근하자 보초로 보이는 남자가 앞을 막아섰다.

"후드를 벗고 소속을 밝혀라."

초장부터 난항이었다. 후드를 들어 얼굴을 내보이자 보초는 눈매를 좁혔다. 내 인상이 익숙하지 않았기 때문이겠지.

나는 평정을 가장하며 말했다.

"잠깐 치료를 받으러 왔습니다."

"용건은 묻지 않았다. 소속을 밝혀라."

"경상이라 아주 잠깐이면 됩니다."

"다른 소리 마라! 소속을 밝혀라!"

"……."

"뭘 꾸물거리고 있는 거냐!"

매혹을 사용한다면 돌파할 수도 있겠지만 그건 위험 부담이 컸다. 지난번에도 그랬듯 상대에게서 매혹을 거부하는 반응이 일어날 수 있기 때문이다.

그 경우 일이 더 골치 아파질 가능성이 높았다.

'일단 물러나야겠어.'

정보를 더 모아 와야 할 것 같다.

그러나 그때 치료소 내부에서 고함이 들려왔다.

"시끄럽잖아, 무슨 일인데 그래!"

묵직한 발걸음과 함께 나타나는 괴한.

나는 순간 헛숨을 들이쉬었다.

'저 복장은……!'

내가 싸웠던 그 좀비나 다름없는 녀석이 틀림없었다. 나는 서둘러 후드를 깊게 눌러썼다.

"커스버트 씨! 그게…… 출입을 위해 소속을 확인하고 있었습니다."

"이 멍청한 놈아, 이제 곧 부상자들이 마구 들이닥칠 텐데 그것들도 일일이 확인할 거냐? 아직 첩자가 침투해 올 시점은 아니야! 얼굴만 확인하고 그냥 들여보내!"

"예, 옛!"

예상치도 못한 도움이었다.

'이름은 커스버트라고 하는 건가…….'

나는 그 얼굴을 기억해 두며 그를 지나쳐 치료소로 향했다.

"……야, 잠깐. 너."

지나쳤던 커스버트가 내 등을 보며 불러 세웠다. 나는 철렁이는 가슴을 애써 다스리며 고개를 돌렸다.

"무슨 일이십니까, 커스버트 씨."

"거기 물건을 떨어뜨렸다."

안에 입고 있던 옷에서 에리나의 무사기원 부적이 떨어져 있었다.

"감사합니다."

"흥, 부적 따위에 의지하지 말고 본인의 실력을 향상시킬 생각을 하란 말이다. 하여간, 한심한 놈들."

떠나가는 커스버트. 나는 가볍게 안도의 한숨을 쉬고 부적을 주워 들었다.

치료소 내부는 중상자와 경상자를 구분하여 격리하고 있었다.

나는 치료를 하고 있는 자에게 물었다.

"일리야 씨는 어디 계십니까?"

"응? 아, 저곳이야. 근데 지금은 가까이 가지 않는 게 좋을 걸. 에스텔 녀석이 크게 다친 모양이더라고. 치료에 집중하고 있으니 용건이 있다면 나중에 해."

"감사합니다."

"그런데…… 처음 보는 얼굴인 거 같은데. 너, 어디 소속이냐."

"절 잊어버리다니 서운한데요? 어휴, 나중에 식사라도 같이해야겠네요."

"어? 으응, 그래."

나는 능청스럽게 빠져나와 에스텔이 치료를 받고 있는 별실로 향했다.

최대한 조용하게 문을 밀고 들어갔다.

그곳에 정신을 잃은 에스텔과 치료를 하고 있는 치유 전문 마법사. 그리고 일리야 스승이 있었다.

스승은 예정에 없던 출입에 미간을 찌푸렸다.

"뭐냐, 당분간 아무도 들어오지 말라고……."

내 얼굴을 보곤 눈을 휘둥그렇게 뜨는 스승.

나는 '쉿!' 하는 제스처를 취하며 곁으로 다가갔다.

스승은 개구쟁이를 혼내는 것처럼 속삭인다.

"네가 왜 여기 와 있는 거냐!"

"저에 대해선 잘 아시잖아요. 여차할 땐 못 말린다는 거. 그보다 에스텔의 상태는 어떻죠?"

"좋지는 않아."

"흑……."

순간 온몸에 힘이 풀려 주저앉을 것만 같았다.

"어, 어떻게 안 좋은 건데요?"

"마법으로 외상은 어떻게든 치료를 했지만 그때까지의 출혈이 너무 심했던 것 같아. 용케 쇼크로 죽지 않았을 정도로. 이제는 본인의 회복력에 달렸어. 하지만 이 애의 체력은 빈말로도 강인하다고 할 수 없으니까. 견뎌 낼 수 있을지 모르겠구나."

"제가 창을 뽑아서 그렇게 된 거군요. 창을 뽑지만 않았다면……!"

"진정하렴. 네가 자책한다고 달라지는 건 없어."

"뭔가 방법이 없나요? 어떻게 할 수 있는 방법이……!"

그러자 치료를 하고 있던 치유사가 고개를 들었다.

"방법이라면 있다. 조금 복잡하지만."

"그게 뭡니까!"

"그런데 넌 누구냐? 본 적 없는 얼굴인데."

어떻게 내 얼굴을 보는 사람마다 이런 말을 하는 건지. 그만큼 이곳 사람들이 폐쇄적인 환경에서 지내 왔다는 거기도 하고, 내가 인상에 남는다는 뜻이기도 했다.

내가 뭐라 대답하지 못하자 일리야 스승이 나서 주었다.

"내 일행입니다. 너무 신경 쓰지 마십시오."

"그런가. 안페이 씨 당신이 찾고 있다던 사람을 찾은 건가. 이 상황에서 찾은 거라면 십중팔구 왕국 쪽 사람이라는 거겠군."

"......."

"그렇게 경계하지 마십쇼. 일리야 씨 당신의 동료라면 약삭빠르게 첩자질은 하지 않을 테니. 뭐, 그런 게 아니라면 나는 딱히 신경 안 씁니다. ⋯⋯그보다 무슨 방법이 있냐고 물었었지? 간단해. 부족한 피를 채워 주면 되는 거야."

너무나도 당연하고 명쾌한 방법이었다.

피가 부족한 사람에겐 수혈을 해 주면 된다.

그러나 그게 말처럼 쉬운 일은 아니었다.

외상 치료에 대해선 이곳보다 훨씬 사기적인 신성 마법이 있는 중앙 대륙에서도 과다 출혈로 인한 사망은 막지 못했다.

그만큼 수혈이라는 게 어려웠다.

수혈 과정에서 오염을 방지해 주는 의료 도구는 물론이고 애초에 혈액형조차 알 수가 없었으니까.

운이 좋아 수혈이 성공하는 경우가 가끔 있지만 정말이지 희박한 경우다.

그러나 이 세계에는 특별한 방법이 있었다.

바로 혈마법이다.

"본래 혈마법을 사용할 땐 키에런 씨의 허가가 필요하긴 하지만 지금은 위급 상황이니…….

그는 한숨 쉬며 일어났다.

"혈법사를 한 명 데려오지. 입이 무거운 사람으로 데려올 테니 걱정 말라고."

치유사가 별실을 떠나자 나는 결국 힘이 풀려 쓰러지듯 의자에 앉았다.

"괜찮니?"

"예……. 그냥 조금 피곤해서요."

커스버트 녀석과의 전투에서 모든 걸 쏟아부은 탓이었다.

스승은 편히 쉬라는 듯 등받이가 있는 의자를 끌고 왔다. 나는 그 의자에 앉아 에스텔에게 시선을 고정한 채 물었다.

"하고 싶은 얘기는 많지만 지금은 에스텔에 관한 걸 물을 게요. 지금 하려는 혈마법이란 구체적으로 뭐죠? 믿을 만한 건가요?"

"믿을 만하다고 하더군. 나도 들은 것뿐이지만 이곳의 수장 키에런 씨가 혈마법을 독자적으로 연구해 새로운 체계를 만든 것 같아."

"새로운 체계……?"

"자신의 피를 다른 이들에게 주어 어둠 속성을 부여하는 거지. 그 자체가 수혈을 하는 행위였던 덕에 덩달아 수혈을 하는 방법에 대한 연구가 완성된 것 같아."

"그런 짓이 가능하다고요!?"

들어 본 적도 없다. 타고나지 않은 속성을 강제로 부여하다니.

"그래서 이곳의 흑마법사 비율이 그렇게나 높았던 거군요. 뭔가 제약은 없나요?"

"키에런 씨는 제약이 없다고 들었어. 다만 그가 아닌 다른 인물이 똑같은 방법으로 피를 줄 때는 부작용이 발생했다고 해. 그래서 다들 이 방법은 키에런 씨만이 할 수 있다고 생각하고 있지."

"그거야 함부로 수혈을 하면 그렇게 되죠."

미루어 보건대 키에런이란 자는 모든 혈액형에 수혈이 가능한 O형일 거다. 어차피 피를 준다고 해도 소량일 테니 문제가 발생할 가능성은 적다.

나는 혈마법의 개념을 어느 정도 알 것 같았다.

'그렇담 수혈도 충분히 가능할 거야.'

머지않아 치유사가 혈법사로 보이는 흑마법사 하나를 데려왔다.

퀭한 눈의 노파였다.

할머니는 지팡이를 짚으며 다가왔다.

"오오, 에스텔……. 불쌍하게도."

뭔가 에스텔과 인연이 있는 듯한 눈치였다.

노파는 이곳으로 오면서 치유사에게 얘기를 들었는지 곧바로 수혈 작업에 착수했다.

"이 아이와 피를 공유할 자질이 있는 사람이 필요허이. 최대한 많은 사람을 데려와 줘."

"니무스 할멈. 지금은 다른 사람을 불러오기 힘든 상황이니 일단 이 둘을 확인해 봐요."

나와 일리야 스승을 가리키는 치유사. 니무스라 불린 노파는 고개를 흔든다.

"일리야는 이전에 확인을 했어. 알맞지 않았지. 그래, 그쪽의 젊은 것······. 이리로 와라."

내가 다가가자 노파는 부들부들 떨리는 손으로 내 손을 잡고는 메스를 닮은 작은 칼로 손등을 살짝 베었다.

연이어 주문을 외우기 시작하자 내 손등의 피가 떠올랐다.

노파는 눈을 감고 표정을 찡그린 채 무언가를 분석하기 시작했다.

"오오, 이 정도의 비전의 힘이라니······. 게다가 이건 믿기지 않을 정도로 농후한 빛······! 실로 놀랍도다!"

노파는 황홀하다는 듯 몸을 떨었다. 피의 분석에서 속성 감별도 덩달아 되는 모양이다.

마침내 눈을 뜬 노파는 탄성 섞인 한숨을 내쉰다.

"안타깝구나······. 빛의 자질이 아니라 어둠의 자질을 타고났다면 우리들을 이끌어 줄 위대한 지도자가 탄생하는 것이었는데…….”

“저기, 결과는 어떻습니까? 제 혈액을 에스텔에게 수혈할 수 있을까요?”

노파는 고개를 끄덕인다.

경우의 수가 맞은 모양이다. 나와 에스텔의 혈액형이 같거나 내가 O형이거나. 어쨌든 다행이었다.

“그럼 바로 시작해 주세요. 에스텔의 상태가 나빠지기 전에.”

“그 전에. 한 가지 명심해 두도록 해라. 혈마법은 아직 연구가 완성되지 않은 분야다. 둘 사이에 어떤 영향이 생길지 몰라.”

“영향이요? 속성이 전달된다고는 들었는데요.”

“그건 키에런 녀석이 연구하여 완성시킨 혈마법의 일부분에 불과해. 그냥 수혈했을 경우 어떤 영향이 나올지는 누구도 몰라.”

“그러면 속성을 부여하는 그 혈마법으로 하면 되는 것 아닙니까?”

“그건 어둠 속성을 부여하는 혈마법이거든. 넌 어둠 속성을 타고나지 않았으니 불가능해.”

“…….”

위험 부담이 있다는 건가.

“물론 주로 영향을 받는 건 네가 아니라 수혈을 받은 에스텔이 되겠지. 하지만 너도 어느 정도는 영향이 있을 거다. 그래도 할 거냐고 묻는 게다."

"하겠습니다."

"결심이 확고하구나. 알겠다. 일리야, 도와 다오."

일리야 스승과 치유사가 노파의 손발이 되어 수혈이 시작됐다.

수혈의 방법은 꽤나 스펙타클했다.

내 팔꿈치 쪽의 동맥 부근을 절개한 다음 거기서 뿜어져 나오는 피를 이동시키는 것이었는데, 내 피가 붉은색의 마력으로 변하여 에스텔의 가슴에 주입되고 있었다.

내 피가 마력으로 변해 에스텔에게 향하는 모습을 보고 있자니 얼마 지나지 않아 묵직한 피로감이 덮쳐왔다.

수혈이 진행될수록 에스텔의 안색이 좋아졌다. 나는 그 얼굴을 보며 수혈의 피로를 참아 냈다.

수혈량이 꽤 되는지 작업이 끝나 상처를 지혈할 즘엔 가벼운 현기증이 느껴졌다.

"이 정도면 됐다. 후우! 이런 사사로운 작업 하나에 이렇게 지쳐 버리다니, 나도 많이 늙은 게야……."

노파는 지친 한숨을 쉬더니 힘겹게 일어섰다.

"부축을 해 주겠나?"

"물론입니다. 안페이 씨, 나는 니무스 씨를 배웅하고 올 테니 잠깐 지켜봐 주십쇼."

치유사는 노파를 부축해 별실을 나갔다.

스승도 긴장이 풀렸는지 어깨를 살짝 늘어뜨리고는 내게 말한다.

"알스, 괜찮니?"

"예……. 조금 어지러운 것뿐이에요."

"마음 같아선 푹 쉬고 있으라고 말하고 싶지만……. 아무래도 그럴 여유는 없을 것 같다. 너도 봤겠지. 그 드래곤, 메파트라가 어디론가 날아가 버린 걸."

"봤습니다. 역시 그건 이쪽 진영에 있어서도 사고에 가까운 상황인 건가요?"

"적어도 나는 그럴 거라는 얘기는 듣지 못했다. 뭐가 됐든 우리는 본래 있던 곳으로 후퇴를 시작할 거야. 그렇게 되면 인원 점검과 내부 검문이 행해지겠지. 그 전에 빠져나가는 게 좋을 거다."

"에스텔이 깨어나는 걸 지켜보고 싶었는데……. 그러진 못할 것 같네요."

벌써부터 밖이 부산스러워지고 있었다. 전황이 종료되고 그 뒤처리를 시작한 것이다.

나도 슬슬 돌아가지 않으면 의심을 받을 수 있었다.

"스승, 용건만 간결하게 전달하겠습니다. 조만간 한탄의 숲으로 제가 찾아갈 테니 그때까지 누군가에게 구속당하거나 해를 입을 만한 상황은 피해 주세요."

"명심하겠다."

"그리고 한탄의 숲 부근에 가스파르와 귄터가 있습니다."

"그 둘이 그곳에? 생각도 못 했군."

"귄터는 조금 사정이 있어 소통이 힘드니 가스파르와 접촉을 하시면 돼요. 물론 상황이 여의치 않으면 굳이 그럴 필요는 없습니다. 뭐가 됐든 제가 찾아갈 때까지는 무사히 있어 주세요. 반드시 찾아갈 테니까요."

"믿고 있겠다."

"그 외에 가능하면 말이 통하는 혈법사를 한 명 초빙해 줬으면 합니다만……. 아뇨, 이건 그때 가서 얘기하죠."

나는 힘겹게 몸을 일으켰다.

스승은 내게 빠져나갈 길을 일러 주고는 잠시 망설이더니 말한다.

"알스, 나도 한 가지 묻고 싶은 게 있다. 우리 대륙……. 이곳에선 마대륙이라고 하더군. 그곳으로 돌아갈 방법은 찾았니?"

"아……."

일리야 스승으로선 그게 가장 절실할 수밖에 없다. 그곳에 갓난 아들과 남편이 있으니까.

"죄송해요. 아직 찾지 못했습니다. 실종된 사람들을 찾는 것만 해도 급한 상황인지라……."

"그래. 조금 전의 말은 신경 쓰지 마라. 단지 궁금했을 뿐이니까."

"거듭 죄송합니다. 이런 상황에 말려들게 해서……."

"네 탓이 아니잖니."

"돌아갈 방법에 대해서 아주 짚이는 바가 없는 건 아닙니다만 얘기할 수 있는 단계가 아닌지라……."

"뭔가 있는 거구나."

"예, 그렇지만 그건 제가 어찌할 수 있는 부분이 아니라서요. 희박한 가능성의 일부로만 생각해야 한다고 할까. 그것 말고 새로운 실마리가 생긴다면 얘기해 드릴게요."

"너무 부담은 갖지 말고."

"그럼, 스승, 조만간 다시 찾아가겠습니다."

나는 스승이 알려 준 길을 따라 은밀히 도시를 빠져나왔다.

전쟁은 일시 소강상태에 접어들었는지 왕국의 군대는 부상병의 처리에 한창이었다.

나는 그 부산한 틈을 타 슬쩍 본진에 합류했다.

본진으로 복귀한 나는 루크레치아를 찾았으나 그녀는 전

쟁의 뒤처리로 바쁜지 보이질 않았다.

현장에선 피해 집계가 이뤄지고 있었다.

각각 부대의 지휘관들이 휘하 인원들을 모아 상세한 피해 집계에 들어갔다.

아카데미 하급반 소속인 나는 17반의 인원들이 모여 있는 곳으로 향했다.

그곳에 에리나도 있었다.

그녀는 나를 보자 신에게 감사하듯 눈을 감고 무언가를 중얼거리더니 내게 달려왔다.

"알스 님, 잘 돌아오셨어요."

"응. 어찌어찌 살아 돌아왔네."

"안색이 안 좋으세요. 혹시 다치기라도 한 건가요?"

"사정이 있거든. 금방 말해 줄게."

나는 지휘관에게 복귀를 신고했다.

기존 지휘관은 전투에서 사망했는지 11~14반을 지휘하던 아카데미 교사가 고개를 끄덕이며 무언가를 적었다.

"17반의 웨이드인가. 네 활약에 대해 여기저기서 이야기가 들리더군."

"과장된 이야기입니다."

"뭐, 그건 나중에 가서 얘기할 일이고. 기타 보고할 사항은 없나? 적을 추격했다고 들었는데."

"깊숙이 추격했지만 놓치고 말았습니다. 그 피로가 쌓여 있는지라, 당분간 휴식을 취하고 싶습니다."

"좋다. 피해 집계가 끝날 때까지 막사에서 휴식을 취해
라."

"감사합니다."

슬쩍 17반 애들의 면면들을 보니 뭔가 허전했다. 반의 인
원 중 1/5이 줄어든 것이다.

멜로 녀석은 허탈한 표정으로 주저앉아 있었다. 그를 따르
는 친구 세 명 중에 하나가 보이지 않는 걸 보면 왜 그러고
있는지는 쉽게 짐작이 갔다.

전쟁의 상처.

이번에 참전한 사람들 대부분이 그 아픔을 처음 겪어 보는
것이었기에, 그 상처는 지독한 고통이 되어 그들의 마음을
후벼 팠다.

에리나도 마찬가지였다.

막사에서 둘만 남게 되자 에리나는 울먹이며 나를 껴안았
다.

"전쟁이란 이렇게 슬픈 것이었군요. 알스 님이 지금껏 얼
마나 큰 고생을 해 왔는지 이제야 알 것 같아요."

"으음, 솔직히 말하면 이 전쟁은 그렇게까지 지독한 편은
아니었는데 말이지."

언데드 병사나 환혹의 드래곤이라는 특수한 상황이 발생
했을 뿐이지 지독한 전쟁은 아니었다.

진정으로 지독한 전쟁이라고 함은 학살이나 약탈 같은 전쟁 범죄가 병행되고, 군량난, 전염병, 첩자 등등. 그런 요소들이 발생한 전쟁이었다.

그나마 이번 전쟁은 그런 부분에선 깨끗했다. 왕자들의 암살이 있긴 했지만.

그렇다고 해도 내 기억에는 가장 강렬하게 남을 전쟁인 건 분명했다.

나는 에리나에게 오늘 있었던 일을 털어놓았다. 에스텔을 찌른 일을 말이다.

"그 밴시가 에스텔이었다고요!?"

"그래, 그걸 모르고 나는……."

내가 자책하는 게 보였던 걸까. 에리나는 엄한 눈으로 응시해 온다.

"알스 님. 자책할 필요 없어요. 그건 전쟁이었어요. 에스텔도 그걸 충분히 알고 있었을 거예요. 만약 모르고 있었다면 그건 그 애의 탓이지 알스 님의 탓이 아니에요."

"그렇다 해도……."

짝! 그녀가 손바닥으로 내 양 볼을 때렸다.

"다시 말하지만 어떠한 책임도 느낄 필요 없어요. 만약 에스텔이 알스 님을 원망한다면 제가 그 애를 혼쫄낼 거예요."

"하하……. 고마워."

적지 않은 마음의 위안이 됐다. 에리나는 포근하게 미소

짓더니 그 이후의 일을 물었다.

내가 적진에 잠입했다는 말에는 눈을 크게 떴고, 마지막에 에스텔에게 수혈을 해 줬다는 말에는 펄쩍 뛰었다.

"에스텔에게 알스 님의 피를 나눠 줬다고요? 그럴 수가!"

에리나는 하늘이 뒤집히는 듯한 충격에 빠졌다.

그도 그럴 게 이곳 사람들에게 수혈은 전설이나 신화, 혹은 음습한 흑마법 괴담에서나 나올 법한 이야기였으니까.

"그, 그래서 에스텔은 어떻게 됐나요?"

"괜찮아졌어. 언제 정신을 차릴지는 모르겠지만 그 부분은 일리야 스승이 알아서 잘해 주겠지."

"……"

에리나는 입을 꾹 다물었다. 왜인지는 몰라도 뭔가 부러워하는 눈치다.

"……만약에요."

"응?"

"만약 제가 똑같은 상황에 처하면 알스 님은 제게도 수혈을 해 주실 건가요?"

"아니? 경우를 따져 봐야지."

혈액형이 다르면 큰일 나니까.

그러나 내 말을 다르게 해석했는지 에리나는 삐친 듯이 입을 삐죽 내밀었다.

그 모습이 귀엽게 느껴져 꼭 안고 침상 쪽으로 억지로 끌어당겼다. 에리나는 항의를 하듯 버둥거렸지만 이내 힘을 풀었다.

그녀는 역으로 내 머리를 양팔로 휘감아 자신의 가슴으로 끌어당긴다.

"고생하셨어요. 푹 쉬세요."

"응……."

그 포근함에 긴장이 풀렸는지 피로가 급격히 몰려왔다. 나는 그녀의 가슴에 얼굴을 묻은 채 그대로 잠에 빠져들었다.

다음 날.

진영의 분위기는 축 처져 있었다. 구체적인 피해 집계의 결과가 나왔기 때문이다.

6만의 병력 중 사망자 2만 3천 명. 이번에 소집된 군대는 엘란 왕국의 전부라고 해도 좋을 정도의 전력이었으니 사실상 왕국의 전력 중 30%가량이 사라진 셈이었다.

그나마 고무적이었던 부분은 처음 실종자로 집계된 인원들은 대부분 생존해 있었던 것 정도.

그리고 실종돼 죽은 것으로 보였던 2왕자 란디스가 생존해 있었다는 점이다.

란디스는 심각한 부상을 입은 채 발견됐다. 들리는 소문으론 암살자들과의 사투 끝에 그들을 제압하고 숨어 있었다고 한다.

보통 암살자들은 칼을 빼 들었으면 타깃이 죽을 때까지 집요하게 노리기 마련이지만 그들도 드래곤의 환혹의 힘 때문에 숨어 버린 란디스를 찾기가 어려웠던 모양이다.

기적적으로 생환한 란디스 왕자는 정신력이 다했는지 지금은 정신을 잃고 침상에 누워 있었다.

그 란디스 왕자의 주위를 근위대가 철통같이 지켜 그 누구도 가까이 갈 수 없었다.

심지어 동생인 4왕자 조셉마저도.

오히려 조셉의 접근을 가장 경계하고 있을 정도였다.

"이렇게 되면 란디스 왕자님이 다음 왕위를 잇게 되는 건가?"

"난 걱정돼. 란디스 왕자님은 뛰어난 분이시긴 하지만 정치적인 능력은 프라우드 왕자님이나 파리스 왕자님에 비해 부족하다 평가받았으니까."

"그래도 조셉 왕자님보단 낫지 않겠어?"

"그건 그렇지만."

여기저기서 우려의 목소리가 나오고 있었다. 그만큼 프라우드 왕자의 죽음은 타격이 컸다.

앞으로의 방침을 결정하는 군부 회의장에선 고성이 오고 갔다고 한다.

당장의 지휘권을 잡고 있던 조셉 왕자는 퇴각 준비를 하는 적을 추격해 이스와칸을 함락시켜야 한다 주장했으나 다른 지휘관들은 란디스 왕자가 정신을 차릴 때까지 상황을 지켜보자 주장했다.

드래곤이 힘을 거두고 어디론가 날아가긴 했으나 그렇다고 드래곤의 위협에서 벗어났다는 건 아니다.

상대가 또다시 드래곤을 사용할 수도 있다.

하여 신중을 기하자는 의견에 무게가 실렸다.

심지어는 최소한의 병력만 주둔시키고 주요 도시로 퇴각하자는 의견까지 나왔다.

조셉 왕자가 억지를 부려 퇴각은 이뤄지지 않았으나 어쨌든 추가적인 공격 명령은 없는 상황이었다.

'어이쿠, 바보 같은 왕자 때문에 발이 묶여 버렸네.'

엄밀히 말해 전술적인 정답은 조셉이 주장한 총공격이 맞긴 했다. 일리야 스승의 말을 들어 보면 그 드래곤은 이제 적이 조종할 수 없어진 것 같으니까.

다만 조셉은 그런 근거 없이 억지를 부리고 있었기에 사람들을 설득할 수 없었다.

내 입장에선 주요 도시로 후퇴하는 게 편했지만 적들이 퇴각하는 모습을 눈으로 확인하는 것도 나쁘지 않았다.

'아티클이라고 했지.'

아티클의 사람들은 배를 이용해 건너편의 한탄의 숲으로

이동하는 듯했다.

'에스텔이 정신을 차렸으면 좋겠는데.'

이 부분은 걱정해 봤자 소용없었다.

그보다는 리노아의 일에 대한 대책을 마련해야 했다.

왕자 암살 혐의를 받은 리노아는 잠도 자지 못한 채 조사를 받고 있는 듯했다.

그나마 란디스 왕자가 살아남은 덕에 조사 강도가 약해졌지 그렇지 않았다면 정말로 범죄자 취급을 하며 고문까지 했을지 모르는 일이다. 그만큼 왕자가 죽은 건 국가에 있어 중대 사건이었다.

나는 몇 번이고 루크레치아에게 부탁하여 겨우겨우 리노아와의 면회 일정을 잡는 데 성공했다.

면회는 자정이 가까운 시간에 이뤄졌다.

리노아는 핼쑥한 얼굴로 모습을 드러냈다.

"고생이 심한가 봐요."

나는 주섬주섬 챙겨 왔던 꿀 과자를 꺼냈다. 간수병은 눈 감아 주겠다는 듯 보지 않은 척을 했다.

친절한 간수병인 건 아니고, 그저 사전에 내가 매혹을 써 났던 덕분이다.

"좀 먹어요."

"입맛 없어요."

"그래도 먹어야 기운 차리죠. 자."

나는 억지로 그녀의 입에 쑤셔 넣었다. 리노아는 질색했지만 이내 맛있었는지 냠냠거리며 먹는다.

"이번 일에 대해서이지만 당연히 당신이 죽인 건 아니겠죠?"

"만약 그렇다고 하면요?"

"시험하는 듯이 말하지 마요. 그래 봤자 좋을 거 없거든요."

실제로 내가 매혹을 걸어 놨던 간수조차 리노아의 방금 말에 눈을 부라렸다.

리노아는 한숨 쉬며 고개를 끄덕였다.

"제가 죽이지 않았어요. 프라우드 왕자님도, 파리스 왕자님도."

"사건 당시 왕자들이 있었던 위치에 당신이 있었던 건요?"

"잘 모르겠어요. 당시의 저는 안두하의 뒤를 따라서 이동하고 있었거든요. 어디로 가는지도 몰랐어요."

"안두하……?"

"그런 표정 하지 마요. 안두하는 절대로 배신자가 아니니까."

"사람 인생에 절대라는 건 없더라고요. 저도 설마 지인을 창으로 찌르게 될 줄은 몰랐거든요."

"예? 당신도 무슨 일이 있었나요?"

"별일은 아닙니다. 그보다도 이제 어떻게 할 생각이에요. 뭐가 됐든 혐의를 풀어야죠."

"방법이 없잖아요. 성실하게 조사에 임하는 수밖에."

"범인을 특정하면 되는 겁니다. ……구원자 연맹이라는 범인을."

"……!"

나는 강하게 말했다.

"이번 사건은 구원자 연맹이 배후에 있을 가능성이 농후합니다. 그러니 당신이 알고 있는 걸 최대한 말하는 게 좋을 것 같아요."

구원자 연맹에 포섭됐었던 리노아의 브랜포드 가문은 역모의 주모자 격이었다고 하니 다른 배신자에 대한 정보도 쥐고 있을 가능성이 있다고 생각했다.

나는 리노아에게 그 배신자의 이름을 팔아 이번 위기를 넘기라고 제안한 것이었다.

'만약 그런 배신자가 있다면 리노아는 입술을 깨물 거야. 없다면 한숨을 쉬겠고.'

이윽고 리노아는 입술을 앙 깨물었다.

"그건 안 돼요."

"어째서입니까?"

"그랬다간……. 돌이킬 수 없는 큰 사건으로 번질 테니까."

리노아가 쥐고 있는 정보의 파급력이 꽤 큰 것 같았다. 그렇다면 몇 가지 의문이 더 생긴다.

그 정도의 정보를 쥐고 있는 리노아를 왜 지금껏 암살하지 않았냐는 점이다.

'오히려 그 정보가 리노아의 입을 통해 새어 나가는 걸 기대하고 있는 건가?'

리노아가 지금 말한 돌이킬 수 없는 큰 사건이 벌어지길 기대하고서 말이다.

'혹은 리노아가 가지고 있는 정보가 거짓 정보일지도 몰라. 쳇, 어느 쪽으로 생각하든 아귀가 들어맞아.'

딜레마에 빠져 버렸다.

"알겠어요. 당장은 조사를 받는 걸로 하죠. 란디스 왕자가 깨어나면 새로운 정보가 나올지도 모르고."

"미안해요. 그리고 고마워요, 웨이드."

"내가 도움 받은 게 더 많은걸요 뭘. 그럼 힘내요."

나는 면회 후 막사를 나서며 리노아의 상황을 한 번 더 정리해 봤다.

리노아는 동정받아 마땅했다.

반란을 위해 수백만의 목숨을 위험에 빠뜨리려는 부모를 좌시하지 못하고 모든 걸 국가에 실토한 뒤 본인이 직접 부모와 오빠를 암살했다.

이후 일부러 망나니짓을 하며 의도적으로 가문의 명예를

실추시켰다. 추후 역적들에 대한 본보기로 처형당할 때 당위성을 높이기 위해서다.

이 과정에서 국왕이 가짜 시체를 이용해 리노아를 살려 준다는 얘기가 있지만 이건 확실하지 못하다.

'어쨌든 여기까지는 필연이야. 내가 개입하지 않은 필연.'

극단적으로 말해 정해져 있던 게임의 스토리라 생각해도 괜찮다.

외전 격의 스토리라곤 해도 이곳도 결국 아테나 워 테일즈의 세계니까.

문제가 되는 건 내가 개입한 이후의 이야기다. 그 시점부터 나비효과가 발생했을 테다.

'꽤 많은 일이 있었네.'

리노아는 나를 따라서 한탄의 숲에 들어갔고, 그로 인해 왕가의 조사를 받았다.

내 탓에 4왕자 조셉에게 미운털이 박혔고 그 조셉 왕자의 입김을 받은 브랜포드 분가에서 리노아를 내쫓으려 하고 있다.

이번 사건에선 우연인지 계획된 건지는 몰라도 왕자 암살 혐의를 받게 되었다.

'이 부분에 뭔가 흑막에 대한 단서가 있을 가능성이 높아.'

흑막이야 당연히 구원자 연맹이겠지만 구원자 연맹은 수백 개의 연맹으로 이뤄진 집합체다. 정확히 어떤 연맹에서 흉계를 꾸민 건지는 아직 알지 못한다.

'이래서야 조셉 왕자가 연맹과 결탁한 것처럼 보이긴 하는데.'

이게 정답일지도 모르지만 정보가 부족한 이상 섣불리 단정할 수는 없었다.

전황은 서로 간의 대치 속에서 정리됐다.

아티클의 흑마법사들은 이스와칸을 비우고 건너편으로 도항. 건너편의 도시인 프레이아를 거점으로 삼았다.

이에 우리는 자연스럽게 이스와칸을 탈환했다.

도시는 원상태를 유지하고 있었다. 깨끗하게 쓰고 갔다고 할까.

시민들이 돌아오면 당장이라도 이전의 모습이 돌아올 것 같은 모습이다.

우리는 이곳에서 대기하라는 명령을 받았다.

그렇게 일주일이나 지났다.

빨리 에스텔과 스승을 만나러 건너편으로 넘어가고 싶었던 나로선 참기 힘든 시간이었다.

'장군일 때가 좋았지.'

말단은 행동의 자유가 너무 없었다. 뭐, 그 대신인지 에리나와 단둘이 지내는 시간이 부쩍 늘어났지만.

그래도 10일째가 되던 날엔 시민들이 도시에 돌아오고, 란디스 왕자까지 정신을 차리며 축제 분위기가 흘렀다.

나에게도 반가운 손님이 찾아왔다.

복귀한 시민들의 틈에 섞여 들어온 손님이었다.

"크하핫, 무지막지한 사건이 발생한 모양이던데."

"가스파르!"

"늦어서 미안하다, 이곳까지 오는데 여러모로 준비할 게 많아서 말이야. 잘 지냈냐, 알스."

"그럭저럭이요. 당신이야말로 괜찮았습니까?"

"나도 그럭저럭이지. 귄터 그놈이 제법 위태로워서 말이야."

나는 둘만 이야기할 수 있는 장소로 이동했다.

가스파르는 이번 전쟁의 경과를 듣고 싶어 했으나 나는 먼저 그 소식부터 전하기로 했다.

유미르를 찾을 수 있는 단서에 대한 이야기를 말이다.

3장

중요한 이야기가 있다는 말에 가스파르는 심드렁한 표정을 지으면서도 귀를 쫑긋했다.

"하하, 기대하게 만들었다면 실망시킬지도 모르겠네요. 유미르에 대한 이야기는 맞지만 행방을 알았다는 건 아니에요."

"그럼 뭔데, 감질나니까 빨리 말해."

나는 혈석에 관한 이야기를 했다.

"그러니까 그런 말이냐, 내 피로 혈석을 만들어서 거기에 추적 마법을 걸면 유미르가 어디 있는지 찾을 수 있을지도 모른다고?"

"맞습니다."

"장난치냐? 혈석 이야기도 그렇고, 애초에 그 추적 마법인지 뭔지를 믿을 수도 없잖아."

"그거라면 걱정 마세요. 이미 검증이 됐으니까. 당신은 모르겠지만 그 추적 마법으로 에오니아를 찾아 데려왔습니다. 그녀는 지도에 표기되지 않은 섬에 구속당해 있었어요. 그 위치를 찾아냈을 정도니 추적 마법의 효과 자체는 의심할 여지가 없습니다."

"오호……."

"시도는 해 볼 만하다고 생각하지 않습니까?"

"안 하는 것보다야 낫겠군. 한데 그 혈법사는 어디서 찾게?"

"당신, 아티클이라는 세력을 알고 있습니까?"

"이번에 난리를 피운 곳이잖아. 뭐, 나도 자세히는 몰라. 워낙 자기들끼리만 뭉치는 녀석들이라. 그 녀석들이 한탄의 숲을 단번에 평정해 버렸을 땐 조금 놀랐지. 폴라리안 녀석도 그때 죽고 말았고."

"예? 그 노인이 죽었다고요?"

"그래. 아티클 녀석들의 협조 요청을 받아들이지 않은 게 탈이 됐지. 커스버트인지 뭔지 하는 녀석이 와서 마을을 쑥대밭으로 만들더군."

"당신은……."

"난 승산 없는 무모한 싸움은 안 해. 그 커스버트라는 놈,

의외로 강해 보이기도 했고. 전력 차이가 어마어마했으니까. 폴라리안 녀석은 귄터를 내세워 그놈을 상대하려 했지만 그랬다간 귄터가 죽어 버릴 게 뻔히 보였어. 그래서 내가 먼저 폴라리안 녀석을 죽여 버렸다."

"그렇습니까……."

"왜 그래? 여차할 때는 이렇게 하라고 한 건 너였잖아?"

"아뇨, 좋은 판단이었습니다. 그런데 사역을 하고 있던 흑마법사가 죽어서 없어지면 귄터에게도 영향이 갔을 텐데요."

"그렇더라고. 녀석은 지금은 인형 같은 상태야. 해결 방법을 알기 위해 흑마법사들을 찾아다녀 봤지만 아티클 녀석들 때문에 다들 자취를 감췄더군."

"그 아티클에 관해서입니다만."

아티클에 일리야 스승과 에스텔이 있었다는 말에 가스파르는 껄껄 웃었다.

"크하하핫! 등잔 밑이 어두웠다는 건가. 뭐, 어쨌든 잘됐네. 귄터의 일도, 혈석에 관한 일도 루트거의 딸에게 맡기면 되는 거니까."

"그런 셈이죠."

"그렇담 귄터도 어서 이쪽으로 데려와야겠군. 또다시 바빠지겠어."

"아, 그리고 한 가지 더 상담할 게 있습니다."

"앙?"

나는 도로시가 제안했던 북대륙 저택 건축 건에 대해 가스파르의 의견을 물었다.

"귄터는 엘란 왕국 내에선 범죄자입니다. 게다가 일리야 스승과 에스텔도 범죄자로 낙인찍힐 가능성이 높아요."

"왕국 내에선 돌아다닐 수 없게 될 거라는 건가."

"돌아다닐 순 있겠지만 위험 부담이 있다는 거죠. 게다가 연맹에 노예로 팔려 버린 애거트를 찾기 위해서라도 북대륙의 거점은 필요하다고 생각합니다. 가스파르 당신은 북대륙에 연이 있으니까요. 이 일을 맡아 줄 수 있습니까?"

"연이라고 해 봐야 도적놈들을 휘하에 부린 것뿐이잖아. 이왕 거기를 거점으로 삼을 거라면 도적놈들을 쓰기보단 세력을 새로 구축해서 연맹을 세우는 편이 나아."

"연맹을요……? 창설 조건이 꽤 까다롭다고 들었습니다만."

"그야 어중이떠중이들 입장에선 그렇지. 하지만 나나 일리야 안페이 같은 실력자들에게 있어선 그렇게 어려운 일도 아니야. 물론 초기엔 영토도 뭣도 없으니까 허울뿐인 조직이 되겠지만."

직접 연맹을 만든다라. 내 독자적인 세력을 구축한다는 의미에선 나쁘지 않았다.

"그럼 그렇게 준비해 주겠습니까?"

"맡겨 두라고. 초기 인원은? 일리야와 귄터 그리고 루트거의 딸이 전부인가?"

"도로시에게도 도움을 주라고 얘기해 둘게요."

"도로시? 아아, 그 약골 녀석 말이냐. 그런 녀석이 무슨 도움이 된다는 거야."

"내가 아는 사람 중엔 손에 꼽을 정도로 똑똑한 친구입니다. 그리고 장차 구원이동을 사용할 수 있게 될 촉망한 마법사예요."

"워우."

구원이동 마법사라는 말에 가스파르조차 화들짝 놀랐다.

"대단한 녀석이었잖아!"

"그렇죠?"

구원이동 마법사의 위상은 그 정도였다. 번개술사인 에리나도, 밴시의 특성을 가진 에스텔도 도로시에게 두 수는 접어야 되는 레벨이다.

"좋아, 그 정도면 최소한의 전력은 확보된 셈이군."

"추가로 새로 찾아낸 몇몇 가신들을 그쪽으로 보낼게요. 다만 유미르는 제 쪽에 있을 거예요. 손주를 보고 싶으면 당신이 바이언으로 오세요."

"크하핫! 그건 일단 그 애를 찾아내고서 말하자고."

가스파르는 기분이 좋아졌는지 내게 술을 권해 왔다.

"전쟁도 끝났겠다, 거하게 마셔 보자고!"

"전 됐습니다. 혼자 드세요."

"재미없긴. 올라프 녀석이 그리워지는군. 녀석이라면 옳다구나 하고 어울려 줬을 텐데 말이야."

"잘하면 이번에 올라프도 찾을 수 있을 겁니다. 그와 함께 있을 가능성이 높은 제 누나도 혈석을 추적해서 찾을 수 있을 가능성이 있거든요."

"그거 좋군! 어서 찾아 달라고! 술친구가 없어서 적적했으니까."

"하하핫."

서로가 웃으면서 이야기를 마무리할 수 있었다.

나는 막막했던 실종자 수색이 긍정적인 반환점을 돌았다는 느낌을 받고 있었다.

정신을 차린 란디스 왕자는 신속하게 상황을 정리했다.

바다 건너편으로 후퇴해 버린 상대를 쫓기는 힘들다고 판단하고 이스와칸에 5천의 수비 병력을 주둔시킨 채 군에 해산 명령을 내린 것이다.

왕자 암살 건에 대해서도 따로 의심 가는 바가 있는지 조사를 받고 있던 리노아를 석방시켜 주었다.

그 덕에 돌아가는 마차는 만석이 될 수 있었다.

리노아는 지쳤는지 자리에 앉아 꾸벅꾸벅 졸고 있었다.

에리나는 슬쩍 리노아의 몸을 기울여 그 머리를 자신의 어깨에 기대게 했다.

안두하는 그 모습을 묵묵히 지켜보다 내게 말한다.

"가신을 더 찾았다고?"

"예, 한탄의 숲에 있었던 두 명이에요."

"실력은 어느 정도지?"

어디까지나 리노아의 안위가 우선인 안두하에겐 그게 무엇보다 중요한 모양이다.

"엄청나죠. 저기 저 엘레나 씨를 가볍게 제압할 수 있을 정도예요."

"허풍도."

"허풍이 아니고 실제로 그랬어요."

엘레나의 표정에 노기가 드러난 걸 보고 내 말이 농담이 아니란 걸 깨달았는지 안두하는 어이없다며 탄식한다.

"그런 괴물이 있을 수 있는 건가?"

"심지어 그 남편은 더 강해요. 엘레나 씨도 강하긴 하지만 제 가신들 중에선 뭐, 세 번째 정도인 셈이죠."

화륵! 엘레나가 읽고 있던 책의 모서리 부분이 열기에 그슬려 불탔다.

"일라인! 밖으로 나오세요! 상대해 주겠습니다!"

"그러니까 나는 왜요!?"

"메, 멜리안의 조카로서 알맞은 실력을 가지고 있는지 확인해 보겠습니다!"

"그게 무슨 상관입니까……."

언젠가는 정말로 뒷골목에 끌려갈 것 같았기에 엘레나를 놀리는 건 여기까지만 하기로 했다.

우리의 첫 목적지는 남대륙의 브랜포드 가문 저택이었다. 그곳에 에오니아와 어머니가 기다리고 있었다.

에오는 기억에 관한 문제, 어머니는 혈석에 관한 건으로 이곳으로 불러 놓은 것이었다.

나는 이곳에서 다시 방향을 틀어 일리야 스승과 에스텔을 만나기 위해 이스와칸으로 갈 생각이었다.

에리나도 에스텔을 보고 싶은지 함께 가고 싶어 했지만 그녀는 따로 할 일이 있었기에 내 부재에 대해 말을 맞춰 주기로 한 리노아와 함께 아카데미에 돌아가기로 했다.

나, 에오니아, 어머니, 엘레나. 이렇게 넷이 다시금 이스와칸 방면으로 향했다.

"흐흥~."

에오는 여행을 가는 거라고 생각하는지 콧노래를 흥얼거렸다. 창밖 풍경을 구경하는 건 금방 질린 건지 내게 이번 전쟁의 경과를 물어 왔다.

"알스, 드래곤이 나타났다는 게 사실이야?"

"응……."

"드래곤이 정말로 있는 거구나! 한번 보고 싶다."

"저기, 정말 괜찮은 거야?"

나는 안절부절못하고 있었다. 마차가 덜컹거릴 때면 내 가슴도 철렁였다.

쌍둥이를 임신하고 있는 에오는 벌써 만삭에 가까울 정도로 배가 나와 있었다. 혹여 마차 여행이 부담이 될까 걱정이 됐다.

"괜찮다니까. 비스케타 님도 괜찮다고 하셨어."

본인은 괜찮다고 해도 마차가 흔들릴 때마다 내가 신경이 쓰였기에 에오의 옆에 앉아 흔들리지 않도록 잡아 주기로 했다.

에오는 이게 낯부끄러운지 상기된 얼굴로 창밖으로 시선을 돌린다.

"후훗, 알스. 너무 걱정할 필요 없단다."

"그런 어머니도 쌍둥이 애들을 출산할 땐 대단히 고생하셨잖아요."

"나야 노산이었으니까. 에오니아는 건강하니 괜찮을 거야. 그보다…… 유미르와 율리아를 찾을 수 있는 단서란 건 확실한 거니?"

"확실하진 않아요. 하지만 그 외에는 딱히 짚이는 곳이 없어서요. 지금 상황에선 유일한 방법이에요."

"그래……. 부디 잘됐으면 좋겠구나."

이스와칸에 도착해서는 그곳에 머무르며 가스파르를 기다렸다.

가스파르가 귄터를 데리고 도항할 수 있는 배를 가져와 주기로 했기 때문이다.

하여 가스파르가 오기 전까진 여행 기분이 충만한 에오와 시간을 보내기로 했다.

이스와칸은 돌아온 시민들로 인해 활기를 되찾은 상태였다.

국가 주도로 생필품이 대거 들어왔는지 시장은 사람들로 북적였다.

에오는 놀이동산에 온 어린애처럼 여기저기를 바쁘게 돌아다녔다. 임산부가 이래도 되나 싶을 정도의 활동량이었다.

그러던 발걸음이 옷 가게에서 멈췄다.

귀족들을 타깃으로 한 옷 가게인지 꽤 화려한 옷들이 전시돼 있었다.

"잠깐 보고 갈까?"

"……그래도 돼?"

"안 될 게 어딨어."

오히려 내가 더 적극적이었다.

예전의 그녀였다면 내 눈치를 보며 내가 권하는 건 뭐든지 좋다고 했겠지만 지금은 달랐다. 나는 이참에 옷을 권하며 그녀의 취향을 확인해 보기로 했다.

"이거 괜찮아 보이네. 입어 볼래?"

"자주색은 별로……. 내 머리카락 색깔과 어울리지 않을 것 같아. 음, 이건 어때 보여, 알스?"

뭔가 보고만 있어도 흐뭇한 느낌이 들었다.

뭐, 결국엔 임산부인지라 맞는 옷이 없어 구매한 건 아기 옷뿐이었지만.

그래도 에오는 즐거웠는지 콧노래를 부르고 있다.

해가 저물어 돌아가는 시점엔 그녀도 지쳐 버려 함께 앉아서 쉬고 있었다.

나는 조심스럽게 물었다.

"에오, 혹시 기억을 찾는 게 무섭지는 않아?"

"안 무서워. 얼마 전까진 그런 생각도 하긴 했는데. 비스케타 님이 말했거든. 기억을 찾으면 분명 더 행복해질 거라고 말이야. 그래서 오히려 기대 중이야."

"비스케타 씨가 할 법한 말이네."

"그런데 내가 엄청 부끄러워할 거라고도 말하셨어. 그건 왜 그런 걸까?"

"글쎄."

그녀가 기억을 찾으면 분명 지금의 모습을 떠올리며 창피해할 거다. 비스케타는 그걸 말한 거겠지.

"그보다도 알스, 클레어 씨가 말했는데, 아이 이름은 미리 정해 두는 게 좋대. 그러면 태교에 좋다고 했어!"

"뭔가 생각해 둔 거라도 있어?"

"에르니는 어떨까? 쌍둥이 에르니와 체르니."

"에로 시작되는 이름은 조금 흔하지 않아?"

"응?"

"그냥, 내 주변에 많은 것 같아서."

내 곁에만 에리나, 에스텔, 에오니아가 있다. 어감이 비슷한 애쉬와 애거트도 있고.

"왜에? 많으면 어때. 에르니와 체르니. 좋잖아."

"그런데 왜 둘 다 여자애 이름인데? 남자애들이 태어날 수도 있는 거잖아."

"그것도 다 생각해 놨지! 남자애일 경우엔 에드와 체드로 하는 건 어때? 비스케타 님은 에드워드랑 헤이워드를 추천해 주긴 했는데……. 아! 클레어 씨는 여자애면 죠세핀과 율핀으로 하는 게 어떠냐고 하셨어. 근데 남자애일 경우는 듣지 못했네. 돌아가면 여쭤보자."

"하하……."

"에, 에헴!"

내가 흐뭇하게 보고 있자 에오는 혼자 흥분했다는 걸 뒤늦게 자각했는지 멋쩍은 듯 헛기침을 했다.

그렇게 그녀와 소박한 행복을 만끽하고 있던 때였다.

"역시나……!"

옆에서 들려온 남자의 목소리.

목소리의 주인에게 시선을 돌린 나는 화들짝 놀랄 수밖에 없었다.

"미인이랑 꽁냥대는 재수 없는 금발이 있다고 해서 와 봤더니, 역시 알스 너였냐!"

"애쉬!?"

느닷없이 마주하게 된 또 한 명의 실종자.

애쉬 페이튼이 독특한 옷차림을 한 채 내 앞에 나타난 것이다.

대략 반년 만에 재회한 애쉬는 독특한 차림을 하고 있었다.

나는 그 특유의 차림새가 무엇인지 알고 있었다.

'용병들의 복장이라니.'

애쉬는 나와 에오니아를 번갈아 바라보고는 이윽고 에오의 배에도 시선을 뒀다.

내가 실종자들은 찾지 않고 연애질이나 하고 있다고 생각했는지 노기 어린 표정이 된다.

"너 이 자식 설마……!"

"진정해. 임신 시기는 전이되기 전날이니까."

"그날 이전이건 뭐건! 이 부러운 자식!"

그냥 그게 화가 난 모양이다.

부들부들 떠는 애쉬.

"어휴, 네 관심사는 그것밖에 없냐?"

"보이는 게 그것밖에 없는데 어떡하라고. 그래도…… 다시 만날 수 있어서 다행이다. 미라벨 씨도요."

에오는 그게 누구냐며 고개를 갸웃한다. 이에 애쉬는 진심으로 상처를 받은 듯했으나 내가 사정을 설명하자 어이없이 탄식한다.

"기억을 잃어버리다니. 하기야, 이 세계는 뭐든 일어날 수 있는 곳이니까."

그렇게 중얼거린 애쉬는 곧 충격을 받은 듯 토끼 눈을 떴다.

"그, 그렇다는 건 똑같은 사람이랑 두 번이나 풋풋한 연애를 할 수 있다는 거 아냐! 이 치사한 자식……!"

"넌 정말이지……. 그보다 잠깐 얘기를 할 수 있겠어? 에오를 숙소에 바래다주고 다시 나올게."

"그래, 나도 동료들에게 말도 안 하고 멋대로 나온 거라서 말이야. 1시간 후에 이곳에서 다시 보자."

"늦지 마라. 1분이라도 늦으면 그냥 돌아가 버릴 거니까."

"켁. 남자끼리의 약속은 원래 기본 30분씩은 늦는 거라고."

"30초는 기다릴게."

"어휴, 알겠어. 이따 보자."

생각지도 못한 재회였다.

나는 에오를 숙소에 데려다준 뒤 가볍게 무장을 갖추고 약속 장소로 나왔다.

애쉬는 반대로 무장을 풀고 사복을 갖춰 입고 나타났다.

"뭐야, 그 무장은. 누구랑 한판 뜨려고?"

"밤은 위험하기 마련이니까."

"뭐, 조심해서 나쁠 건 없지. 아무튼 따라와, 장소는 내가 잡아 놨으니까."

애쉬가 안내한 곳은 음습한 주점이었다. 둘만의 이야기를 하기엔 안성맞춤인 장소였다.

자리에 앉아 음료를 주문한 뒤, 나는 그에게 물었다.

"네가 어떻게 이곳에 있는 거야?"

"그보단 왜 이곳에 있냐고 묻는 게 정확하지. 그리고 그런 이유면 뻔하잖아? 사람들을 찾기 위해서야. 그 정도의 대사건이 벌어졌으니 누군가 한 명쯤은 관여되지 않았을까 싶었거든. 그래서 타이락소 씨에게 사정사정해서 이곳으로 왔지."

"타이락소?"

"내가 속한 용병대의 대장이야."

"역시 용병대에 소속된 거구만."

"그래. 사람을 찾아다니기엔 제격이라고 생각했거든."

나도 비슷한 생각을 한 적이 있다. 용병대는 대륙 각지를 이동하며 여러 의뢰를 수행한다. 각지의 정보를 얻기에 딱 좋은 직업이었다.

"그래도 다행이야. 허탕이라고 생각했는데 알스 너를 발견하다니. 내 동료가 재수 없는 금발 녀석이 미인이랑 함께 있다기에 네가 아닐까 생각했거든."

"내가 왜 재수 없는 금발이냐."

"아무튼. 거듭 말하지만 다행이다."

애쉬는 많은 것이 담겨 있는 한숨을 내쉰다.

사람을 찾기 위해 꽤 적극적으로 움직이고 있던 모양이다. 나와는 정반대의 방법으로 말이다.

내가 사람을 찾는 방법을 들은 애쉬는 미간을 찌푸렸다.

"거점지를 두고 사람들이 오게끔 만든다고?"

애쉬는 기가 찬다며 말을 이어 간다.

"그런 식으로 이 넓은 곳에서 어떻게 사람을 찾냐, 인마."

"넓으니까 오히려 그렇게 한 거야."

"너다운 잔머리이긴 한데, 그래 봤자 몇 명 못 찾았겠네."

"근데 애쉬, 넌 누구를 찾았어?"

그게 가장 궁금했다.

애쉬는 어깨를 으쓱이며 말한다.

"소피아 공주를 찾았어."

그는 과장된 목소리로 무용담을 늘어놓듯 이야기했다.

소피아가 연맹의 노예 사냥꾼들에게 잡히려던 것을 극적
으로 구출했다는 이야기다.

"이후엔 소피아 씨까지 용병대에 입단시켰지. 그 사람이
전투 능력은 없어도 머리 회전은 빠르니까. 그러다 최근엔
금전적으로 여유가 생겨서 아카데미에 들어가서 공부를 하
고 있는 중이야."

"아카데미? 어디 아카데미를 말하는 건데?"

"퇴역 용병들이 운영하는 작은 아카데미인데, 왜?"

"아······. 3급 아카데미 말이구나."

급수로 나뉘는 아카데미.

1급은 내가 다니고 있는 왕립 아카데미. 그리고 도로시가
다니고 있는 연맹 아카데미다.

2급은 지방 대도시의 아카데미. 그리고 유명한 모험가가
운영하는 아카데미다.

그 아래 있는 3급에는 지방 소도시의 아카데미. 그리고 어
중간한 모험가가 운영하는 아카데미가 이에 속한다.

소피아가 공부한다는 곳은 그 3급 아카데미인 모양이다.

난 이해가 되지 않아 되물었다.

"뭣 하러 굳이 3급 아카데미에 가서 공부를 하는 건데? 그

냥 1급이나 2급으로 가면 되잖아."

그랬다면 나나 도로시와 만날 수 있었을 텐데 말이다.

그러나 애쉬는 반대로 이해하지 못하겠다는 기색이다.

"무슨 헛소리야. 1급, 2급 아카데미에 대뜸 어떻게 들어가냐고. 거긴 마법에 대한 재능이 없으면 돈이 있어도 들어갈 수 없는 곳인데."

"어, 설마······."

"잠깐만. 그리고 보니 너 그 옷에 새겨진 엠블럼. 설마 왕립 아카데미 엠블럼이냐?"

"······그렇게 됐다."

내 입장에선 에리나도 도로시도 희귀 속성을 타고나 당연하다는 듯이 1급 아카데미에 다니고 있었고, 나 또한 어렵지 않게 입학을 했으니 다른 이들도 그렇게 할 수 있을 거라 생각했지만 냉정히 생각해 보면 우리 쪽이 특별한 케이스였다.

소피아 공주도, 애쉬도 마법에 대한 재능이 없었던 모양이다.

그나마 애쉬는 오러를 다룰 수 있는 실력자인 만큼 용병대에서 즉시 전력으로 활약할 수 있었지만, 소피아 공주는 아니었다.

그러니 몇 달을 일해 돈을 모은 다음 3급 아카데미라도 입학한 것이다.

"이러니까 재능 있는 녀석들은······. 소피아 씨가 얼마나

고생하는지 알면 절로 고개가 숙여질 거다."

"그래서, 그 사람은 지금 북대륙에 있다고?"

"맞아. 거기서 공부하고 있지. 주로 역사나 연맹의 행정 같은 걸 공부하고 있는데, 틈틈이 마법 공부도 하나 봐. 거기의 재수 없는 아카데미 교사는 재능이 없으니 마법 공부는 그만두라고 한 모양인데, 소피아 씨가 그래 봬도 한 고집 하니까."

"나중에 얘기를 나눠 봐야겠네. 그리고?"

"엉? 그리고라니?"

"그리고 또 누구를 찾은 건데?"

"끝이야! 뭔데? 이 상황에서 한 명이라도 찾아낸 게 얼마나 대단한 일인지 너도 알잖아! 아직 그때 이후로 5개월밖에 지나지 않았다고!"

"그, 그렇지. 그렇긴 하지."

애쉬처럼 능동적으로 움직여 주는 사람이 있다는 게 얼마나 고마운 일인지는 잘 알고 있었다. 그래도 한 명은 살짝 실망스럽긴 했지만.

그게 얼굴에 드러났는지 애쉬는 눈매를 좁히며 쏘아붙인다.

"그러는 너는 몇 명을 찾았는데? 아항, 미라벨 씨 외에 한두 명을 더 찾은 모양이네? 그래서 그렇게 기고만장한 거구만? 말해 봐, 누군데?"

나는 곰곰이 기억을 더듬었다.

"그러니까……. 귄터, 가스파르, 에리나, 도로시, 어머니, 메이센, 에오, 비스케타, 스승, 에스텔까지 하면 10명이네."

"……."

"너랑 소피아 공주까지 합친다고 치고, 애거트도 일단은 연맹에 잡혀 있다는 걸 알았으니 13명이라고 생각해도 되겠어. 응? 왜 그래?"

"저기, 나대서 죄송했습니다."

애쉬는 진심으로 면목이 없다는 듯 고개를 숙이고 있었다.

분위기가 무르익은 뒤에는 내가 사람들을 어떻게 찾아냈느냐에 관한 화제로 이어졌다.

"진짜냐……. 미라벨 씨를 구하기 위해서 감춰진 엘프들의 섬까지 갔다 왔다고?"

"거긴 위험했지. 진짜로 죽을 뻔했어."

애쉬와 허심탄회하게 이야기하고 있자니 자정이 훌쩍 지나 있었다.

녀석도 슬슬 일행에게 돌아가야 하는지 잔의 술을 확 들이켜고는 진중한 목소리로 말해 왔다.

"……그녀에 관한 단서는 아직 없는 거지?"

"리시테아에 관한 거라면 미안해. 지금 상황에선 없어. 혹시 네가 그녀와 관련된 중요한 물건을 가지고 있다면 추적 마법을 걸어 볼 수도 있는데. 그런 거 없어?"

"없어. 전이당할 당시의 난 소풍을 나가는 거라고만 들어서 셔츠랑 바지만 입고 있었다고."

"미안하다."

내가 뭐라 긍정적인 답을 해 주지 못하자 애쉬는 오히려 격려하듯 내 어깨를 두드렸다.

"그런 표정 짓지 마라. 리시테아를 찾아내는 건 내가 해야 할 일이야. 괜히 신경 쓰지 마. 알스, 넌 충분히 잘하고 있어."

"네게 그런 격려를 받을 줄이야."

전이되기 전엔 각자의 신분과 지위 때문에 표면적으로만 친구 관계에 있었다고 하면, 이곳에 와선 그 허물을 벗고 진심으로 이야기할 수 있었다.

"긍정적으로 생각하자. 서로 최선을 다하면 뭐든 결과가 나오지 않겠어?"

"음....... 그 수색에 관해서인데, 이미 이 정도로 사람을 찾아낸 이상 이제는 네 말대로 가만히 앉아서 기다리는 방법은 효율이 떨어질 거야. 발로 뛰어가면서 찾는 게 더 나은 상황이 되겠지. 그러니 당분간은 사람 찾기를 계속 부탁하고 싶은데. 괜찮을까?"

"맡겨 둬. 오기로라도 한 명 정도는 더 찾아내고 말 테니까."

이후의 일을 곰곰이 생각한 나는 그에게 가스파르가 창설하기로 한 연맹의 가입을 권해 보았다.

　"연맹을 창설한다고? 그 정도의 돈이 있는 거냐?"

　"지금은 없는데, 대략 6개월에서 1년 정도면 할 수 있을 거라고 가스파르가 말하더라고. 그때가 되면 소피아 공주와 함께 합류하는 게 어떨까 해."

　"흠, 그건 그때 가서 생각해 봐야 할 것 같은데. 내게는 용병단과의 계약이 있으니까. 여기 용병단에는 신세도 졌고, 매정하게 떠나기에는 섭섭한 관계야."

　"하기야 그렇겠지. 시간은 있으니까 천천히 생각해도 괜찮아. 그리고 연맹에 관련 없이 북대륙에 지어지는 저택은 아무 때나 들러도 돼. 너와 소피아 공주의 방도 만들어 두라고 할 테니까."

　"그거 좋네. 고맙다."

　"내가 더 고맙지."

　턱! 굳게 얽힌 손.

　악수를 나눈 뒤 우리는 다음에 만날 날을 기약하며 각자의 길로 향했다.

　가스파르가 배를 가지고 도착한 건 그날 새벽의 일이었다.

국가의 검문에 걸리지 않도록 외진 항구에 배를 댄 가스파르는 쇠뿔도 단김에 빼는 게 좋다며 당장 도항할 것을 제안했다.

그렇게 우리가 도항한 시간은 새벽 5시 정도.

아직은 어두워 항해가 어렵긴 했지만 항로 자체는 단순한 만큼 순조롭게 항해를 시작했다.

그렇게 항해가 중간에 이른 시점에 해가 떠 날이 밝기 시작했다.

갑판으로 나온 가스파르는 기지개를 켜며 하품을 했다. 그런 와중 자신을 지그시 응시하고 있는 에오에게 의문을 표했다.

에오가 나직이 말한다.

"알스, 멍멍이가 있어."

"앙!? 누가 멍멍이라는 거냐!"

"멍멍이가 말까지 해!"

"뭐라는 거야!"

에오는 순혈 수인을 본 게 신기했던 모양이다.

가스파르는 불쾌한지 표정을 찡그렸지만 에오가 기억을 잃었다는 걸 전하자 어이없다며 코웃음을 치곤 신경을 꺼 버렸다.

그럼에도 에오는 '뼈다귀를 주면 좋아하지 않을까?' 하며 가스파르에게서 흥미를 떼지 못했다.

그리고 또 하나, 엘레나도 가스파르를 관심 있게 지켜보고 있었다.

"가스파르라면 펜실론 제국 시절 검투사와 용병으로 소문이 자자했던 자인데요. 설마 동일 인물입니까?"

"맞습니다. 용케 기억을 하시네요."

"그래서 저런 노련한 기백이……. 뭐, 그렇다고 해도 지금은 노쇠한 모양이군요."

그렇다면 딱히 겨뤄 볼 필요는 없다고 판단했는지 엘레나는 어깨를 으쓱였다. 그녀의 신경은 곧 만날 일리야 스승에게 향해 있는 것 같았다.

"도착했소!"

건너편에 도착한 건 2시간 정도가 지나서였다.

한탄의 숲의 거점 항구인 프레이아는 현재 아티클이 점령하고 있는 상황이었기에 도시를 벗어나서 상륙을 해야 했다.

선장은 가스파르에게서 두둑한 보수를 받고는 서비스라는 듯, 이곳 지형도를 나눠 주었다.

육지에 올라서자 가스파르가 물었다.

"일리야와 만나기로 한 지점은 어디지?"

"그게 구체적으로는 정하지 않았어요. 그쪽 사정을 정확히는 모르는 상황이었거든요."

"흠, 적당히 소란을 피우는 게 좋으려나."

그러나 그럴 필요는 없었다.

우리가 온 걸 용케 알아챘는지 얼마 지나지 않아 스승이 마중을 나온 것이다.

"알스, 어서 와라. 으음, 클레어 씨와 에오니아도 있는 건가. 가스파르도 반갑습니다. 그리고 그쪽은……."

엘레나를 보고는 누구냐는 듯 내게 눈치를 보내는 스승.

내가 소개를 하기 전에 엘레나가 먼저 나선다.

"감히 내게 그 정도의 치욕을 안겨 줬군요, 일리야 안페이."

엘레나가 분노를 드러내자 주변이 뜨거워지는 느낌이 들었다. 그 기운에 일리야 스승은 엘레나의 정체를 파악한 모양이다.

"그때 그 창술사군요."

"엘레니아 미라벨입니다. 엘레나라고 불러도 좋습니다."

"일리야 안페이라고 합니다. ……인사를 했음에도 투기를 거두지 않는다는 건 역시 제게 좋은 감정을 가지고 있지 않다는 뜻입니까?"

"당연합니다. 당시 당신이 제게 했던 처사를 잊어버렸다고는 하지 않겠죠."

"훗."

일리야 스승은 피식 웃고는 말을 이어 갔다.

"무인의 긍지입니까. 외람되는 말일지도 모르겠지만 엘레나 님은 전쟁을 많이 겪어 보지 않은 모양이군요. 전쟁터에선 강자야말로 정의입니다. 제압을 당한 당신이 어떤 굴욕을 느꼈건 그건 약자로서 받아들여야 할 일이며 강자의 입장에선 하등 신경 쓸 필요가 없는 겁니다."

이게 일리야 스승의 좋은 점이었다.

그 본인도 무인의 긍지라고 하면 타의 추종을 불허하는 사람이었지만 그렇다고 그걸 전쟁터까지 끌고 오지는 않았다. 전쟁터는 무인의 긍지를 따질 만한 곳이 아니란 걸 옛날 옛적에 깨달았으니까.

"지금 제게 약자라고 했습니까……!"

"패배자는 곧 약자. 그걸 부정할 순 없는 겁니다. 그게 전쟁터라면 더더욱. 용병들 사이에선 이런 말이 있습니다. 아니꼬우면 이기라고. 그게 전쟁이라고 말입니다."

"읏……!?"

"납득을 하신 것 같군요. 그럼 이동하지요."

분위기가 경직되고 말았지만 스승의 말이 팩트인 만큼 엘레나도 추가적인 반박은 하지 않았다. 그저 나중에 있을 대련을 이를 갈며 기다리고 있을 뿐.

뭐, 일리야 스승은 대련은 대련일 뿐, 전쟁터에서의 싸움은 별개라고 생각할 테니 엘레나가 진정한 의미로 복수를 하는 건 불가능할 테지만.

"알스."

앞장을 서서 걸어가던 스승이 나를 부르더니 속삭인다.

"에오니아가 기억을 잃었다는 건 저번에 네게 들었는데…… . 저 배는 듣지 못했다."

"아, 그걸 말하지 않았었네요."

"네 아이냐? 그런 것치곤 배가…… ."

"제 아이 맞아요. 배가 더 나온 건 쌍둥이이기 때문이래요."

"이거야 원. 겹경사였구나. 축하한다."

그렇게 말하는 스승의 눈빛에선 씁쓸함이 묻어 나왔다. 중앙 대륙에 있을 자신의 갓난아이를 떠올린 것이다.

나는 분위기가 어색해지지 않도록 빠르게 화제를 전환했다.

"그보다 에스텔은요? 정신을 차렸나요?"

에스텔이 함께 마중 나오지 않은 것이 마음에 걸렸다.

그러나 스승은 미소 지으며 고개를 끄덕였다.

"정신을 차렸다. 마중 나오지 않은 건 너 때문이야."

"저 때문이라고요?"

"너와 만날 마음의 준비가 필요한 것 같더라고. 저기에 있어."

스승이 가리킨 것은 산장으로 사용되다 버려진 것 같은 목조건물이었다.

"알스, 네가 혼자 가라. 우리는 20분 정도 후에 들어갈게."

"헉."

어색한 관계를 풀고 오라며 내 등을 떠미는 스승.

나는 가볍게 심호흡을 하고 산장으로 걸음을 옮겼다.

똑똑! 산장 문을 노크하자 안에서 마치 초식동물이 겁을 집어먹은 듯한 기척이 느껴졌다.

"저기, 나인데. 들어가도 될까?"

"드, 들어오세요."

덜덜 떨리는 목소리.

문을 열고 들어가자 테이블에 앉아 안절부절못하고 있는 에스텔이 눈에 들어왔다. 땀을 삐질삐질 흘리고 눈이 이리저리 움직인다.

그 바보 같은 모습에 나는 긴장이 풀리는 것 같았다.

"하하……. 상처는 괜찮아?"

"네, 넵! 갠차나여!"

"너무 긴장했잖아."

나는 테이블에 마주 앉았다. 에스텔은 눈을 마주하기 힘든지 어쩔 줄 몰라 한다.

"미안해. 그때 그 일은 여러 사정이 복잡하게 얽혀 있긴 했지만 뭐가 됐든 네게 중상을 입히고 말았으니까."

"아니에요!"

그것만큼은 양보할 수 없다는 듯 에스텔이 강하게 말해 왔다.

"알스 님은 잘못한 것 없어요. 모두 제 잘못이에요."

"그렇게 위로해 줄 필요는 없어."

"아뇨, 위로가 아니에요. 사실이 그런 것뿐이니까요."

"응?"

"알스 님은 절 알아볼 방법이 없었던 반면에 저는 그렇지 않았어요. 알스 님이 커스버트 씨와 싸울 때 검과 창을 동시에 사용했잖아요. 제가 냉정했더라면 그때 그게 당신이라고 알아챘을 거예요."

그것도 그랬다.

물론 이해는 간다. 전쟁터라는 게 롤러코스터를 타는 듯한 수준으로 정신이 없는 곳인 만큼, 생각이 미치지 못했다 하더라도 이상하지 않다.

"그러니까 자기 잘못이라고 말하지 마요. 오히려 제가 알스 님에게 도움을 받았죠. 저를 위해 이스와칸에 잠입해서 수, 수혈을 해 주셨다고⋯⋯."

"그러고 보니 부작용은 없어? 니무스라는 할머니가 말하길 어떤 영향이 있을 수도 있다고 했는데."

"지금까진 딱히⋯⋯. 그래도 느껴져요. 알스 님의 피가 제몸에 흐르는 게."

에스텔이 오버하는 거라고 생각했다. 수혈이라고 해 봐야 대단할 게 없는 거니까.

뭐, 나도 생전 수혈을 받아 본 적은 없으니 뭐라 말할 수 있는 입장은 아니지만.

'혈마법으로 수혈을 한 건 다른 걸지도 모르지.'

어색한 분위기가 점점 풀어져 갔다. 에스텔도 몸에 긴장을 풀고 웃음기를 되찾았다.

"그런데요."

"응?"

"제게 존대를 하지 않으시네요? 전엔 꼬박꼬박 존대를 했었는데. 지금은 자연스럽게 말하고 계시잖아요."

"아, 나도 모르게."

"나도 모르게……?"

"에리나와는 이렇게 얘기하게 됐거든. 그게 익숙해져서 그런가 봐."

"에리나……. 같이 있는 거군요."

"그때 그 번개 마법사 기억나? 그게 에리나야."

"어쩌면 그럴지도 모른다고 생각했어요. 그 등에 일라인 가문의 문장이 그려져 있었거든요."

"그거 내가 그린 거야. 잘 그렸지?"

에스텔은 부러운지 입술을 삐죽인다.

"에리나와 많이 가까워지신 모양이네요."

"그러게. 서로 의지해야 하는 상황이 돼서 그런가 봐."

"흐음……."

전에는 유미르와 에오 이외에 에리나와 에스텔과는 거리

를 두는 편이었다. 그 거리감이 지금은 없어졌다.

에스텔도 그걸 느꼈는지 놀랍다는 듯한 표정이다.

"뭔가 더 다정해지신 것 같은 느낌이 들어요."

"핫, 네가 그렇게 말하면 그런 거겠지."

"지금까지의 이야기를 해 주시겠어요?"

"그거는 다 함께 얘기하자."

슬슬 20분이 됐는지 스승이 일행을 이끌고 산장으로 들어왔다.

에스텔은 어머니를 보고는 반색하더니 에오니아의 배를 보곤 그대로 굳어 버렸다.

"아, 알스 님?"

"응, 상상한 그대로야. 전이되기 전날에…… 그게 이렇게 됐어."

"그, 그렇군요……. 유미르 씨에 이어서……. 추, 축하드려요."

어쨌든, 상황이 정리되어 차분하게 이야기를 할 수 있게 됐다.

나는 차분하게 현황을 이야기했다.

일리야 스승은 내가 찾은 사람들의 이름을 듣고는 감탄 섞인 한숨을 쉬었다.

"벌써 그 정도로 찾아내다니. 역시 대단하구나. 우리는 우리 처지만 신경 쓰는 게 고작이었는데."

"스승 쪽이 더 힘들었을지도 몰라요. 느닷없이 한탄의 숲에 떨어지다니."

"많이 당황스럽긴 했지. 아티클 쪽과도 처음엔 마찰이 있었고. 그리고 보니 커스버트와 싸웠다지?"

"예, 무지막지한 놈이더군요. 흑마법사에게 사역된 공포의 기사라고 했었나요."

"그 녀석은 그중에서도 특별해. 그 계약 이외에도 특수한 혈마법으로 이어져 있거든. 그 재생 능력은 거기서 비롯된 거야."

"아무튼, 다시는 싸우고 싶지 않은 상대예요."

"……그건 어떻게 될지 모르겠구나."

"예?"

"알스, 아티클이 어떻게 됐는지 알고 있니?"

"아뇨. 프레이아에 주둔 중이라는 것밖에는."

스승과 에스텔의 안색이 어두워졌다.

"아티클에 큰 문제가 생겼단다. 먼저…… 수장인 키에런 씨가 죽었어."

"누군지는 모르겠지만 수장이라고 하니 중요한 인물이었던 모양이네요."

"그래, 아티클 그 자체인 인물이었지. 그가 드래곤을 제어하던 중에 죽고 말았어."

"제어하던 중에……? 그렇다는 건 전쟁 중에 죽었다는 겁니까?"

"그래. 그것도 아군에 의한 기습이었던 것 같아."

"……!"

프라우드 왕자의 죽음과 비슷했다.

"드래곤의 제어에 실패한 건 그것 때문입니까?"

"아마도. 아티클의 간부들은 그것뿐만이 아니라 그 드래곤의 제어를 흥수들이 가로챘다고 생각하고 있어."

"그래서 드래곤이 갑자기 저 멀리 날아가 버린 거군요."

"아직은 추측 단계이지만 그렇게 생각하는 게 좋을 것 같다."

이걸로 아티클을 지켜 주는 특수한 무기는 없어졌다. 이 사실을 왕국이 알게 되면 다시금 아티클을 토벌하려 들지도 모른다.

"그리고 한 가지 더. 커스버트 녀석이 자신과 뜻을 함께하는 흑마법사 300명을 데리고 아티클을 몰래 떠났다."

"그 정도 규모라면……."

"그래, 음지에서 활동할 생각은 없는 거지. 그렇다고 왕국에서 활동할 리도 없고. 그렇다는 건……."

"구원자 연맹으로 간 겁니까?"

이번 일의 배후에 구원자 연맹이 있음은 쉽게 추측할 수 있었다.

'제법인데. 이렇게 철저하게 어부지리를 취할 줄이야.'

아티클과 엘란 왕국을 부딪치게 하여 엘란 왕국의 전력을 줄이고 아티클이 소유하던 드래곤의 통제권과 아티클의 핵심 전력을 뺏어 갔다.

이번 전쟁으로 구원자 연맹만 이득을 본 것이다.

'연맹 쪽에 상당한 모략가가 있는 모양이군.'

연맹 이야기가 나온 김에 나는 북대륙에서 활동할 계획을 스승에게 설명했다.

"확실히, 나와 에스텔은 왕국에서 활동하기 어려울지도 모르겠구나."

"예, 그러니 가스파르와 함께 북대륙으로 넘어가 연맹 창설을 위한 준비를 해 주셨으면 해요."

"호랑이를 잡으려면 호랑이 굴로 가야 하긴 하지. 하지만 굳이 연맹을 적대할 이유가 있니?"

"있습니다. 리노아 브랜포드라고 하는 제 지인을 돕기 위해서도 있고. 뭣보다 애거트가 어떠한 연맹에 노예로 팔려 가 버렸어요. 애거트를 빼내기 위해서라도 연맹을 조사할 필요가 있습니다."

"충분하고도 남는 이유구나. 알겠다. 가스파르 씨와 함께 북대륙으로 가도록 하지. 그것뿐이니?"

"아뇨, 오히려 본론은 지금부터예요."

나는 먼저 귄터를 가리켰다.

귄터의 사정을 들은 에스텔은 고개를 갸웃했다.

"자유의지를 상실케 하는 정신 마법은 보통 시전자가 죽으면 풀리게 돼 있는데요. 이상하네요."

"그런 거야? 그럼 왜 귄터는……."

"몇 가지 경우가 있긴 해요. 대표적으론 사역을 받는 사람도 자유의지를 박탈하는 데에 동의를 한 경우죠. 그러면 시전자가 죽어도 세뇌가 풀리질 않거든요."

"그러고 보니 귄터도 동의를 했다고 들었어."

"그럼 그거겠네요. 으음……. 이 경우는 저도 조금 벅차서요. 니무스 할머니에게 부탁하는 게 좋을 것 같아요."

에스텔은 송구하다는 듯 어색하게 웃는다.

"헤헤……. 저도 흑마법을 배운 지 몇 개월 되지 않았거든요. 죄송해요."

"그래도 방법이 있으면 된 거지. 그럼 에오의 기억을 찾는 것도 힘들려나?"

"그건 오히려 더 쉬울 수도 있어요. 한번 볼게요."

에스텔은 마력을 끌어 올린 손을 에오의 머리에 살포시 얹고는 눈을 감았다.

그때 일리야 스승이 슬쩍 속삭였다.

"에스텔은 대단해. 밴시라고 하나? 그런 재능을 가졌나 봐."

"예, 정말이지……."

에리나와 도로시도 그렇고. 희귀 속성이나 재능을 가진 사람이 내 주위에 이렇게나 많다니.

뭐, 그러니 반대로 소피아 공주나 애쉬처럼 아예 재능이 없는 쪽도 있는 거지만.

들어 보니 일리야 스승도 마법에는 재능이 없다고 한다. 간단한 신체 강화 마법과 땅 속성 기초 중의 기초인 스톤스킨 정도만 사용할 수 있다고.

가스파르도 상황이 비슷하니 오히려 지인들 중에 마법적 재능을 타고난 사람은 적은 편이라 할 수 있다.

그때 에스텔이 눈을 떴다.

"제법이네요. 이 정신 마법을 시전한 사람은 상당한 실력을 가진 흑마법사예요."

"엘프들의 간부들이 한 거라고 하니까. 역시 힘들 것 같아?"

"아뇨, 이렇게 형태가 있는 마법의 경우는 더 쉬워요."

"반대 아니야? 형태가 있는 정신 마법이 파괴하기 더 어렵다고 배웠는데."

그걸 부수려다 자칫 정신 자체를 붕괴시켜 버릴 수도 있기 때문이다.

"보통은 그렇죠. 하지만 저는 달라요. 형태가 있는 건 제

걸로 만들 수 있으니까."

에스텔은 마력 오염을 통해 에오니아에게 걸려 있는 기억 봉인 마법의 일부분을 자기 걸로 만든 뒤 해제한 모양이었다.

"휴우! 마법의 수준이 높아서 전부 없애진 못하고 자그맣게 구멍을 뚫는 게 고작이긴 했지만 이걸로 충분할 거예요."

"응……? 나는 달라진 게 없는데요?"

에오가 불안해하며 묻는다. 기억을 되찾은 기색은 없었다.

"조금씩 기억이 돌아올 거예요. 시간이 걸리겠지만 그렇게 오래 걸리진 않을 거예요."

에오는 그걸로 된 거냐며 내게 시선을 줬다.

내 입장에선 오히려 좋았다. 기억이 돌아와도 지금 천진난만한 모습이 최대한 많이 남아 줬으면 했으니까.

이걸로 귄터와 에오니아의 건은 일단락.

나는 마지막으로 혈석에 관한 이야기를 꺼냈다.

"혈석이요?"

"응, 내가 아는 사람 중에 추적 마법의 달인이 있거든. 그 사람에게 부탁해서 혈석에 추적을 걸어 볼까 해."

"신박하네요. 그런 방법으로 사용한다는 얘기는 들어 보지 못했어요."

"나도 확신은 못 하고 있어. 다른 방법이 없어서 이거라도 해 보려는 거야."

"아아, 그래서 어머님께서 오신 거군요. 율리아 언니를 찾기 위해서."

"그리고 가스파르의 피도 혈석으로 만들어 줘."

"예? 그건 왜……."

"그 부분은 물어보지 말아 줘."

에스텔은 고개를 끄덕였다.

"죄송하지만 그것도 니무스 할머니에게 부탁해야 할 것 같아요. 저는 혈마법은 익히지 않았는지라……."

"그래? 아티클의 마법사들은 전부 혈마법을 익혔다고 들었는데."

"그건 어둠 속성을 타고나지 않은 사람들만 그런 거예요. 키에런 씨의 피를 받아야 어둠 속성을 사용할 수 있거든요. 그래서 반드시 혈마법을 익혀야 했죠. 그런데 저는 어둠 속성을 타고나서 굳이 그럴 필요가 없었어요. 아, 그래도 이제부턴 배워 보려고요. 알스 님의 피를 받았으니까. 뭔가 영향이 생기면 대처하기 위해서라도요."

"그럼 혈석은 그 할머니에게 부탁해야겠네. 언제쯤 만날 수 있을까?"

"그분은 몸이 편찮아지셔서 아티클에 돌아가 계시거든요. 지금 가면 저녁쯤에는 만날 수 있을 거예요. 아티클은 지금 텅 빈 상태라 위험하지도 않을 거예요."

"다행이네. 그럼 바로 가자."

그때 에스텔은 뭔가 걸리는 게 있는지 우물쭈물하다 내게 말한다.

"그, 알스 님? 혈석을 만들 때 가능하면 알스 님의 것도 만들어도 될까요?"

"엥? 내 건 왜? 내 혈석으로 찾을 수 있는 사람은 없는데? 만들어 봤자 도움이 안 되잖아."

"도, 도움이 안 된다뇨? 혹여나 알스 님의 행방이 묘연해졌을 때 그걸로 추적을 할 수도 있는데요? 게다가 저도 알스 님의 피를 받았으니 저도 찾을 수 있을지도 모른다고요. 이래도 도움이 안 돼요?"

뭔가 영혼이 없는 말투였다.

그렇다 해도 맞는 말이긴 했다. 어머니와 스승도 동의를 했다. 여차할 때 나를 찾을 수 있는 물건이라고 하니 꼭 필요하다고 생각한 모양이다.

그렇게 결론을 내린 우리는 그 할머니가 있다는 아티클로 이동하기로 했다.

한편, 바이언으로 돌아온 에리나는 흉흉한 분위기 속에서 왕궁의 정원을 거닐고 있었다.

왕궁은 1왕자 프라우드의 사망. 그리고 3왕자 파리스의 실종에 대한 장례 준비를 하는 중이었다.

아직 상복을 입은 사람은 없었지만 그래도 되도록 검은색의 옷을 입는 것이 권장되고 있었다.

"무슨 용무로 오셨습니까?"

"로자 공주님을 뵈러 왔습니다. 얘기를 전해 줄 수 있을까요?"

"잠시만 기다려 주십시오."

에리나는 로자와의 면회를 신청한 뒤 알스의 부탁을 떠올렸다.

—에리나, 바이언에 돌아가면 로자 공주를 만나고 와 줘. 그녀에게 전하고 싶은 얘기가 있어.

그녀는 첩보 요원이라도 된 것 같은 비장미를 풍겼다. 날카로운 눈으로 지나가는 사람들을 훔쳐보기 바빴다.

'알스 님에게 들은 정보대로라면 조셉 왕자가 수상해 보이는데.'

에리나는 조셉에게 별다른 악감정을 가지고 있진 않았다.

자신을 좋아했다는 건 금방 알았지만 짜증 나는 식으로 접근했던 적은 없었고, 대체적으로 신사적이었다.

살짝 거북했던 정도. 친애하는 로자 공주의 쌍둥이 오빠이니 서로 감정이 상하지 않도록 적절하게 거리를 유지했다.

그러나 그걸 빌미로 알스를 괴롭히려 한다는 걸 알자 그나마 있던 정까지 다 떨어져 혐오를 느끼는 수준이 됐다.

'조셉 왕자가 구원자 연맹과 손을 잡고 왕위 계승권을 뺏으려 한 건 아닐까?'

그리고 그걸 이용해 자신과 알스를 괴롭히려는 것이다.

그녀가 생각하기에 굉장히 타당한 가설이었지만 정작 알스는 그렇게 생각하지 않았다.

'알스 님이 의심하고 있는 건……'

그때 2왕자 란디스가 근위대를 거느리고 이동하는 모습이 보였다. 에리나는 주의 깊게 그 모습을 바라봤다.

'아무리 봐도 란디스 왕자님은 아닌 것 같은데……'

당시에도 에리나가 물었었다. 어째서 란디스 왕자를 의심하느냐.

이에 알스의 대답은 간단했다.

결과론.

란디스는 1왕자 프라우드가 죽어 왕위 계승권을 당당하게 이어받을 수 있었고, 암살자의 습격에서 살아남음으로 인해 동정론과 명분을 동시에 얻었다.

게다가 조셉은 형들을 모조리 죽이려 한 게 아니냐는 음모론이 솔솔 피어오르고 있었으니 결과적으로 가장 이득을 본 건 란디스 왕자가 되었다.

알스는 결과론적인 관점으로 란디스가 흑막이라 추측한 것이다.

에리나는 곰곰이 생각에 빠져 있었다. 그때 마침 로자 공주가 모습을 드러냈다.

로자는 핼쑥한 얼굴로 애써 웃어 보였다.

"무사히 돌아와서 기뻐, 에리나. 웨이드와는 진척이 있었니?"

"후훗, 예. 공주님 덕분에요."

"흐음? 그 모습을 보니 정말로 진척이 있었던 모양이구나. 그럼 아기는 언제쯤 볼 수 있는 거야?"

"예!?"

"뭘 깜짝 놀라는 표정을 하고 있어. 그래서, 어때?"

"그게……. 조, 조만간 좋은 소식을 들려드릴 수…… 있을지도?"

"우와, 정말로?"

"아, 아직은 몰라요!"

로자에게 휘둘리기 시작하면 끝도 없는 만큼 에리나는 고개를 흔들어 정신을 꽉 부여잡고는 진중한 표정으로 말했다.

"공주님, 긴히 말씀드리고 싶은 게 있습니다."

여행담이라도 이야기할 거라 생각하고 미소를 짓고 있던 로자는 이어지는 말에 표정이 딱딱하게 굳어 버렸다.

"혹여 공주님은 조셉 왕자님과 구원자 연맹의 밀월 관계에 대해 아시는 바가 있으신가요?"

몸 쪽 꽉 찬 돌직구.

로자는 에리나를 매섭게 노려봤다.

"에리나, 날 화나게 만들 셈이야?"

"기분이 상하셨다면 정말 죄송해요. 하지만 한시가 급한 사안이라고 했어요."

"했어요? 흥, 보나 마나겠네. 웨이드가 너한테 뭐라고 한 거지? 뭐라고 했는데? 말해 봐, 나도 궁금하니까."

에리나는 잠시 말을 고른 뒤 주변 눈치를 보고는 말한다.

"곧 국왕 폐하께서 원인 불명의 이유로 돌아가시고, 왕자님 중 하나가 왕위를 차지하려 할 거라 했습니다. 그리고 그 방법은 상당히 악질적일 수 있다고 하셨어요."

"……."

로자는 정색을 하고는 이내 한숨을 쉰다.

"어휴, 콩깍지가 쓰인 그 심정은 백번 이해하는데……."

"……."

"어쩌면 그런 일이 벌어질 수도 있겠지. 누구든 그렇게 생각할 수는 있어. 하지만 누가 말하느냐에 따라 설득력이란 게 달라지거든. 그가 조금 실력을 가지고 있다곤 해도 아카데미 하급생이라는 점은 변하지 않아. 지금 내게 아카데미 하급생의 부정적인 망상을 믿어 달라는 거야?"

"공주님, 그분은 위대한 장군이에요."

"뭐?"

"중앙 대륙에선 대륙 전체에서도 손꼽히는 장군이자 초신성이었어요. 정치 쪽에도 수완이 있으셨고. 대륙을 통일하기 위해 장차 일국의 왕이 될 예정이었죠."

"중앙 대륙? 농담하는 거지?"

"믿고, 안 믿고는 공주님의 자유입니다. 제가 하고 싶은 말은 그저 알스 님의 경고가 공주님이 말씀하신 그 설득력을 충분히 갖추고 있을 거라는 거예요. 그러니 부디 가볍게 여기지 말아 주세요."

로자는 혼란스러움을 감추지 못했다. 에리나의 진중한 눈빛을 마주하고는 이내 한숨 쉬며 계속 말하라는 듯 고개를 끄덕였다.

에리나는 그제야 알스의 전언을 로자에게 전달하기 시작했다.

4장

혈석을 만드는 작업은 순조로웠다.

지난번 수혈을 하는 것에 비하면 어려운 일도 아닌지 노파 니무스는 순식간에 3개의 혈석을 만들어 냈다.

혈석이라고 해서 흉흉한 것을 상상했으나 결과물은 아주 예쁜 보석이었다.

요염한 붉은 빛을 띠는 돌로, 모르는 사람이 보면 질 좋은 루비로 착각할 수 있을 정도였다.

가스파르는 자신의 피로 만든 혈석을 보며 피식 웃었다.

"이게 내 피라니. 영락없는 보석이잖아. 예물로 써도 되겠어."

그 말에 니무스 할멈은 껄껄 웃는다.

"옛적엔 혼인의 예물로 서로의 혈석을 교환하는 경우가 있었지. 혈법사가 양지에서 활동할 수 있었을 때는 말이야. 뭣하면 그쪽에 알스라는 젊은이, 혈석을 하나 더 만들어 줄까? 반지를 열 개는 세공할 수 있을 정도의 크기로 만들어 주지."

"하하…… 사양하겠습니다."

아까부터 에스텔이 무언가를 바라는 듯이 나를 바라보고 있었다. 보관을 자기에게 맡겨 달라는 거다.

하기야 내 위치를 추적하기 위한 혈석이니 내가 가지고 있어 봤자 무의미하긴 했다.

그렇다고 그녀에게 맡기자니 뭔가 조금 섬뜩했기에 어머니에게 맡겨 두기로 했다.

그렇게 혈석 제작까지 끝마치니 이곳에 볼일은 없어졌다.

'이쪽 일도 겨우 일단락이 됐네.'

왕국과 아티클의 전쟁, 왕자들의 계승 다툼, 그 배후에서 암약하는 연맹 등등. 상황은 더 심각해진 느낌이 들었지만 어쨌든 나는 내 목적을 달성했다.

마음 같아선 잠시 쉬고 싶었지만 바로 아카데미에 돌아가지 않으면 괜한 의심을 살 수도 있는 상황이었기에 당장 돌아가야 했다.

다만 그 전에 스승 일행은 북쪽으로 보내 두기로 했다.

"우선은 북대륙에 거처를 만들고 그쪽에서 지내 주세요. 추적 마법을 사용할 수 있는 마법사와 약속이 잡히면 연락을 할게요."

"음, 맡겨 다오."

일리야 스승이라면 어떤 일이든 믿고 맡길 수 있었다. 가스파르까지 있으니 어지간한 일이 아니라면 스스로 대처할 수 있겠지.

에스텔은 바로 헤어진다는 게 아쉬운 모양이었지만 이내 납득을 하더니 나를 끌어안았다.

귀를 간질이는 듯한 속삭임이 들려온다.

"에리나가 부러워요."

"응?"

"저도 알스 님을 가까이서 지탱해 주고 싶었거든요. 그런데 그러기는커녕……."

"그 일은 신경 쓰지 말라니까."

에스텔은 고개를 끄덕이고는 꽉! 끌어안은 팔에 힘을 꽉 주었다.

"다음에 만날 땐 꼭 도움이 될 수 있게끔 노력할게요. 이젠 위대한 아버지를 가진 것에 불과한 여자는 아니게 될 거니까요. 기대해 주세요."

"그런 부담을 줬다고 생각하니 더 걱정이 되는데?"

"후훗, 부디 그래 주세요. 그래야 나중의 제 모습을 본 당신이 더 놀랄 테니까."

호기롭게 웃는 에스텔.

그녀는 의외로 당찬 부분이 있었다.

에리나는 겉으로는 의젓해 보여도 내면은 연약한 부분이 있다면 에스텔은 겉은 유약해 보여도 속은 독한 편이었다.

"그럼 다음에 만날 때까지 건강하게 있어 주세요."

가스파르, 일리야 스승과 함께 떠나는 에스텔.

나는 그 모습을 잠시 지켜보다 몸을 돌렸다.

"자, 우리도 출발하죠."

그러나 나를 바라보는 눈빛들이 곱지 않았다.

"이걸로 2명째입니까. 듣자니 한 명 더 있다죠?"

엘레나는 쓰레기를 보는 듯한 시선으로 나를 바라본다. 나에 대한 것도 그렇지만 구원이동 주문서가 없다는 이유로 일리야 스승과의 대련이 불발된 것이 특히 언짢았던 모양이다.

"……."

"어휴, 내 아들이 어쩌다 이렇게……."

에오도 삐친 듯이 내 시선을 외면했다. 어머니는 못 말리겠다며 크게 한숨을 쉰다.

아무래도 돌아가는 마차에선 죽은 듯이 있어야 할 것 같다.

아카데미로 돌아온 나는 달라진 시선을 마주했다.

이번 아티클과의 전쟁에서 리더십을 발휘해 무리를 이끌었던 것이 소문이 난 것이다.

몇몇 상급생들과 졸업생들이 당시의 일에 대해 고맙다며 사례를 놓고 가기도 했고, 몇몇은 던전 토벌을 위해 만들어 뒀던 동아리에 가입 신청을 했을 정도다.

평소 아카데미에선 외모 외에는 주목받지 못했지만 이젠 그 외에 여러 의미심장한 시선이 꽂혀 왔다.

그런 와중에 대대적인 반 개편이 진행됐다.

이번 전쟁에서 워낙 많은 사람이 죽은 탓이다.

우리 17반에서만 9명의 사망자가 나왔으니 말 다 한 셈.

아카데미 전체로는 무려 561명의 사망자가 나오며 하급반, 중급반, 상급반 모두 줄초상이 난 상태였다.

그 분위기를 쇄신하기 위해서라도 반 재편을 서둘러 할 필요가 있었다.

아카데미 측에선 전쟁에서의 성과를 평가해 좋은 모습을 보여 준 학생들을 상위 반에 편성했다.

그러니 나와 에리나가 1반에 소속된 건 자연스러운 수순이었다.

리노아의 일 때문이라도 1반에는 편성되지 않을 거라 생각했지만 아카데미 측은 공사를 구분하는지 나를 1반에 소속시켰다.

1반이라고 함은 왕궁에서 수업을 받는 대귀족들 전용의

클래스.

그러니 평민인 나를 보는 시선이 탐탁지 않음은 당연했다.

'대놓고 불편해하는구만.'

나와 함께 1반으로 온 멜로 녀석은 평소의 당찬 면모는 온데간데없이 쥐 죽은 듯 앉아 있었다.

그나마 나는 상황이 나은 편이었다.

"공주님, 다시 같은 반이 될 수 있어 기쁘답니다."

에리나는 반색하며 로자에게 인사를 건넸다.

"으응. 나도 기뻐, 에리나."

다만 로자 공주는 나를 경계하는지 조심스러운 기색이었다.

내가 에리나를 통해 전한 전언이 머리를 떠나지 않는 모양이었다.

더불어 이곳엔 조셉 왕자도 있었다. 그는 파트너인 다이언 키로스에게 무언가를 속삭이며 나를 곁눈질한다.

"정숙히!"

교단에 서서 그리 소리친 건 루크레치아였다.

그녀는 일개 아카데미 교사로 좌천당해 있었다. 근위대 핵심으로서 프라우드 왕자를 지키지 못했던 탓이다.

뭐, 말이 좌천이지 로자 공주와 조셉 왕자가 속한 반을 맡을 걸 보면 여전히 근위대에서는 중요한 위치를 차지하는 모양이었다.

어수선했던 수업이 끝난 뒤.

도로시에게 편지를 보내기 위해 시내의 의뢰소로 향하려는 나를 붙잡는 목소리가 있었다.

"웨이드, 잠깐 괜찮겠습니까?"

복잡한 표정을 짓고 있는 루크레치아였다.

"무슨 일이신지요, 선생님."

"그 선생님이란 호칭은 그만하십시오. 당신에게 그런 말을 들으니 등이 간지럽습니다."

루크는 둘만의 이야기를 하고 싶다며 인기척이 없는 곳을 고갯짓했다.

주변이 조용해졌음에도 루크는 망설이듯 침묵하더니 이윽고 결심한 듯 말한다.

"당신에게 부탁할 것이 있습니다."

"보나 마나 왕궁에 관한 거겠네요."

"당신도 상황은 어느 정도 파악하고 있겠죠?"

"글쎄요. 내가 접할 수 있는 정보는 제한적인지라."

"로자 공주님이 제게 말했습니다. 당신이 자신에게 어떤 말을 전했는지."

".......그 여자. 의외로 입이 싸네요."

루크는 입맛을 다시며 말을 이어 간다.

"왜 로자 공주님에게 그런 말을 전한 겁니까, 무슨 의도인 거죠?"

"저를 보호하기 위함입니다."

"당신이야 여차할 때는 왕국을 떠나면 되는 것 아닙니까. 그런데도 왜 왕위 다툼에 끼어들려는 겁니까."

루크는 경계하고 있었다. 나 정도의 실력을 가진 사람이, 엄청난 수준의 가신을 거느린 사람이 왕위 다툼에 끼어들려고 하니 그럴 수밖에.

"그렇게 물으면 조금 더 많은 이유가 있긴 해요. 리노아의 안전을 확보하기 위해서라든지. 훗날 대륙을 통합할 때 더 쉽게 가기 위함이라든지."

"대륙을 통합……?"

"당신에게는 말하지 않았었던가요. 전 중앙 대륙 출신입니다."

"이 상황에서 그런 농담이 나옵니까?"

"농담이 아닌데요. 당신이 경애하는 엘레나도 중앙 대륙 출신인데요. 뭣하면 엘레나와 삼자대면을 해서 설명을 할까요?"

"자, 잠깐만요."

루크는 상황을 받아들이기 힘든지 이내 고개를 끄덕였다. 엘레나에게도 이야기를 듣고 싶다는 거다.

하여 루크레치아의 저택으로 자리를 옮겨서 이야기를 재개했다.

마침 엘레나도 저택의 무도장에 있었던 만큼 시간이 지체

되지는 않았다.

"맞습니다. 저는 중앙 대륙 출신이에요, 루크."

엘레나의 수긍에 루크는 뭐라 말을 잇지 못했다.

"그리고 여기 이 일라인은 그 대륙에서도 손꼽히는 명장이었다고 합니다."

"장군……? 이렇게 어린 사람이 말입니까?"

"저도 쉽게 믿기 어려웠으나 비스케타가 과장 없는 사실이라고 분명하게 말했으니 사실일 겁니다. 게다가 그의 가신들이 가진 실력과 성향만 봐도 군대에 어울린다는 걸 알 수 있죠."

"일리야 안페이 말입니까?"

빠득! 스승의 이름이 나오자 이를 악무는 엘레나. 정말이지 얼마나 승부욕이 강한건지.

어쨌든 엘레나가 보증을 서 줬으니 이젠 내가 이야기하기로 했다.

"루크, 나는 중앙 대륙에서 작지 않은 권력을 쥐고 있었습니다. 10년 안에 대륙을 통일할 계획을 세웠을 정도로 말이죠."

쥬라스가 세운 계획이긴 하지만.

"저는 그 통일을 이 세계로 확대할 생각입니다. 중앙 대륙을 감싸고 있는 수상한 결계를 깨부수고 모든 대륙을 하나의 국가로 통합하는 거죠. 그런 의미에서 이번 왕위 계승 다툼에 관여하려는 겁니다."

"우리 왕국을 손아귀에 넣겠다는 겁니까……!"

"결과적으로는요. 유하게 말하면 좋게, 좋게 통합을 하는 거죠."

"그걸 가만히 두고 볼 것 같습니까!"

"그게 아니면 뭔가요. 전쟁이라도 하자는 겁니까?"

"국가를 지키기 위해서라면 당연히 할 겁니다."

"관두십시오. 당신네들도, 구원자 연맹도 전쟁에서 나를 당해 낼 수 있을 리 없으니까."

"……!"

빈말은 아니었다. 침공을 위해서 바다를 건너야 한다는 애로 사항이 있지만 중간에 거점으로 삼을 섬도 꽤 많으니 침공 자체는 어렵지 않다.

그 이후에는 순식간이다. 마법에 조금 애를 먹을 수도 있지만 결국엔 전쟁에서 크게 승리하여 정복에 성공하겠지.

여긴 전쟁에 대한 경험이 거의 없으니 말이다.

그건 이번 아티클과의 전투에서 확실해졌다.

나는 둘째 치고 중앙대륙의 십걸 중 아무나 이곳에 와도 독보적인 장군이 될 수 있을 테다.

"그런 무의미한 피를 흘리느니 대화로 해결하려고 하는 겁니다."

엘레나가 거들듯이 말한다.

"루크, 그 부분은 나중에 생각해도 괜찮습니다. 일라인이 이렇게 말하곤 있지만 그렇다고 무도한 짓을 저지르려는 건 아니에요. 자신이 조종할 수 있는 허수아비 왕을 세우려는 게 아니라 좋은 관계를 유지할 수 있는 왕을 원하는 겁니다. 훗날 중앙 대륙과 전쟁을 선택하건, 화합을 선택하건. 당신들이 스스로 결정할 수 있을 거예요."

"그러기 위해 로자 공주님을 왕으로 세우려는 겁니까……."

루크는 입술을 질끈 깨물었다.

"웨이드, 당신의 예상대로 로자 공주님이 왕위 계승 순위를 받았습니다. 란디스 왕자님, 조셉 왕자님에 이은 3순위예요."

사실 로자 이외에도 공주들은 더 있다. 위로 언니들이 3명이나 있지만 그들은 왕위 계승이 어려운 상태다.

이미 다른 유력 귀족들과 혼인을 한 상태이기 때문이다.

만약 그들에게 왕위 계승 순위를 줘 버리면 그와 관련된 귀족들이 덩달아 힘을 얻게 된다.

혹여나 그쪽에서 여왕이 나오게 되면 그 귀족들이 권력을 잡게 되면서 왕권이 크게 약화되고 만다.

그러니 공주들 중에선 로자의 왕위 계승 순위가 가장 높을 수밖에 없는 것이다.

"뭐, 그런 걸 제외하고서라도 성품 면에서는 로자 공주가 가장 낮지 않습니까. 정치적인 능력이야 주변에서 보좌해 주면 되는 거고요."

이 부분은 루크도 동감인지 무겁게 고개를 끄덕인다.

"이참에 묻고 싶네요. 루크레치아, 당신과 당신의 가문은 누구를 지지하는지."

"근위대는 언제나 왕세손을 따릅니다. 계승 1순위 란디스 왕자님을 말이죠."

"그런 것치곤 망설임이 있는 것 같은걸요."

루크는 뭐라 대답하지 못했다.

"당신의 뜻은 알겠습니다. 저는 지지할 수 없는 입장이지만 방해를 할 생각도 없습니다."

"방해를 해도 괜찮아요. 당신 정도가 방해를 한다고 저지되는 일이라면 애초에 불가능한 일이었다는 뜻이니까."

"자신감이 넘치는군요."

루크는 고개를 절레절레 흔들며 자리에서 일어났다.

"당신에겐 불필요한 충고겠지만…… 로자 공주님의 호위를 강화하는 게 좋을 겁니다. 왕위 계승 순위를 받은 시점부터 그분의 목숨을 노리는 사람들도 늘어난 셈이니. 한시라도 눈을 떼지 않는 게 좋을 거예요. 아카데미에서도 말이죠."

"……설마 저와 에리나를 1반에 집어넣은 건 당신입니까?"

"글쎄요. 어떻게 생각하든 자유입니다."

이러니저러니 해도 루크도 우리 쪽의 편의를 봐주고 있다는 거다.

나는 그녀가 결국엔 우리를 지지할 거란 확신을 가진 채 저택을 떠날 수 있었다.

새로운 반에서 시작하게 된 아카데미 생활.

엘리트들만 모인 1반에 속한 만큼 수업이 어려워질 거라 생각했지만 그렇지도 않았다.

아카데미가 학생들의 사기가 낮은 점을 감안해 후반기의 일정을 모조리 취소하며 개인 연구 시간을 부여한 것이다.

지금 상황에서 시험 같은 강도 높은 교육을 진행했다간 학생들 사이에서 파벌이 생기거나 학업을 포기하는 사람들, 전쟁 후의 정신적 스트레스로 스스로 목숨을 끊는 사람들 등등 여러 문제가 발생하리라 본 것이다.

무엇보다 우려한 것은 학생들 사이에서 생길 수 있는 파벌이다.

왕가는 이 부분을 특히 경계하고 있었다.

이번 전쟁은 왕국의 승리라고 공표됐지만 실상은 처절한 패배였다.

왕국은 전력의 30%를 상실하고 왕자 둘을 잃었으나 상대가 잃은 거라곤 소모품으로 쓰기 위해 데려왔던 언데드 병사들뿐이다.

국민들이야 이런 사실을 모르지만 전쟁에 참여했던 사람들과 유력 귀족들은 왕국의 실패를 잘 알고 있었다.

이 실패의 책임을 뒤집어쓴 왕가는 예민해질 수밖에. 혹여나 귀족들이 더러운 공작을 벌일지도 모른다고 지레짐작하여 귀족들이 파벌을 이루는 것을 극도로 경계하고 있었다.

그건 학생들의 파벌도 예외는 아니었다.

애들의 파벌이 어른들로 이어질 수도 있는 거니까. 혹은 어른들이 왕가의 감시를 피하기 위해 애들을 이용할 수도 있는 거다.

그렇기에 아카데미의 기본적인 수업이 끝난 뒤에는 사적인 모임을 가지지 못하게끔 조치가 취해졌다.

아이러니하게도 이 시점에 승전 파티에 대한 소식이 전해졌다.

왕가 주최의 파티로, 모든 귀족들이 참여하는 파티였다.

이 파티를 통해 내부 단속을 하고 귀족들에게 새로운 왕위 계승자를 각인시키기 위함이다.

이 파티에는 학생들도 대거 참석하기로 되어 있었기에 아카데미는 파티 이야기로 시끌벅적했다.

"알스 님, 저택으로 돌아가요."

수업이 끝나자 에리나가 재촉해 왔다. 여기저기 감시의 시선이 있는 왕궁에서 나가자는 뜻이다.

"응, 근데 로자 공주님에게는 인사했어?"

"아뇨, 그게 최근에는 저를 피하시는 듯해서요."

"하하, 나 때문이지 뭐. 괜찮아. 그녀에게 전해야 할 건 전했으니까. 남은 건 본인의 의지뿐이지."

"정말 괜찮을까요? 로자 공주님을 그……."

에리나는 주변 눈치를 살피고는 입을 다물었다. 나는 고개를 끄덕이고는 에리나와 함께 하교했다.

감시의 시선이 사라지고 나서야 에리나가 말을 이어 갔다.

"공주님에게 너무 큰 부담을 준 게 아닐까 싶어요."

"왕족이라면 당연히 가져야 하는 부담이야. 심지어 그게 왕위 계승 순위를 받은 사람이라면 더더욱."

일종의 의무라고 할까. 왕족으로서 그렇게 누리고 살아왔으니 그 정도는 기꺼이 짊어져야 한다는 거다.

"에리나 너도 공작가 영애로서 그게 어떤 건지는 잘 알고 있잖아?"

"예에……. 알고 있어요."

에리나는 가볍게 한숨을 쉬고는 화제를 전환했다.

"그보다 파티는 어떻게 할 생각이세요? 초대받았잖아요."

"가능하면 참석하고 싶어."

그 파티의 관건은 과연 란디스 왕자가 왕위 계승 1순위로 발표되는가.

그리고 왕자들의 사망 & 실종 소식에 충격받아 몸져누워 버린 국왕이 전면에 나설 수 있는가다.

만약 그 두 가지 일이 동시에 발생해 버리면 란디스 왕자는 왕에 버금가는 영향력을 행사할 수 있게 된다.

그런 중요한 파티인 만큼 내 눈으로 직접 보고 싶었지만, 일정이 애매했다.

"도로시가 빨리 답장을 보내 줬으면 좋겠는데."

"혹시 검문에 걸린 건 아닐까요?"

"그럴 가능성도 배제할 순 없지. 처음부터 내가 보낸 편지 자체가 도착하지 않았을 수도 있어."

구원자 연맹 쪽에서 왕국으로 들어오는 물건들은 철저하게 검문을 할 테니까.

그렇담 편지를 보내는 게 아니라 사람을 보내야 한다는 건데, 거길 어떻게 해야 할지 감이 잡히지 않았다.

"벌써 열흘째니까. 이때까지 답장이 오지 않는다는 건 역시 뭔가 문제가 생겼다고밖엔……."

나는 말끝을 흐렸다.

저택 앞에 서 있는 마차 때문이었다.

처음엔 브랜포드 본가에 칩거하고 있는 리노아가 돌아온 게 아닐까 싶었으나 그녀는 가문의 문장이 새겨진 화려한 마차를 타고 다닌다.

그러나 지금의 마차는 무척 실용적이고 단출했다. 용병들이나 사용할 법한 그런.

"설마."

나는 성큼성큼 저택의 응접실로 발걸음을 옮겼다.

그러자 그곳엔 일찍이 베카비아의 천재 공주라 불린 소피아 베론이 어머니와 비스케타, 에오와 함께 차를 마시고 있었다.

"소피아 공주……!"

소피아는 나를 보곤 쓴웃음을 지었다.

"만나면 호된 소리를 해 줄 생각이었는데……. 막상 얼굴을 보니 그저 반갑네요. 오랜만이에요, 웨이드."

"애쉬도 같이 온 겁니까?"

"예, 그는 객실에서 자고 있어요. 며칠 동안이나 마부 노릇을 한 탓에 피로가 쌓였거든요."

"어쨌든……. 반갑습니다. 무사해 보여서 다행이네요."

"당신도요. 에리나 양도 반갑습니다."

소피아는 우리와 입장이 다른 사람이었다.

모국인 베카비아가 바람 앞의 등불 같은 처지였기 때문이다.

나야 안톤과 루트거에게 후사를 맡기기도 했고, 쥬라스 녀석도 있으니 큰 걱정은 없지만 소피아는 그런 것도 없었다.

그녀가 없는 사이 베카비아가 쫄딱 망할 수도 있는 일이었다.

소피아는 그 부분은 이미 떨쳐 냈는지 평안한 표정이었다.

오히려 그녀가 감정을 드러낸 부분은 나와 에리나의 복장을 보고서였다.

"애쉬의 말대로네요. 왕립 아카데미에 입학했다고요?"

"예, 운이 좋게 말이죠."

"참고로 묻겠는데, 둘의 속성은 뭐죠?"

내 속성은 비교적 평범했기에 그냥 넘겨들었지만 에리나의 속성을 듣고는 손끝을 바르르 떨었다.

"그 희귀하다는 번개술사입니까! 그야 그러면 당연히 왕립 아카데미에 입학할 수 있었겠군요……. 크으……!"

마법적 재능이 없는 소피아가 어떤 고생을 하고 있는지 모르는 에리나는 왜 그렇게 반응하는지 어리둥절해했다.

"자, 자. 우선 진정하고요. 그보다 어떤 경위로 이곳까지 온 건지 얘기해 주겠습니까?"

"당신 얼굴을 보기 위함도 있지만 무엇보다도 전달할 물건이 있어서 왔어요."

"전달할 물건이요?"

"이거예요."

그녀가 내민 건 도로시가 쓴 편지였다.

이스와칸에서 나와 정보를 공유했던 애쉬는 거점인 북대

륙으로 돌아와 소피아에게 그 일을 말했다고 한다.

그러자 소피아는 냉정하게 상황을 판단했다.

정치적인 판세를 읽는 능력이 있는 그녀는 이번 아티클과 왕국의 전쟁에 연맹이 관여돼 있을 거라 확신한 것이다.

거기에 결론이 미치자 연맹과 왕국 사이에 연락망이 끊길 것을 그 시점에 예상했다.

북대륙에 가스파르 일행이 저택을 짓는다는 얘기까지 들은 그녀는 비교적 자유로운 몸인 자신과 애쉬가 연락망이 돼야 한다고 판단한 것이다.

그렇게 도로시를 만난 뒤 남하하여 내가 있는 곳까지 온 것이다.

"역시 천재 공주."

"그 말은 이제 그만해 주겠어요? 이곳에서 전 공주도 천재도 아니니까요. 오히려 기본적인 마법조차 제대로 구사하지 못하는 낙오자일 뿐."

"그렇게 비관하지 마요."

"어쨌든 그렇게 됐어요. 앞으로 연락을 할 땐 우리 용병단을 의지해 줘요. 물론 비용은 받을 거지만요."

"고맙습니다. 그럼 잠시 편지를 읽어 봐도 될까요?"

"예, 물론이죠."

편지를 뜯어보니 도로시의 침착한 글씨체가 눈에 들어왔다.

서두에는 자신이 보낸 첫 번째 편지가 도착했냐를 묻고 있었다. 역시 검문에 걸려 버린 모양이다.

혹여나 감시의 시선에 걸릴 것을 우려해 수신인에 내 이름을 적지 않은 채 의뢰소에 맡기기로 했는데, 애초에 수신인이 적히지 않은 부분이 문제가 된 걸지도 모른다.

본론으로 들어가자면 곤란하다는 것이었다.

엘리엇 씨는 그래 보여도 일류 모험가거든. 연맹에서 간부의 위치에 있는 사람이야. 그런 사람이 지금 상황에서 왕국으로 갔다간 무수한 감시의 시선이 붙을 거야.

그것도 그랬다.

그렇다고 엘리엇 씨에게 정체를 숨긴 채 왕국으로 가 달라고 하기엔 부탁하는 입장에선 면목이 없으니까. 알스, 네가 연맹 쪽으로 오는 방법은 없을까?

그러면 좋겠지만 나도 감시의 시선이 붙어 있었기에 골치가 아팠다.

그나마 지금은 리노아가 본가에 칩거하고 있는 상황이기도 했고, 나 같은 걸 일일이 감시하고 있을 상황도 아니어서 아카데미 밖에선 자유롭긴 했다.

다만 그것도 아카데미에서의 내 행적을 알고 있으니 그런 거지 내 행방이 묘연해진다면 감시와 의심이 강해질 테다.

'기회가 있다면 파티 기간뿐……'

그 시기엔 나 같은 걸 감시할 여유가 없을 테다.

루크레치아에게 입김을 불어 넣으면 파티 준비 기간까지 활용할 수 있을 터.

그러면 얻을 수 있는 날은 대략 10일 정도.

'그 정도면 충분해.'

나는 결정을 내리고 도로시에게 보낼 답장을 작성했다.

연맹으로의 여정에는 어머니만 동행하기로 했다.

나는 본격적으로 파티의 준비 기간에 들어간 시점에 건강 문제를 핑계 삼아 아카데미를 쉬고 몰래 연맹 쪽으로 빠져나갔다.

사정을 알고 있는 루크레치아의 도움으로 검문소의 위치를 미리 알아낼 수 있었기에 그 틈을 빠져나와 국경을 건널 수 있었다.

연맹 영토는 예전에 북대륙에서 바이언으로 올 때 한번 둘러본 적이 있었기에 딱히 헤매는 일은 없었다.

도로시가 약속 장소로 지정한 곳은 연맹 아카데미가 위치한 대도시 울란드였다.

그곳에서 먼저 돌아간 소피아 일행에게 이야기를 들은 가스파르와 합류를 했다.

가스파르는 며칠 전부터 이곳에 체류하며 정보를 모으고 있었는지 내가 연맹 쪽의 검문에 걸리지 않게끔 순조롭게 인도를 했다.

"검문이 꽤 까다롭네요. 왕국이야 그렇다 쳐도 왜 연맹까지……?"

"자기들도 찔리는 게 있는 거겠지. 게다가 연맹은 그렇게까지 단결력이 높지 않으니까. 다른 연맹의 공작을 경계해서 평소에도 검문은 강한 편이야."

"애쉬에게 듣긴 했어요. 모래알 조직이라고."

"그 정도는 아니긴 한데, 시스템 자체가 연맹끼리 경쟁하는 체제인지라 사이가 좋을 수가 없거든."

"흐음, 왕국을 노리는 연맹의 세력이 있다면 그걸 탐탁지 않게 생각하는 세력도 있다는 거군요."

"그건 글쎄다. 연맹들의 입장에서 왕국이 무너지는 건 쌍수를 들고 환영할 만한 일이니까. 그건 모두가 바라는 일일지도 모르지."

머지않아 약속 장소에 도착했다.

텅 비어 수개월간 사용하지 않은 저택인 듯했다.

그곳에 도로시와 추적 전문 마법사 엘리엇이 기다리고 있었다.

전에 만났을 땐 걸인이나 다름없는 행색을 하고 있었던 엘리엇은 반듯한 차림새로 우리를 맞이했다.

"핫, 농담으로 말한 거였는데 정말로 혈석을 가져올 줄이야."

"이제 와서 안 된다고 하면 곤란합니다만."

"될지 안 될지는 몰라. 그래도 내가 내뱉은 말이니 시도 정도는 해 주지, 웨이드."

왜인지 나를 보는 눈빛이 예전과 달랐다.

엘리엇은 피식하며 말을 이어 간다.

"커스버트란 녀석을 아나?"

"……!"

"알고 있는 모양이군. 그래, 네 녀석이 상대했던 놈이다. 연맹에 합류한 그놈이 당시의 전투를 연맹장들, 그리고 그 간부들 모두에게 브리핑했거든. 대단히 위험한 놈이라고 말이야."

"……그래서요? 하고 싶은 말이 뭡니까?"

"나는 별로 상관 안 해. 다만 앞으로 조심하는 게 좋을 거라는 말이지. 그보다 어서 시작하자고. 나도 한가한 몸은 아니니까. 지금은 특히 바쁘다고. 왕국에서 벌어지는 파티 때문에 말이야."

뭔가를 알고 있다는 듯한 의미심장한 말.

그걸 물어봤자 대답해 줄 것 같지도 않았기에 내 볼일이나 끝마치기로 했다.

먼저 추적하기로 한 건 어머니의 혈석이었다.

엘리엇은 혈석을 흥미롭게 바라보더니 곧 본인 특유의 추적 마법을 사용했다.

혈석에 마법을 걸어 거기서 나온 마력의 파장을 분석해 위치를 파악하는 것이다.

곧 어머니의 혈석에서 강대한 마력의 파장이 발생해 어디론가 날아갔다.

엘리엇은 그 속도와 방향을 분석하고는 눈살을 찌푸리며 지도의 한 지점을 가리켰다.

중앙 대륙을 말이다.

"마대륙이라니. 쳇, 미안하다. 이거 안 되는 것 같다."

엘리엇은 낭패했다며 고개를 흔들었지만 우리가 느끼는 바는 달랐다.

율리아 누나를 추적하는 건 실패하긴 했지만 추적이 제대로 작동하는 건 확실해 보였다.

지금 이것도 실패한 게 아니라 중앙 대륙에 있는 다른 자식들을 추적한 것 같았다.

그렇담 가스파르의 혈석은 제대로 유미르를 추적할 가능성이 높았다.

"안 되는 것 같다니까 그러네. 또 갈 수도 없는 중앙 대륙을 가리킬지도 모른다고."

"잔말 말고, 어서 해 주세요."

엘리엇은 어깨를 으쓱이고는 별 기대 없이 가스파르의 혈석에 추적 마법을 걸었다.

또다시 흘러가는 마력의 파동.

그 파동을 분석한 엘리엇은 이윽고 오만상을 찌푸렸다. 지도를 가리키는 게 아니라 마력의 파동이 흘러간 곳을 응시했다.

"……여기다."

"예?"

"네가 찾는 사람이 있는 곳이 바로 여기 울란드라고."

어리둥절한 침묵이 흘러갔다. 도로시가 멍하니 묻는다.

"엘리엇 씨, 그게 정말인가요? 추적의 방향이 이곳이라니……."

"나도 확신은 못 해. 아까 혈석에 건 마법도 마대륙 같은 이상한 곳으로 날아가 버렸고. 게다가 이 혈석. 형씨의 피로 만든 거지?"

가스파르는 굳은 표정으로 고개를 끄덕인다.

"그렇담 형씨 때문에 그런 걸 수도 있어. 당신의 피로 만든 거니까 추적 마법도 이치적으로는 당신을 가리킬 수밖에 없지. 그래서 내가 혈석에 추적을 거는 건 결과를 알 수 없다고 말한 거야."

"흠."

신음을 흘린 가스파르는 예리한 눈초리로 엘리엇을 노려

봤다.

"그런 것치곤 달리 짚이는 구석이 있는 표정인데."

"……."

"가감 없이 말해 달라고."

엘리엇은 이내 떫은 듯이 답했다.

"마력의 파장이 당신이 아닌 어떤 지점을 가리켜서 말이야. 당신을 추적한 거라면 파장이 그런 형태를 띠지는 않았겠지."

"그럼 추적에 성공한 거라고 생각해도 되는 거겠군."

"다시 말하지만 불안정한 결과야. 추적을 하다 당신에게 이끌린 탓에 멀리 가지 못한 걸지도 모르고."

"알 바 아니야. 조금이나마 단서가 나왔다면 충분하니까."

"그렇다면야 나도 더 이상 해 줄 말은 없군."

그때 도로시가 황급히 끼어들었다.

"기다려 주세요, 가스파르 씨! 유미르 씨가 이곳에 있다는 건 이상해요!"

"왜 그러지?"

"그야 올란드는 제가 빠짐없이 수색했으니까요. 알스가 에리나를 찾지 못했던 것처럼 저도 놓치고 있는 게 있지 않을까 싶어서 남는 시간은 도시 탐문에 힘을 썼어요. 유미르 씨는 임신한 수인이라는 확실한 특징이 있었던 만큼 제가 놓쳤을 리는 없습니다. 아마 엘리엇 씨가 말한 것처럼 결과가 불안정하게 나온 거라고 생각해요."

"빠짐없이 수색했다고……? 그렇담 지하는?"

"예?"

"듣기로 울란드의 지하에 연맹이 만든 특수 시설이 있다고 하던데. 노예를 매매하거나 양지에서 거래하기 힘든 물건에 대한 암거래가 주로 이뤄진다고 들었다."

"하하……. 어디서 그런 소문을 들은 건지는 모르겠지만, 여기에 그런 건 없어요."

"글쎄? 그쪽 형씨는 그렇게 생각하지 않는 것 같은데?"

엘리엇의 얼굴에 경련이 일었다. 그는 가볍게 이를 악물었다.

"가스파르라고 했지. 당신, 그 정보를 어디서 들은 거지?"

"예전에 노예 사냥꾼들을 족친 적이 있거든. 그때 조금 높아 보이는 녀석을 죽기 직전까지 고문했었지. 잡혀간 애거트란 녀석을 찾기 위해서 말이야."

그때 당시 가스파르에게 구원을 받았던 어머니가 눈을 크게 뜬다.

"그랬더니 술술 불더군. 울란드의 지하 시장에 관한 걸 말이야."

"당신이 고문했다던 그놈은 분명 어떤 연맹의 상급 연맹원이었을 거요."

"이찌리고."

"……죽인 건가?"

"그러니까 죽였든 살렸든 어쩌라는 거냐."

"같은 연맹 소속으로서 좌시할 수는 없는 노릇이거든."

"핫, 한판 해보자고? 조무래기 주제에."

"날 추적 마법밖에 사용하지 못하는 반푼이라고 생각한다면 큰 오산인데."

휘몰아치는 살기. 나는 어머니를 보호하듯 서서 둘을 중재했다.

"가스파르, 거기까지 해요."

"쳇."

"엘리엇 씨도. 어차피 그 노예 사냥꾼의 일은 연맹에서도 겉으로 내보일 수 없는 음지의 일이 아닙니까? 게다가 가스파르도 그걸 알고 죽인 건 아닐 거예요."

엘리엇은 가볍게 한숨을 쉰다.

"그래, 나도 노예사냥에 대한 건 마음에 들지 않았으니……."

"그보다 가스파르가 말한 지하 시장이라는 건 실존하는 겁니까?"

"있다. 평범한 사람은 상상조차 하지 못할 그런 것이 말이야."

"참고로 묻겠습니다만, 아까 그 마력 파장은 설마 그 지하로 향한 겁니까?"

"몰라. 보통 마력은 땅에 흡수되는 성질이 있으니까. 지하를 향했다고 해도 나로선 알 수 없어. 다만 도로시가 지상을 전부 확인했다고 하니 남은 가능성은 지하밖에 없긴 하겠지."

"그곳에 입장하는 방법은요?"

"최소한 연맹원의 신분이 필요하다."

순간 시선이 도로시에게 향했다. 그러나 엘리엇이 곧바로 고개를 흔들었다.

"최소한의 조건이라는 거지 그 조건을 갖췄다고 전부 입장시켜 주는 건 아니야. 일단은 초대장을 받아야 하는데, 이 자격이 까다로워. 도로시 같은 애송이가 그 자격을 받으려면…… 뭐, 1년 정도 걸릴까."

"거창하게 말한 것치곤 짧은데요?"

"이 녀석은 구원이동 마법사니까. 보통은 30년은 걸릴거다. 심지어 30년을 해도 초대받지 못하는 놈들이 대부분이지."

듣자니 도박장, 투기장 같은 것도 있다고 하니 VIP 전용의 환락가. 그 정도로 생각하면 될 것 같았다.

"너희들이 초대장을 받을 수 있는 방법은 지금 당장은 없어. 그리고 이렇게 말하면 너희들은……."

엘리엇은 나와 가스파르의 표정을 살피더니 크게 한숨을 쉰다.

"필시 무단으로라도 침입하려고 하겠지."

"마냥 손가락만 빨고 있을 수도 없으니까요."

"아서라. 그곳의 경비는 연맹의 최정예가 지키고 있으니까."

"공교롭게도 우리도 실력으로 모자라진 않거든요."

"그래 보여서 걱정인 건데……."

엘리엇은 고개를 푹 꺾는다.

"알겠어. 알겠다고. 내가 어떻게든 해 보지. 이래 봬도 초대 정도는 받을 수 있는 직위에 있으니까. 그 유미르라고 하는 임신 중인 수인을 꺼내 오면 되는 거겠지?"

"그렇습니다."

"미리 말해 두지만 나도 억지로 빼내 오지는 못해. 거긴 우리 연맹이 관리하는 곳이 아니니까. 돈으로 해결할 수 있는 거라면 그렇게 하겠지만, 그런 게 아니라면 나도 방법이 없다."

"그때는 제가 방법을 찾아보겠습니다."

"어휴, 어쩌다 이런 일을 맡게 된 건지. 도로시, 나중에 크게 한턱 쏴야 된다."

그렇게 결론이 나자 엘리엇은 지체하지 않았다. 일을 길게 끌고 싶지는 않은지 당일 밤에 곧장 지하 시장으로 향한 것이다.

엘리엇이 지하 시장으로 향한 후에는 잠시 시간이 남았다.

나는 그 시간을 활용해 이 울란드라는 곳을 살펴보기로 했다.

일단 얼굴을 내보이고 있을 수 있는 입장은 아닌지라 변장을 하고 후드까지 뒤집어쓴 채 도시를 거닐었다.

'이곳이 연맹의 핵심 거점 울란드…….'

최상위 연맹인 '구도자'의 회의소가 위치한 도시였다.

도시는 꽤나 자유로운 분위기를 띠었다. 왕국의 수도 바이언은 학문의 도시, 귀족의 도시 같은 성격이 강해 치안이 강하고 밤이 조용했던 반면 이곳은 밤이 되자 더욱 활기를 띠어 갔다.

이에 도로시가 쓰게 웃으며 말한다.

"밤에 이 정도니까. 설마 지하 시장까지 있을 거라곤 생각도 못 했어."

"환락에 정도라는 건 없으니까."

"으음, 우리 중앙 대륙에서 비교할 만한 대상이라고 하면 크로싱의 카르텐 정도일까?"

대도시 카르텐. 쥬라스가 다스리는 영토였다.

"거긴 그래 보여도 체계가 잘 잡혀 있거든. 여기처럼 무질서하거나 공권력에 반하는 시설은 없었어."

"하긴, 연맹은 공권력이라는 게 희박하니까."

"오히려 직접 지하 시장이라는 걸 운영하고 있지."

내 신랄한 발언에 도로시가 둘러대듯 답한다.

"그, 그래도 연맹이 나쁜 곳은 아니야. 연맹원들끼리 힘을 모아 어려운 사람들을 도와주거나 무상으로 몬스터를 퇴치해 주기도 하는걸. 적어도 우리 연맹의 시민들은 불만 없이 잘 지내고 있어."

"대부분은 그렇겠지. 그렇지 않으면 연맹이란 체제가 유지되지 못했을 테니까."

도로시는 분위기를 전환하려는지 근처에서 디저트를 사 왔다.

"미르단이라는 과자인데, 여기서만 파는 거야. 한번 먹어 봐."

"오, 맛있네. 바이언에 돌아갈 때 사 가야겠어."

"찻잎도 사 가. 여긴 좋은 찻잎이 많이 들어오거든."

달콤한 걸 먹으니 긴장이 풀리는 것 같았다.

도로시는 만족한 듯 웃더니 먼 곳을 바라보며 중얼거린다.

"유미르 씨. 꼭 찾았으면 좋겠네."

"찾으면 좋겠네가 아니라 반드시 찾을 거야. 무슨 수를 써서라도."

"하핫……. 알스 네가 그렇게 말한다면 그렇게 되겠지. 그도 그럴 게 벌써 거의 다 찾았잖아? 찾지 못한 건 멜로디아나 공주님이랑, 애거트. 그리고……."

올라프와 율리아 누나. 더불어 애쉬의 연인인 리시테아뿐
이다.

"후우……. 그쪽은 장기전이 될지도 몰라."

6개월가량 지난 이 시점에 단서가 전무하다는 건 적어도
내 의식이 닿지 않는 곳에 있다는 뜻이었다. 지금의 유미르
처럼.

"에이, 약한 소리 하지 말고. 너라면 금방 찾을 수 있을 거
야. 난 믿어."

도로시가 그렇게 말하니 정말 할 수 있을 것 같다는 생각
이 든다.

"벌써 시간이 이렇게 됐네. 일단 돌아가자. 엘리엇 씨
가 언제 돌아올지 모르니까. 오늘은 그냥 푹 자는 게 좋을
거야."

"그러는 게 낫겠네."

그렇게 도로시와 함께 폐저택에 돌아왔을 때였다.

시간이 더 걸릴 거라고 생각했던 엘리엇이 지친 얼굴로 돌
아왔다.

그가 지하 시장으로 향하고 6시간이 지난 시점이었다.

"하아, 하아……!"

그는 거칠게 숨을 몰아쉬었다. 도로시가 물을 건네자 벌컥
벌컥 들이켰다.

"후우! 이제야 살겠군."

신체적으로 지쳤다기보단 정신적인 피로가 쌓인 듯한 모습이었다.

난 가슴을 스쳐 가는 불안을 애써 추스르며 그에게 물었다.

"생각보다 일찍 왔네요. 보아하니 좋은 소식은 없는 것 같은데."

"그래, 문제가 생겼다. 그, 유미르라고 했었나? 아마 비슷한 사람을 찾은 것 같아. 임신 중인 수인을 수소문해 보니 다섯 명 정도는 있는 것 같더군. 그중에서 네가 말한 조건에 부합하는 여성이 있었다."

"……! 그래서요?"

"거기까지야. 그 여자에게 접근하려 해 봤지만 저지당하고 말았다."

"극비 시설이라는 겁니까?"

"시설 자체는 평범해. 지하 시장에서 섭취할 음식을 유통하고 조리하는 시설이었으니까. 다만 그걸 관리하는 놈들이 평범하지가 않아서 말이야. 로어라는 연맹은 들어 봤냐?"

"로어요……?"

"뭐, 연맹으로 널리 알려진 이름은 아니니 어쩔 수 없나? 결론만 말하자면 연맹 내에서도 특히 예민한 집단이야. 연맹의 간부진이 과격한 수인들로 이뤄져 있는데, 그 결속력이

어마어마하거든."

그 말을 들으니 서방 민족의 수인 집단이 떠올랐다. 인간들을 증오하고 학살하고 다녔던 수인들.

'하지만 이 세계는 딱히 차별이 존재하지 않는데.'

몬스터라는 공공의 적이 있는 만큼 종족 차별이 대두되지는 않은 상태다.

내 생각을 읽은 건지 가스파르가 슬쩍 귀띔한다.

"차별이 아예 없는 건 아니야. 알스, 넌 엘란 왕국의 귀족 중에 수인을 본 적이 있냐?"

"······생각해 보니 없네요."

그와 비슷한 맥락으로 오히려 빈민 비율은 높았다.

엘리엇은 우리의 대화가 끝나길 기다리다 말을 이어 간다.

"미뤄 보건대 네가 찾는 유미르라는 사람은 로어에 관련된 것 같다. 그리고 그런 거라면 돈으로 해결할 수는 없어. 어떻게든 로어의 간부와 협상을 해서 돌려받아야 할 거야."

"그게 쉽게 되는 거였으면 당신이 굳이 이런 말도 하지 않았겠죠."

"그래. 그놈들이 협조적으로 나올 것 같지는 않군. 게다가 그 시설엔 노예사냥으로 잡아들인 사람들도 꽤나 있는 것 같아서 말이야. 그 안에 있던 사람을 쉽게 내보내려 하지는 않을 거야."

"으음······."

곤란했다.

만약 유미르가 있다는 게 확실하면 이쪽도 과격한 방법을 사용해서 탈환을 할 수도 있겠지만 아직은 확신이 없었다.

막상 그곳에 쳐들어갔는데 찾은 사람이 그저 유미르와 닮은 다른 사람이라면 그 허무함이 장난 아니겠지.

그뿐만 아니라 뒤처리도 만만치 않을 거다.

"……."

내가 망설이고 있자 가스파르가 다그쳐 왔다.

"뭘 우물쭈물하고 있는 거냐, 알스. 실패했을 때의 일은 그때 생각해도 돼! 그 아이를 찾을 유일한 단서다! 그걸 두고도 머뭇거리는 거냐!"

"……알겠습니다. 가스파르, 사전 준비는 맡기겠습니다. 이왕 하는 거 화끈하게 해 보죠."

"크핫, 그래. 그래야 너답지. 누구누구를 부를 거지?"

"근접 전투가 가능한 인원만 선별하는 게 좋을 것 같네요. 일리야 스승, 귄터, 애쉬, 엘레나. 그리고 당신과 저까지. 여섯이서 습격을 하겠습니다."

"곧바로 연락을 하지."

돌아가는 상황을 멍하니 지켜보고 있던 도로시가 번뜩 정신을 차리고는 외친다.

"설마 지하 시장을 습격하게?!"

"달리 방법이 없잖아? 그렇담 힘으로 탈환하는 수밖에."

"그런……."

"안심해. 전쟁을 할 생각은 아니니까."

이건 은밀하고 정교한 습격 작전. 현대로 치면 지능적인 은행털이 같은 것이었다.

엘리엇은 고개를 절레절레 흔든다.

"내 앞에서 주고받을 말은 아닌 것 같은데 말이지……. 어휴, 인명 피해만 내지 않는다면야 아무것도 듣지 못한 걸로 해 주지. 그러니 너무 과격하게는 하지 말라고."

작전의 윤곽이 나온 만큼 더 철저한 준비가 필요했다.

나는 일단 바이언으로 돌아가 다른 동료들과도 상담을 해 보기로 했다.

바이언에 돌아온 나는 곧장 파티 참석을 준비했다.

본래는 건강 핑계로 불참할 생각이었지만 유미르의 구출이 예상 이상으로 시간이 걸릴 것 같았던 만큼, 작전 결행 전까지는 흐름을 지켜보며 얌전히 지내기로 했다.

파티에 얼굴을 비치는 것도 그 일환 중 하나였다.

이 파티에선 앞으로 시작될 왕위 계승 다툼의 윤곽이 드러날 테니 직접 봐 두는 것도 나쁘지 않았다.

"에오, 혹시 내 연미복 어디 있는지 알아? 보이질 않네."

"내가 알고 있어. 비스케타 님이 네게 필요할 거라고 말하셔서 세탁해 놨거든! 오늘 입고 가는 거야?"

"오늘은 아니야. 그냥 찾아 놓으려고만 했지."

"음, 그러면 한번 입어 볼래? 혹시 사이즈가 맞지 않을 수도 있으니까."

"설마 그럴 리가."

"그래도!"

에오는 무거운 몸을 일으키더니 싱글벙글 웃으며 내 등을 떠밀었다.

그러고는 콧노래를 흥얼거리며 내가 옷 입는 것을 도와준다.

'모습을 보면 기억을 찾은 것 같지는 않은데……'

에스텔의 말로는 느긋하게 기다리면 된다고 했지만, 조금의 낌새도 없는 건 이상했다. 마치 의도적으로 숨기고 있는 것처럼.

나는 떠보듯이 말했다.

"파티라고 하니까 그립네. 그러고 보니 내가 생애 처음으로 참석한 파티도 왕정 파티였네. 그땐 놀랐다니까. 설마 쥬라스 녀석이 갑자기 난입해서 노예들을 팔려고 할 줄이야."

"으, 응. 그렇구나."

"그중엔 카시우스 로이드 녀석도 있었지. 나중에 안톤이 그러더라. 내가 거기서 여자 노예 쪽을 데려온 게 아니라 카

엑스트라 책사의
로열로드

시우스를 데려왔으면 재밌는 일이 됐을 거라고 말이야."

여기서 말하는 여자는 당연히 에오였다.

"그, 그래……?"

에오의 손끝이 떨리는 것 같았다.

"그리고 뭐라고 했더라. 실력으로 보나 잠재력으로 보나 카시우스가 여자 쪽보다 월등하니 카시우스가 훨씬 더 도움이 됐을 거라고 했었나."

"인정할 수 없습니다!"

버럭 소리치는 에오. 그녀는 곧 아차 하며 입을 다물었다.

"어흠!"

"……에오. 기억, 찾은 거지?"

"무, 무슨 말씀을……. 아니, 무슨 말을 하는 거야?"

"시치미를 떼시겠다?"

내 확신에 찬 추궁에 에오는 다급히 말을 덧붙인다.

"그, 그게. 조금씩 돌아오고 있어. 완전히 돌아온 건 아니야!"

"에스텔도 그렇게 말하긴 했는데……. 근데 왜 숨기고 있었어?"

"별로 숨기려고 한 건 아니고. 조금 받아들이기 힘든 기억들이 많아서. 그도 그렇잖아. 만약 그 기억들이 진짜라면 난 지금껏 너한테 말도 안 되는 결례를 범한 거잖아?"

아무래도 제법 기억을 찾은 듯 보였다.

"하여간, 역시 그런 거였네. 천천히 해도 괜찮아. 결례라곤 생각 안 하고 있으니까 걱정 말고. 내겐 오히려 지금이 더 좋아 보이니까."

"……정말로?"

"그렇다고 억지로 기억을 찾지 못한 척은 하지 마. 걱정되니까."

"응. 고마워."

에오는 배시시 웃으며 내 옷매무새를 정리했다.

그때 엘레나가 모습을 드러냈다.

"에오, 몸은 좀 어떠니? 어제 먹고 싶다는 간식을 사 왔는데 좀 먹으렴."

"앗, 스승……이 아니라 엘레나 님!"

"엘레나 님? ……아하."

엘레나는 나를 보고는 피식 웃는다.

"아직도 그러고 있는 거니. 중요한 기억은 전부 찾은 것 같다며."

"쉿! 엘레나 님, 쉿!"

"하여간. 언제까지 그럴 생각인지. 어쨌든, 간식을 먹으렴. 그리고 일라인, 당신은 나랑 잠깐 얘기 좀 해요."

에오는 거듭 입단속을 하고는 불안한 눈으로 방을 나갔다.

엘레나는 그 모습을 흐뭇하게 보며 말한다.

"어느 의미로는 저것이야말로 에오니아의 본래 모습일지

도 모릅니다."

"무슨 뜻이죠?"

"제가 가르칠 적의 에오는 순진무구한 말괄량이였거든
요. 딱 저런 모습이었어요. 그게 나이가 들어 가면서 허세
가 늘고 높은 직위와 딱딱한 역할 탓에 불필요한 체면이 생
긴 거죠."

"비스케타에게 듣긴 했습니다. 어렸을 적엔 공주처럼 자
랐다고."

"뭐, 그렇죠. 일반적인 공주와는 궤가 다르긴 해도 애지중
지 자란 건 사실이니까요. 그러니 일라인, 저 애가 이전의 모
습으로 돌아가지 않는다고 해도 실망하지는 말아 줘요. 저것
도 나름대로 본모습인 거니까."

"처음부터 그럴 생각이었습니다."

"대답은 좋습니다만."

몸을 돌려 나를 마주한 엘레나는 순간 헛숨을 삼켰다. 나
는 씨익 웃어 보였다.

"왜요, 남편이 생각납니까?"

"……! 그, 그러네요. 확실히 외형은 그 사람과 똑 닮았습
니다. 내용물은 완전히 다르지만."

"상처받을 말을 하시네요. 제게 뭔가 문제라도?"

"커다란 문제가 있죠. 적어도 멜리안은 저 하나만을 바라
봐 줬거든요."

"윽."

엘레나는 눈매를 좁히며 말을 이어 간다.

"이번에 울란드에서 결행하겠다는 작전도 그 유미르인지 뭔지 하는 당신의 아내를 찾기 위해서라고 들었습니다만."

"예, 뭐……."

"에오도 참. 유미르는 괜찮다. 유미르는 꼭 구해야 한다고 난리를 피우더라고요."

"둘은 은근히 사이가 좋았으니까요. 에오가 언제나 혼나는 입장이긴 했지만."

"그 애의 부탁도 있고 하니 저도 협력은 하겠습니다. 그러니 일라인, 당신도 어서 날을 잡아 줘요."

"날이라뇨?"

"저와 일리야 안페이와의 대결 말입니다."

"아직도 마음에 담아 두고 있었습니까……. 이길 자신은 있고요?"

"물론이죠."

"어휴, 알겠습니다. 여유가 생기면 추진을 할게요."

확답을 받고서야 만족하는 엘레나.

그녀의 어릴 적 모습도 지금의 에오니아와 다르지 않을 것 같다는 생각이 들었다.

파티는 5일에 걸쳐 개최됐다.

보통 장기간에 걸쳐 진행되는 파티는 식순이 날짜별로 정해져 있기에 논공행상이 예정된 후반부가 비중이 높기 마련이지만 이번 파티는 예외였다.

참가하는 인물이 어떻게 되느냐가 핵심인 만큼 첫날이 가장 중요했다.

사람들의 관심사는 두 가지.

병상에 앓아누웠다는 국왕이 건강한 모습을 보여 주는가.

혹여나 국왕이 모습을 드러내지 않는다고 했을 때 과연 왕위 계승 1순위인 란디스 왕자가 파티의 주역이 되는가였다.

이렇게 될 경우 권력의 무게 추는 명백하게 란디스 왕자에게 향한다.

'문제는 국왕이 건강한 모습을 보여 줬을 때인데…….'

나는 그 가능성이 희박하다고 봤다. 루크레치아에게 얼핏 듣기로 상태는 안정됐으나 대외 활동을 하기에는 무리가 있다고 했다.

'이대로 란디스 왕자가 권력을 잡게 되는가.'

그게 이번 파티에서 눈여겨봐 둘 부분이었다.

"알스 님, 이제 우리가 들어갈 차례예요."

곰곰이 생각에 빠져 있자니 에리나가 내 주의를 환기했다.

그녀는 밋밋한 군청색의 드레스를 입고 있었다. 게다가 노출도를 줄이기 위해 외투까지 걸쳐 입은 상태다. 여기선 귀족 신분이 아니니만큼 화려하게 차려입을 수 없었던 탓이다.

그럼에도 그녀는 존재감을 뽐냈다.

귀족과 평민을 막론하고 그녀를 훔쳐보기 바빴다. 조셉 왕자도 홀린 것처럼 멍하니 에리나를 바라보고 있었다.

그게 조금 마음에 들지 않아 슬쩍 그녀를 내 쪽으로 끌어당겨 다른 이들의 시선에서 감췄다.

이 행동이 에리나에겐 무엇보다 기뻤는지 함박웃음을 짓는다.

"후훗, 감회가 새롭네요."

"뭐가?"

"알스 님의 파트너로서 파티에 참석하는 건 이번이 처음이니까요."

"그러고 보니 그러네. 원래 있던 곳에선 신분 차이가 있어서 눈치가 보였으니……."

"달이 비추는 정원에서 단둘이 춤을 추는 것도 매력적이긴 하지만……. 오늘은 꼭 무도회장에서 춤을 출 거예요."

파티장에 입장한 우리는 서둘러 자리를 잡았다.

안쪽은 귀족들이 우선인 탓에 접근할 수도 없었기에 우리는 외곽 테이블에 자리를 잡아야 했다.

배가 고팠던 나는 식사를 하려 했으나 에리나는 인사를 하는 게 먼저라고 생각하는지 로자 공주를 눈으로 찾았다.

"로자 공주님에게 인사를 하고 오려고 하는데요."

같이 가겠냐며 에둘러 묻는 것이다. 나는 고개를 흔들었다.

"내가 가는 건 좋지 않을 거야. 혼자 갔다 와."

"예. 그럼."

에리나가 떠나자 나는 무대 중앙에 덩그러니 남은 아이돌 그룹의 비인기 멤버 같은 느낌을 받았다.

화살 같이 꽂혀 오는 의미심장한 시선들.

끈적한 시선도 있었고, 경계하는 시선도 있었다. 순수한 호기심을 내비치는 자들까지도.

'그냥 에리나를 따라갈 걸 그랬나.'

화장실이라도 갔다 올까 했으나 그때 다가온 사람이 있었다.

"흥, 역시 차려입으니 사람이 달라 보이네요. 평민이 아니라 번듯한 귀족처럼 보입니다."

"그런 당신은 여전하네요."

루크레치아였다. 근위대 단복을 입고 있는 그녀는 이 파티에서 극히 이질적이었다.

그녀가 내게 말을 걸자 주위의 시선이 더 강해진 느낌이 들었다.

그럼에도 루크는 아랑곳 않고 나와의 대화를 이어 가려 했다.

"오늘은 파티의 경호를 맡은 겁니까?"

"그렇습니다."

"좌천이 됐다는 게 사실이긴 한 모양이네요."

보통 이럴 때 근위대의 간부들은 국왕을 호위하기 마련인데 말이다.

루크레치아는 내 말에 표정을 흐렸다.

"란디스 왕자님의 지시가 있었습니다. 근위대 인력을 파티 경호에 집중시키라고요."

"그 뜻은 뭐죠? 국왕께서 이 파티에 참석하기 때문입니까, 그도 아니면 란디스 왕자님 본인의 안위를 위해서입니까?"

루크는 주변 눈치를 보고는 나직이 답한다.

"아마 후자일 겁니다. 폐하께선 파티에 참석하지 못하십니다."

"흥미롭게 됐네요."

"괜찮은 겁니까? 이대로라면 당신이 지지하는 로자 공주는 날개도 펴 보지 못한 채 주저앉을 거라고요."

"란디스 왕자를 지지하기로 한 당신이 할 말은 아닌 것 같은데요."

"……."

루크는 괴로운 듯 눈을 돌렸다.

"겸사겸사 말하는 거지만 저는 딱히 위험한 일까지 할 생각은 없어요."

"그 정도의 욕심은 없다는 건가요?"

"예, 설령 조셉 왕자나 란디스 왕자가 왕위를 차지해도 딱히 달라지는 건 없으니까요. 로자 공주를 지지하는 건 편하게 가기 위함일 뿐. 뭐가 됐든 엘란 왕국도 구원자 연맹도 결국 내 앞에 굴복하게 될 겁니다."

"뻔뻔하게도 그런 말을……."

"전에도 말했다시피 이곳의 전쟁 수행 능력은 너무 취약해요."

"그렇게 생각하는 거라면 당신은 좋은 장군이 아니라는 뜻입니다. 자신을 과신하지 않고 상대를 업신여기지 않는 것이야말로 좋은 장군의 덕목이라고 말하니까요."

"그것도 경우에 따르죠. 어른과 어린애의 싸움에선 급소만 조심하면 보통 이기기 마련이거든요."

"그 정도의 차이라는 겁니까, 중앙 대륙과 우리들의 차이는……!"

"그 정도입니다."

"흥."

루크는 인정하고 싶지 않은지 콧김을 내뿜으며 고개를 돌렸다.

그때 마침 란디스 왕자가 모습을 드러냈다.

그가 나타나자 파티장이 웅성였다.

"역시 란디스 왕자님이 전면에 나서는 건가!"

"그렇담 폐하께선 국정을 운영할 상태가 아니라는 건가……."

"연세가 연세이니까 말이지. 아마 이 이후로도 폐하가 전면에 나서는 일은 없겠지. 그렇게 왕위가 교체되는 거야."

이는 전형적인 왕위 계승 케이스 중 하나였다.

연로한 국왕이 뒤로 물러서서 죽을 날을 기다리고, 왕세손이 한발 빨리 권력을 잡아 교통정리를 하는 거다.

귀족들은 성질머리가 급하기로 소문난 란디스 왕자의 비위를 어떻게 맞춰야 할지 소곤거리고 있었다.

역시나 달가워하는 눈치는 아니었다.

"저도 이제 제 위치로 돌아가 봐야 할 것 같네요. 그럼 웨이드 당신도 파티를 즐기길 바랍니다."

루크는 란디스 왕자의 곁으로 향했다.

란디스 왕자는 득의양양하게 웃고는 파티를 주도하기 시작했다.

귀족들은 조셉 왕자나 로자 공주 따위는 안중에도 두지 않고 오로지 란디스 왕자의 비위를 맞추려 들었다.

오히려 둘에겐 동정의 시선이 쏟아지고 있었다.

란디스 왕자가 권력을 잡은 이상 다른 형제를 숙청할 가능성이 높았기 때문이다.

그나마 로자는 공주이니 정략결혼으로 먼 곳으로 보내 버리면 그만이지만 조셉은 그렇게 할 수 없었다.

많은 사람들이 조셉 왕자가 곧 목숨을 잃을 것이라 내다보고 있었다.

그걸 아는지 모르는지 조셉은 의연한 표정으로 앞을 바라보고 있을 뿐이다.

이변이 일어난 건 그즈음이었다.

"……응?"

파티장이 부산스러워지기 시작했다.

근위대로 보이는 자들이 파티장의 입구를 봉쇄하고, 돌연 사람들의 몸수색을 시작한 것이다.

이에 여기저기서 불만 섞인 고성이 터져 나왔으나 그것도 곧 살인적인 아우성에 묻혀 버렸다.

그 소식이 파티장에 전해지고 만 것이다.

바로 국왕의 암살 소식이.

5장

국왕 사망 소식에 걷잡을 수 없이 혼란해진 파티장.

나는 이 상황이 무척이나 작위적이게 느껴졌다.

"역시 알스 님의 예상이 맞았어요. 란디스 왕자가……."

에리나가 마른침을 삼키며 중얼거렸다.

"그게 아니지."

"예? 아니라뇨?"

"나는 란디스 왕자를 의심한 게 아니라 결과론을 의심한 거거든."

그리고 지금 상황에서 결과론은 또 달라진다.

란디스 왕자를 바라보는 귀족들의 시선이 바뀌어 있는 것만 봐도 알 수 있다.

지금 상황은 마치 란디스 왕자가 권력을 잡기 위해 국왕을 암살한 것처럼 보였으니까.

란디스는 크게 당황하여 소리친다.

"지, 진정해라! 거짓 선동에 휩쓸리지 마라!"

"그렇담 진위를 알려 주십시오! 폐하께서 홍수에 의해 목숨을 잃으셨다는 게 정녕 사실인 겁니까!"

아이네스 후작이었다. 대귀족인 그가 목소리를 높이자 또다시 아우성이 터져 나왔다.

란디스는 이러지도 저러지도 못하고 허둥지둥하고 있었다.

그는 세간의 평가대로 정치적인 센스가 없는 것이 분명했다. 패닉에 빠져 무리수를 두고 만다.

"진정하라고 했잖느냐! 아바마마께서 돌아가신 이상 이제부터 국왕은 나다! 모두 내 명령을 따라라!"

억지처럼 들렸으나 이치대로라면 틀린 말도 아니었다.

그러나 그때 줄곧 잠자코 있던 조셉 왕자가 나섰다.

"그건 아닙니다, 형님."

"조셉……!!"

"선왕이 불분명한 이유로 목숨을 잃었을 경우 당대의 왕위 계승은 일시적으로 중단됩니다. 선왕을 해한 자가 왕위 계승자 중 하나일 수도 있기 때문이죠. 그걸 잊었다고 하진 말아 주십시오."

"네놈이!"

조셉 왕자는 동의를 구하듯 귀족들을 둘러보았다.

그러자 귀족들은 빠르게 계산기를 두들겼다.

여전히 왕위 계승 1순위는 란디스이긴 하지만 지금 그에 겐 검은 의혹이 걸려 있다. 게다가 궁극적으로 란디스는 귀족들의 마음을 휘어잡을 만한 인물이 아니다.

반면 조셉은 평범하지만 그렇기에 좋은 부분이 있다.

적어도 귀족들에겐 란디스보다 조셉이 더 다루기 쉽게 느껴질 테다.

곧 아이네스 후작을 비롯한 수십의 귀족들이 조셉에 편승하여 란디스의 세력과 대치했다.

그 판세는 백중세였다.

순식간에 란디스와 버금가는 세력을 구축한 조셉.

국왕의 암살 같은 극비 사건이 순식간에 파티장에 퍼진 것도 그렇고, 그의 움직임은 명백히 계획된 것처럼 보였다.

조셉은 목소리를 드높였다.

"파티는 일시 중단하겠다!"

란디스의 표정은 구겨질 대로 구겨져 버렸다.

결과론적으로 조셉이 웃을 수 있는 상황이 돼 버린 것이다.

국왕의 암살 사건으로 인해 왕국은 어수선해졌다.

왕의 죽음과 왕자들의 다툼은 국정 운영을 완전히 마비시켰고, 그로 인한 혼란이 여기저기서 발생했다.

왕위 계승 다툼이야 본래 피로 피를 씻는 싸움이니 치열한 게 당연한 거였지만 이번 케이스는 그중에서도 독했다.

본래 계승 1순위였던 프라우드 왕자가 암살당하고 연이어 국왕까지 암살당했으니, 나머지 왕자들이 정당하게 보일 리가 없었기 때문이다.

애초에 귀족들이 호시탐탐 반란을 꾀하고 있던 상황이었기에 왕국의 내정은 고작 일주일 만에 풍비박산이 나 버리는 지경에 이르렀다.

이 혼란이 수습되려면 어서 새로운 왕이 추대돼야만 했다. 그도 아니면 그냥 왕국이 멸망하든가.

'일이 걷잡을 수 없이 커져 버렸는걸.'

이제 와서는 나도 누가 흑막인지를 확신하기 어려웠다.

심증은 조셉 왕자에게 있지만 란디스 왕자도 깨끗한 건 아니다.

'아예 범인이 제각각일 수도 있지.'

1왕자 프라우드는 란디스가 죽이고, 국왕은 조셉이 죽인 걸 수도 있다. 그러면 설명이 된다.

문제는 둘 중 누가 구원자 연맹과 손을 잡고 있냐는 점.

그 부분을 모르겠다는 거다.

"조셉 그자가 분명해요, 알스 님. 그러니 어서 빠져나갈 준비를 해야 해요."

에리나가 불안한 듯이 재촉해 왔다.

권력을 잡은 조셉이 애꿎은 해코지를 할 거라 확신하고 있는 것이다.

실제로 파티가 중단되던 당일, 알리바이가 확실했던 내가 조셉의 명령으로 인해 불필요하게 조사를 받았을 정도이니 에리나가 이런 말을 하는 것도 이상한 건 아니었다.

"그렇게 해야 할지도 모르겠네. 권력을 잡으면 뭘 어떻게 할지 알 수가 없으니."

마침 북대륙으로 갔던 일리야 스승이 거점지를 완성했다고 하니 그쪽으로 이주하는 것도 나쁘지 않았다.

"바이언을 버리는 건가요? 그거 아쉽군요."

바이언의 외곽에서 새 저택의 공사를 진두지휘하고 있던 비스케타의 말이었다.

"슬슬 저택의 기본 공사가 완료되는데요. 그것도 전부 버릴 생각인가요?"

"어쩔 수 없죠. 상대는 왕위를 목전에 둔 왕자니까요. 정면에서 맞서는 건 득이 없잖아요."

"알겠어요. 그럼 메이센과 클레어가 운영하고 있는 꽃집도 정리하도록 할게요."

"아직 조급할 필요는 없습니다. 조금만 더 기다려 보죠."

망설이고 있던 이유는 그 인물에게서 회답이 오지 않았기 때문이다.

어차피 곧 올란드에서의 볼일도 있으니 그때까지는 기다려 볼 생각이었다.

그렇게 그 인물에게서 회답이 온 것은 파티가 중단된 날로부터 보름이 지난 시점이었다.

올란드 지하 시장의 습격 준비가 완료되어 이동을 하려던 내 앞에 루크레치아를 대동하고서 로자 공주가 나타난 것이다.

후드를 벗어 얼굴을 드러낸 로자 공주의 안색은 창백했다.

심적 스트레스가 상당한지 핼쑥해 보였다.

에리나는 깜짝 놀라 영양식을 내오겠다며 난리를 피웠지만 로자가 낮은 목소리로 저지했다.

"난 괜찮아, 에리나. 그보다 가능하면 자리를 비워 주지 않을래? 웨이드와 단둘이 얘기하고 싶어."

"공주님…… 알겠습니다."

에리나는 루크레치아와 함께 방 밖으로 향했다.

나는 팔짱을 낀 채 물었다.

"저를 만나러 왔다는 건 결심을 굳혔다는 뜻으로 봐도 되겠죠?"

"……맞아. 만약 프라우드 오빠를 살해한 게, 아바마마를 살해한 게 란디스 오빠와 조셉이라면 나는 그 둘을 끌어내리고 왕이 되겠어."

그녀는 마치 그 확답을 달라고 하는 것 같았다.

나는 어깨를 으쓱였다.

"누가 누구를 죽였는지는 지금 상황에선 알 수 없어요. 아직은 심증일 뿐이까요. 만약 그걸 천천히 확인한 다음에 계승 다툼에 참가할 생각이라면 단념하십시오. 그땐 이미 너무 늦어 돌이킬 수 없는 상황이 된 이후일 테니까. 지금은 자신 외에는 전부 적이라고 생각하는 게 좋습니다."

로자는 눈을 질끈 감았다.

"난 아직도 믿기지 않아. 그 사이좋던 형제들이 서로를 죽이고……. 설마 아바마마까지 해하다니."

본인도 어린애 같은 소리라는 건 잘 알고 있는지 결연한 눈물을 흘리며 털어 냈다.

그녀는 눈물범벅이 된 채 선언했다.

"내가 왕위에 앉아 모든 진실을 밝히겠어. 그리고 만약 란디스 오빠가 결백하다는 게 밝혀지면 왕위를 넘겨줄 생각이야. 그런데도 넌 나를 지지할 거야?"

"그거참……. 독특한 발상이네요. 만약 란디스 왕자에게 혐의가 있고 조셉 왕자 쪽이 결백하다면요?"

"조셉에게는 곧바로 넘겨줄 수 없어. 그랬다간 조셉이 에리나와 너를 해코지할 테니까. 너희 둘이 정착을 하거나 조셉이 다른 마음을 품지 않았다는 확신이 선 다음에야 선양을 할 거야."

나름대로 생각을 한 모양이었다.

"그러니까 웨이드, 나를 도와줘. 나를 왕좌에 앉을 수 있게 해 줘. 에리나에게 들었어. 중앙 대륙에선 지낭이라고 불렸다지? 그 지혜 주머니를 나를 위해 써 줘!"

결심은 확고해 보였다.

"좋습니다. 다만 저도 전지전능한 건 아니에요. 불가능한 건 불가능한 거니까요. 그러니 우선은 서로의 정보를 교환하죠."

"알겠어. 뭘 알고 싶어?"

"먼저 당신의 지지 기반입니다. 내가 돕는다고 해도 최소한의 지지 기반이 없으면 왕위를 차지하는 건 불가능해요."

"지지 기반이라면 있어. 당장 루크레치아가 나를 도와주기로 했어."

란디스의 편에 서 있던 루크레치아는 끝내 우리 쪽으로 마음을 돌렸다. 아마 란디스가 국왕을 살해한 거라고 생각한 거겠지.

로자가 말을 이어 간다.

"루크레치아를 통해 그녀의 가문인 아카샤 가문의 지지를 얻을 생각이야."

"그렇다고 해도 큰 도움은 안 됩니다. 아카샤 가문은 무도가 가문인지라 정계와는 큰 관련이 없거든요. 다른 곳은 없습니까?"

"어머니의 가문인 알레르 공작가도 있어. 지금은 내 쌍둥이인 조셉을 지지하고 있지만 내가 부탁한다면⋯⋯."

"거길 끌어들였다간 당신은 꼭두각시 왕이 될 겁니다."

"윽."

"이해합니다. 지금 상황에서 지지 기반을 얻기란 힘들었을 테니. 어쩔 수 없죠. 우리 지지 기반은 브랜포드 가문 하나인 걸로 해요."

"브랜포드 가문⋯⋯? 리노아를 말하는 거야?"

"맞습니다. 그래 봬도 브랜포드 백작가는 남대륙의 대귀족 중 하나. 세력 하나만큼은 다른 가문과 비교해도 꿀릴 게 없죠. 루크레치아와는 달리 리노아는 가문의 당주이기도 하고요."

게다가 그녀가 쥐고 있던 정보도 있다.

리노아가 기어코 말하지 않으려 했던 정보. 구원자 연맹과 내통하던 자들에 관한 정보가 이번 왕위 계승전에 열쇠가 될 수도 있다는 생각이 들었다.

로자는 고개를 끄덕였다.

"리노아라면 나도 믿을 수 있어. 근데 지금은 본가에서 근신 중인 거 아니야?"

"실은 이미 이쪽으로 불렀어요."

"정말? 내가 올 줄 알고 있었던 거야?"

"아뇨, 여차할 땐 같이 북대륙으로 도망치려고 했죠."

이걸로 왕위 계승전에 대한 참전 준비는 끝이었다.

문제는 앞으로 어떻게 이겨 나가느냐였다.

이후에는 에리나와 루크레치아도 함께 이야기를 하게 됐다.

조언을 얻기 위해 비스케타도 함께 논의하고 싶었지만 새로운 인물은 로자가 꺼려 했기에 어쩔 수 없이 네 명이서 얘기를 하게 됐다.

루크레치아는 자진해서 상황을 브리핑했다.

"이미 두 세력은 견고합니다."

전황은 최악. 양대 세력인 란디스와 조셉에 비해 로자의 세력은 초라하며 명분도 없다.

"어떻게든 로자 공주님을 전면에 대두시켜야 해요. 그 첫걸음이 필요합니다."

그러자 에리나가 손을 든다. 그녀도 공작가의 영애로서 이런 정치적인 일을 많이 봐 온 만큼 나름대로 견식이 있었다.

"친족을 암살했다는 의혹을 받고 있는 둘에 비하면 공주님은 더없이 깨끗해요. 그 부분을 어필하여 세력을 불리는 게 어떨까요?"

루크도 비슷한 생각인지 고개를 끄덕이며 나를 바라본다. 나는 고개를 흔들어 보였다.

"그건 안 돼."

"어, 어째서인가요?"

"로자 공주는 깨끗해도 귀족들이 깨끗하지가 않거든. 그런 로망을 가진 귀족들도 조금은 있기야 하겠지만 당장의 상황 자체가 그 로망을 허용하지 않아. 지금 해야 할 건 견고하게 자리 잡은 양대 세력을 어떻게 해서든 흔드는 거야. 그러기 위해선 악독하고 교묘한 방법을 써야 하지."

"악독한 방법이요?"

"그것에 관해서인데, 로자 공주님이 해 줘야 할 게 있습니다."

로자는 단호하게 답한다.

"뭐든 말해."

"죽어 주십시오."

"……뭐?"

멍청하게 되묻는 로자. 다른 둘도 멀뚱히 있을 뿐이다.

곧 루크가 고성을 내지른다.

"그게 무슨 망발이냐!"

"진정해요. 진짜 죽으라는 건 아니니까. 죽었다고 여겨지기만 하면 돼요."

"설마 두 세력 중 하나가 공주님을 암살한 것처럼 꾸미자는 거냐?"

"그러면 두 세력은 크게 흔들리겠죠. 이미 왕족이 두 사람이나 암살을 당한 상황이니 로자 공주까지 암살을 당한다면 학을 떼고 등을 돌리는 귀족들이 나올 겁니다. 우리는 숨을 죽인 채 그들을 포섭해 나가면 되는……. 숨을 죽이고 포섭……. 숨을 죽인 상태에서 포섭……? 설마……. 하하……. 그런 거였나."

"웨이드? 왜 그러지?"

나는 망치로 머리를 두들겨 맞은 듯한 감각을 느꼈다.

일의 전말에 대한 퍼즐 조각들이 순식간에 맞춰졌다.

프라우드 왕자가 죽은 것도, 국왕이 죽은 것에 대한 진실도 전부.

난 고개를 흔든 뒤 말했다.

"조금 전의 말은 잊어 주세요. 딱히 공주님이 죽은 척을 할 필요는 없을 것 같습니다. 나머지는 제가 알아서 준비할 테니 당분간은 조용히 지내기만 해 주세요. 그거면 충분합니다."

이미 이번 사건의 판은 완벽하게 짜여 있었다. 내가 만든 판이 아니라 다른 누군가가 만든 판이.

그렇담 그걸 파훼할 방법도 간단했다. 그 판을 역이용해 승리에 도취해 있는 상대의 뒤통수를 때리면 된다.

그걸 위한 준비 중 하나가 우연인지 필연인지는 몰라

도, 내가 하려고 하는 울란드 지하 시장 습격과도 맞물려 있었다.

4왕자 조셉과 2왕자 란디스의 왕위 계승 다툼으로 인해 수도가 혼란해지면서 나에 대한 감시의 시선도 약해져 있었다.

그나마 리노아에 대해선 여전히 경계를 하는 듯했으나 이마저도 정도가 심한 건 아니었다.

나는 이 틈을 이용해 울란드의 지하 시장 습격 작전을 결행하기로 했다.

울란드 부근에 북대륙의 일행이 모였다는 소식을 접한 나는 루크레치아에게 저택 인물의 보호를 맡긴 뒤 은밀히 울란드로 이동했다.

약속 장소는 지난번에 이용했던 폐저택이었다. 그곳에 인원들이 모여 있었다.

"드디어 왔군요. 기다리고 있었다고요."

현관 쪽 테이블에서 서류를 읽고 있던 소피아가 나를 맞이했다.

그녀는 이번 습격 작전의 설계를 맡아 주었다. 가장 먼저 이곳에 와서 현지 조사와 작전 수립을 하고 있었다.

"다른 사람들은요?"

"술을 먹고 뻗어 있어요. 하여간, 얼마나 마시는 건지."

"작전에 지장은 가지 않겠죠?"

"당장 지금 작전을 시작하는 거라면 지장이 가겠지만, 그런 건 아니잖아요?"

"그렇죠."

"당신이 왔다는 걸 알면 그들도 긴장감을 가지겠죠. 그보다도 바이언 쪽도 난리가 난 것 같던데, 그냥 두고 와도 괜찮은 건가요?"

"당장은 괜찮아요. 그보다 엘리엇은 있습니까?"

"구원자 연맹의 추적 마법사 말인가요? 그 사람이라면 조금 있으면 도로시와 함께 올 거예요."

"고마워요. 일단 가신들과 이야기를 나눠 봐야겠네요."

"가신들……? 미리 말하지만 저는 당신 가신이 아니거든요. 귄터도 그렇고요."

"좋은 게 좋은 것 아닙니까. 이곳에선 적당히 그렇게 따라 줘요."

"하!"

소피아는 탄식했지만 그런 체계에 딱히 불만은 없는지 입을 다문다.

나는 술을 퍼먹고 방에서 자고 있다는 가신들을 둘러보았다.

방에 있는 건 둘뿐이었다.

술에 강한 가스파르과 일리야 스승은 언제 나갔는지 보이지 않았고, 애쉬와 귄터만이 코를 골며 자고 있을 뿐이다.

엘레나는 한심하다는 듯 둘을 내려다보더니 내게 말한다.

"저도 도시를 둘러보고 오겠어요. 울란드가 어떤 곳인지 궁금했거든요."

"알겠는데요. 그러다 일리야 스승이랑 마주쳤다고 다짜고짜 싸움을 걸지는 말아 줘요."

"……당연하죠."

잠시간의 뜸 들임이 불안했지만 엘레나도 경거망동은 하지 않을 테다.

엘레나가 떠나고 혼자 남은 나는 애쉬의 다리를 발로 두들기며 깨웠다.

"야 인마, 일어나."

"으음……? 아, 뭐야. 알스 너냐."

"술이나 퍼먹으라고 부른 거 아니야."

"알아, 알고 있다고. 그런데 먹지 않고서 참을 수가 없었어. 귄터 선배의 사정이 얼마나 딱한지……."

"뭐?"

애쉬는 부스스한 머리를 긁적이며 기지개를 켰다.

"귄터 선배는 푹 자게 놔둬. 어제가 돼서야 겨우 한풀이를 한 모양이니까."

"그러니까 뭘?"

"너도 알잖냐. 귄터 선배가 자아를 버리면서까지 흑마법사의 꼭두각시가 된 이유."

"알긴 알지. 좋아하던 여자가 흑마법사에게 죽었다고…….'"

"그 여자의 일이 조금 묘하게 돌아가서 말이야."

별로 알고 싶지 않은 정보였다.

그 내심이 얼굴에 나타났는지 애쉬는 쓰게 웃는다.

"요점만 말하자면, 귄터 선배는 그 여자의 한을 달래기 위해선 어떻게든 복수를 해야 한다고 생각했던 모양이야. 그래서 꼭두각시가 된 거고. 그런데 그 여자에 대한 얘기를 듣다가 내가 알아낸 게 있거든. 그 여자, 사기꾼이야."

"엥?"

"말로나라고, 용병들 사이에선 유명해. 순진한 남자들을 속여서 등쳐 먹는 걸로 말이지."

그런 족속들은 남녀 관계없이 수도 없이 많다. 오히려 여자들을 속여 먹으려는 남자 쪽이 훨씬 많을 테다.

"아마 그 여자도 귄터 선배가 실력에 비해 어수룩한 면모가 있는 걸 알고 이용하려 한 거겠지. 뭐, 설마 귄터 선배가 귀족들을 몰살시키고 한탄의 숲으로 들어가려 할지는 몰랐겠지만. 그 여자도 당황했을걸."

"뭔가 슬픈 얘기네."

"그렇지. 그래서 귄터 선배는 끝까지 인정을 안 하더라.

그 여자가 과거에 어쨌든 자기에게는 달랐을 거라고 말이지. 그런데 곰곰이 따져 보니까 당시의 그 여자는 귄터 선배의 일행 모두랑 관계를 맺고 있었지 뭐야? 거기까지 가니까 귄터 선배도 인정하고 펑펑 울더라."

"나 참. 금방 사랑에 빠지는 것도 심각하게 생각해 볼 일이네."

"알스, 넌 이해하지 못하겠지. 여자들이 좋다고 접근해 올 테니까. 그것도 다른 속셈도 없이 말이지. 이 부러운 놈!"

그때 마침 일리야 스승이 가스파르와 함께 돌아왔다. 둘은 숙취를 풀기 위한 대련을 했는지 술 냄새가 풀풀 풍기는 땀을 흘리고 있었다.

나는 둘을 씻고 오게 시킨 다음 회의를 개최했다.

회의가 개최될 즈음엔 도로시와 엘리엇도 도착했고, 도시를 둘러보던 엘레나 그리고 자고 있던 귄터도 눈이 퉁퉁 부은 채 회의에 참가했다.

나는 작전의 목표를 설명했다.

"이번 작전의 목표는 두말할 것도 없이 유미르의 탈환입니다. 상대는 구원자 연맹의 세력 중 하나인 로어. 강맹한 집단이라고 하지만 우리의 화력이라면 어렵지 않게 구멍을 뚫고 침투할 수 있을 거라고 생각해요."

이에 모두가 동의했다.

특히 엘리엇은 전율을 느끼는지 손끝을 부르르 떨고 있었다.

"미, 믿을 수 없군. 이 정도의 강자들이 네 말 한마디에 이렇게 간단하게 모이다니."

그는 엘레나와 일리야 스승을 흘겨보며 마른침을 꼴깍 삼켰다. 애쉬와 권터 또한 충분한 실력을 가지고 있음을 느꼈겠지.

"대단한 녀석이라고 도로시가 말하긴 했지만……. 정말 뭐냐, 너."

"단순한 아카데미생입니다."

"넉살 좋은 소리 하기는, 후우! 네게 협력하는 게 연맹원으로서 잘하는 짓인지 모르겠군."

"당신도 힘을 보태기로 했다는 건 우리에 편승해서 뭔가 노리는 게 있다는 것 아닙니까? 그렇담 이건 거래입니다."

"……."

"겸사겸사 묻겠습니다만, 당신이 노리는 건 뭡니까?"

"별거 아니야. 최근에 하위 연맹이나 중위 연맹 쪽에서 실종 사고가 많이 일어나고 있거든. 우리 연맹에선 이걸 노예 사냥으로 인한 실종이 아닌가 추측하고 있어."

"흠, 지하 시장에서 그 증거를 잡고 싶다는 겁니까?"

"그렇지. 만약 로어를 비롯한 강성 연맹들이 그런 짓을 하고 있었다는 게 알려진다면, 연맹의 판도 자체가 바뀔 거다."

"그리고 그걸 고발한 당신들의 연맹은 단숨에 주류가 될 테고요."

"……그런 셈이지."

"그러면 된 겁니다. 깔끔하게 거래를 끝마치도록 하죠."

"그래서? 작전은 어떻게 되는 거지?"

모두의 시선이 소피아에게 모였다.

소피아는 고개를 끄덕이곤 작전의 개요를 브리핑했다.

"엘리엇 씨가 준 자료를 바탕으로 추측하건대, 지하 시장으로 들어가는 통로는 여러 개가 있는 것 같아요. 하기야 이 정도로 커다란 지하 시설을 만들었는데 입구가 하나일 리가 없죠. 입구가 하나였다간 그 입구를 점하고 수몰시켜 버리면 모조리 몰살시킬 수 있을 테니."

"입구가 여러 개라면 침입하기 어렵지 않을 텐데요."

"그렇지도 않아요. 그 입구라는 게 유력 연맹들의 본거지 내부에 있는 듯하니까."

"그건……."

"왕국으로 치면 대귀족들의 저택에 입구가 하나씩 있는 셈인 겁니다. 그러니 그 입구를 이용하려면 따로 그 연맹의 경비망을 뚫어야 해요."

"그건 곤란하겠네요. 연맹의 본거지 말고 외부에 있는 입구는 없나요? 일반 손님을 들이기 위해서 만들어 둔 게 있을 텐데요."

"예, 그렇기 때문에 경비가 특히 삼엄하기도 하죠."

연맹의 본거지를 습격하거나 정면에서 외부 입구를 습격하거나. 화끈하게 가는 게 선택지 A였다.

선택지 B는 은밀하게 가는 거다.

연맹의 본거지 하나를 정해 잠입하거나 침입할 다른 방법을 찾는 것.

도로시가 손을 들며 말한다.

"엘리엇 씨에게 들은 바를 바탕으로 땅을 조사해 봤어. 그랬더니 몇몇 지점에 빈틈이 있는 걸 확인했어. 소피아 공주님, 그 지도를 보여 주시겠어요?"

소피아가 지도 하나를 펼쳐 보였다. 그곳엔 도로시가 해 놓은 표식이 그려져 있었다.

"그 지점들에서 10m 정도를 파고 내려가면 지하 시장으로 향하는 통로에 합류할 수 있을 거라고 생각해. 확신은 할 수 없지만……. 만약 성공한다면 경비의 시선을 피할 수 있을 거야."

"웨이드, 선택은 당신이 하세요. 정면에서 치고 들어가 속전속결로 끝낼 건지, 도로시의 제안대로 샛길을 이용할 건지."

소피아는 어떤 방법이든 나쁘지 않다는 눈치다.

나는 결정을 내리기 전에 다른 가신들의 의견을 들어 보기로 했다.

"화끈하게 가자고, 자고로 이런 시설은 제대로 된 공격을 받아 본 적이 거의 없을 거야. 그렇기에 막상 혼란한 상황에서의 대처가 미숙하지."

"동의합니다."

가스파르와 엘레나는 정면 돌격파.

"나는 반대입니다. 상대의 전력을 정확히 파악하지 못한 상태에서 정면에서 진입하는 건 위험 부담이 너무 커요. 우리의 실력이 뛰어나다는 건 확실하지만 자만은 독입니다. 그러니 침투만큼은 안전한 방법으로 하는 게 좋을 겁니다."

"나도 일리야 씨의 의견에 찬성."

"저도입니다."

일리야 스승과 애쉬, 귄터는 샛길파.

도로시도 샛길파일 게 분명하니 소피아 공주에게 의견을 물어보기로 했다.

"저는……. 정면을 흔드는 게 좋다고 생각해요. 가스파르 씨의 말대로 적은 혼란할 게 분명합니다. 그 전술적인 이점을 버리고 싶진 않네요."

소피아는 중도 돌격파.

마지막으로 엘리엇은 인명 피해를 최소화하고 싶다는 명

목하에 샛길을 선택했다.

샛길파가 다수인 가운데 나는 소피아의 의견에 마음이 갔다. 역시 책사끼리는 통하는 게 있다는 걸까.

나는 고민 끝에 고개를 끄덕였다.

"일행을 둘로 나누겠습니다. 습격조는 정면에서 적을 교란하여 외부 경비를 강화시키고 내부 경비를 약화시키는 역할을 수행. 작전조는 그사이 샛길을 이용해 내부로 침투, 유미르를 탈환하겠습니다."

모두가 타당하다며 고개를 끄덕인다.

"습격조는 가스파르, 엘레나, 귄터 이렇게 셋입니다. 지휘는 엘레나 당신에게 맡기겠습니다."

이에 가스파르가 오만상을 찌푸렸다.

"그게 무슨 소리냐, 알스. 현장에 맞는 지휘라면 쿠라벨의 골동품 따위보다야 내가 더 탁월한 게 당연하잖냐."

"지금 뭐라고 했습니까."

나는 서둘러 중재에 들어갔다.

"가스파르! 그렇게 시비를 거는 듯한 발언은 자제하라고 몇 번이나 말하지 않았습니까!"

"쳇. 네가 이상한 인선을 정하니까 그런 거다. 그것도 그 아이를 되찾는 작전에……."

"분명 당신 말대로 현장에 맞는 지휘는 당신이 더 잘할 수도 있겠죠. 하지만 너무 냉혹합니다."

"그게 무슨 문제라도 있는 거냐?"

"큰 문제가 있죠. 이번 작전의 최우선은 피해 없이 끝내는 겁니다. 단 한 명도 죽어선 안 돼요. 누군가 죽는다면 유미르를 찾는다고 해도 그 의미가 퇴색되니까요. 틀립니까?"

"그렇……긴 하겠지. 한 명을 찾는 걸로 다른 한 명이 죽는다면……."

"그런 의미에서 당신의 냉철한 지휘는 알맞지 않아요. 당신, 상황이 나빠지면 낙오자는 가차 없이 버릴 거잖아요?"

"……."

"이번 작전에선 그걸 금한다는 겁니다. 그러니 지휘는 엘레나가 하는 게 맞아요. 혹여나 있을 돌발 상황에 대해선 저와 소피아 공주가 대처할 테니 걱정 말고요."

"……알겠다. 미안하군. 내가 흥분한 모양이야."

가스파르는 나와 엘레나 양쪽에게 사과를 전했다.

겨우 상황이 진정됐다.

작전의 개요가 정해졌으니 이젠 그 준비를 할 시간이었다.

이번 작전에서 중요한 건 안전하게 퇴각하는 것과 정체를 들키지 않는 것이었다.

그걸 위해 사전 준비가 필요했다.

우선 도로시가 조사했다던 샛길에 대한 조사를 먼저 진행했다.

땅을 파고 지하로 들어갈 수 있는 샛길은 총 네 개.

나는 그곳들을 일정 부분까지 파 두기로 했다. 다행히 인적이 드문 곳이었기에 들키지 않고 어떻게든 이틀 만에 작업을 끝낼 수 있었다.

이후엔 얼굴과 신체적인 특징을 감출 복장이었다.

다른 이들이야 복장만 갖추면 문제가 없었지만 나나 일리야 스승은 그 무예의 이질성이 너무 높기에 따로 무기를 준비해야 했다.

나와 일리야 스승에 대해선 커스버트란 녀석에 의해 연맹에도 알려진 상황이니 특히 조심해야 했다.

"하하, 오른손으로 검을 써 보기는 오랜만인데요."

검을 쓴다고 해도 왼손으로만 사용했던 내게 오른손의 검은 생소했다.

반면 스승은 오른손으로 다룸에도 익숙해 보였다.

잠깐 대련을 해 보니 압도적으로 밀리고 말았다.

스승은 엉덩방아를 찧고 있는 내게 손을 내밀며 말한다.

"본래 체스터류는 뚜렷하게 형태가 정해진 게 아니란다. 상황에 맞게 사용하는 거지. 왼손의 검과 오른손의 창을 사용하게 된 것도 구데리안 스승님께서 급박한 상황에서 아무렇게나 무기를 쥐면서 시작된 거야."

"다른 무기에 대한 기본적인 숙련도도 가지고 있어야 한다는 거군요."

"내 경우엔 어릴 적에 검술도 따로 배운 적이 있었으니까. 너와는 아무래도 차이가 있겠지. 한 번 더 해보겠니? 가능한 오른손으로 검을 사용하는 것에도 익숙해져야지."

"전 마법을 사용하면 되니까 괜찮아요. 그보다도……."

나를 뚫어지게 바라보는 시선이 있었다.

엘레나가 대련을 하게 해 주겠다는 약속을 지키라며 압박을 하고 있던 것이다.

그 모습이 마치 어린애가 놀이에 끼고 싶어 하는 모양새였기에 나도 모르게 웃음이 나왔다.

스승도 헛웃음을 지었다.

"나는 해도 괜찮은데."

"아뇨, 혹시나라는 게 있으니까요."

작전 결행일이 당장 내일이었던 만큼 둘의 대련은 다음으로 미뤄 두기로 했다.

그러니 내게 엘레나의 원망의 시선이 꽂혀 온 것은 당연한 수순이었다.

작전 결행을 2시간 앞둔 시점.

최종 브리핑이 끝날 즈음 엘리엇이 몇 가지 자료를 내밀었다.

"받아라. 도움이 될 테니까."

"이건 뭐죠?"

"로어에 속한 요주의 인물에 대한 정보야. 그놈들이 죄다 지하 시장에 있을 것 같지는 않지만, 그래도 몇몇은 있을지도 모르지."

엘리엇이 내민 서류에는 인물에 대한 정보가 빼곡하게 적혀 있었다. 그 대부분은 범죄 이력이었다.

"지독한 놈들이군요. 살인이 한두 개가 아니라니."

"심지어 그중 절반은 본인의 쾌락을 위한 충동 살인이야."

"흠."

"놀라지 않는군."

"그런 놈들은 종종 봐 왔으니까요."

세상엔 별의별 놈들이 있다. 멀리 갈 것도 없이 여기 있는 가스파르도 전쟁터에선 적 병사를 죽이며 쾌락을 느낀다.

"대체 어떤 일을 하고 있었던 거냐⋯⋯. 어쨌든 그놈들을 만나게 되면 주의해라. 되도록 인명 피해를 없게 해 달라 부탁했지만, 그놈들과 그 부하들은 예외야. 가능하면 죽여 버려."

"명심하죠."

"좋아, 그럼 나는 먼저 작전 지점으로 가겠다."

엘리엇은 소속 연맹원들을 이끌고 다른 지점에서 작전을 펼치기로 했기에 그쪽에서도 따로 브리핑을 해야 했다.

그가 떠나자 소피아가 조심스럽게 묻는다.

"엘리엇……. 저 사람은 믿을 만한 건가요?"

"글쎄요. 서로의 목적이 일치하니 이번 일에 한해선 믿을 수 있지 않을까요?"

"저 사람이 소속된 연맹 '심블'에 대해선 조사를 해 봤어요. 나름대로 중견에 속하는 연맹이더군요. 대외적인 평판이 좋긴 했지만 구린 일도 몇 개 있었어요."

"집단이란 다 그런 거죠. 그런 당신네 베카비아 왕국은 절대적으로 정의로웠나요?"

"그건…… 아니죠."

"그래도 당신의 우려는 알겠습니다. 너무 깊이 관련되면 안 된다는 거겠죠."

"맞아요. 특히 왕국과 연이 닿아 있는 당신은 더더욱. 왕국은 현재 연맹과 관련된 자들은 전부 조사하고 있잖아요?"

"그거라면 지금은 괜찮아요. 오히려 이번엔 협력하기로 했으니까."

"협력하기로 했다뇨?"

그때였다. 저택 주변을 망보고 있던 엘레나가 노크를 하고 들어온다.

"일라인, 루크가 보낸 사람이 도착했어요."

"이제야 오다니. 설득하는 데 시간이 꽤 오래 걸린 모양이네요. 그 사람은요?"

"응접실에 있습니다."

나는 소피아에게 나머지 일을 맡기고 응접실로 향했다.

응접실엔 칙칙한 색의 옷을 입고 있는 중년의 남자가 굳은 표정으로 앉아 있었다.

그는 뱀눈을 뜨고 나를 훑어보고는 말없이 고갯짓한다.

"엘레나, 문을 닫고 나가 줘요."

엘레나는 억지를 부려서라도 나를 호위해야 하는 건가 잠시 고민했으나 상대 수준이 높지 않다고 판단하고 수긍하며 응접실을 나갔다.

"반갑습니다. 웨이드라고 합니다. 내 이야기는 루크레치아에게서 들었겠죠."

"그래."

"당신의 소개를 듣고 싶습니다만."

"고드릭 아카샤다."

"아카샤……? 루크레치아의 오빠라도 되는 겁니까?"

"나는 분가 소속이다. 루크레치아 님의 오라비라니, 터무니없지."

이자는 국왕 직속의 정보기관에 속한 자로, 뒤가 구린 일을 처리하고 있었다.

일종의 특무대라고 할까.

그는 서늘한 눈으로 내게 물어 왔다.

"루크레치아 님에게서 들었다. 이곳에서 폐하를 암살한

자에 대한 근거를 취할 수 있을 거라고. 그건 사실인가?"

"가능성이 있을 뿐입니다."

"울란드의 지하 시장……. 확실히 가능성은 충분하지. 우리도 이곳에서 정보를 캐내 보려 했지만 경계가 삼엄해 불가능했었다."

"예, 그러니 오늘 제가 난리를 피울 때를 노리라는 겁니다."

"좋다. 그건 이의가 없어. 하지만 그걸로 네가 얻을 수 있는 이득은 뭐지? 단순히 폐하를 암살한 자를 찾고자 함은 아닐 텐데."

그게 마음에 걸리는 모양이다. 나는 능청을 피우며 답했다.

"당신도 알다시피 저는 리노아 브랜포드와 관련된 것으로 인해 불필요한 오해를 받고 있습니다."

"……."

"저도, 리노아도 그 오해를 풀고 싶습니다. 그래야 새로운 왕이 즉위했을 때 숙청의 화를 면할 수 있을 테니까요."

내 말을 믿는 것 같지는 않았지만, 앞뒤는 맞았기에 괜한 꼬투리는 잡지 않았다.

"한 가지 경고해 두지. 허튼짓을 하는 거라면 각오하는 게 좋을 거다."

그는 내가 지하 시장을 조사하게끔 하는 이번 일이 거짓 정보를 주기 위한 함정일 수도 있다고 생각하는 모양이다. 그렇기에 이런 경고를 하는 거겠지.

"지금 실권을 쥐고 계신 라일란드 재상님께선 복수심에 불타고 계시다. 왕위 계승과는 별개로 프라우드 왕자님과 폐하의 암살과 관련된 자들 모두에게 복수의 업화를 선사할 생각이시지. 그리고 그건 연맹이라고 해도 예외는 아니다."

"그 뜻은……?"

"연맹이 우리를 배후에서 농락하는 것처럼 우리도 연맹의 배후를 잡고 있는 건 마찬가지야. 만약 연맹이 정말로 선을 넘은 거라면, 우리도 그에 응하는 조치를 취할 거라는 뜻이다. 그게 어떤 조치인지는 나로선 모르겠으나 재상님은 진심이시다."

별로 무섭진 않았다. 엘란 왕국은 내가 느끼기에 호구나 다름없었으니까.

"부디 그럴 일이 없었으면 좋겠군요."

"정말로 그래. 그러니 나도 오늘 얻은 정보로 깔끔하게 일이 정리됐으면 한다."

그는 그러면서 20개의 구원이동 주문서를 꺼냈다.

굳이 이들과 협력을 하는 이유는 이것 때문이었다.

초고가의 구원이동 주문서. 이것만 있으면 혹시나 일어날 사고의 위험도 없어진다.

'이걸로 준비는 끝.'

어느새 작전 결행까지 1시간 남짓밖에 남지 않게 됐다.

나는 작전 개시를 선언하며 각자의 위치로 이동할 것을 명령했다.

⬥

드디어 유미르를 찾는다.

불안감도 있었다.

엘리엇이 얻어 낸 정보라곤 그곳에 몇 개월 전에 잡혀 온 수인 임산부가 여럿 있다는 것 정도.

정보로서는 하찮으나 엘리엇의 추적 마법이 이곳 울란드를 가리킨 덕에 그 정보의 신빙성이 올라갔다.

"알스, 시작할까?"

애쉬가 폭발 주문서를 쥐고는 내게 말했다.

땅은 사전에 한계치까지 파 놓았기 때문에 자그마한 폭발만 일으키면 구멍이 뚫리게 된다.

"잠깐. 외부 팀이 아직 움직이지 않았어."

그렇게 10분 정도 지나자 주변이 소란스러워지기 시작했다. 엘레나가 이끄는 외부조가 난리를 피우기 시작한 것이다.

"지금이야, 진입하자!"

아마 다른 샛길을 이용하고 있는 엘리엇. 그리고 왕국 정본부대 쪽도 진입을 했을 거다.

"좋았으, 가 보자고!"

펑! 애쉬가 폭발 주문서에 마나를 실어 던지자 폭발이 일어났고 미리 파 두었던 구덩이가 바닥을 드러냈다.

나와 애쉬가 함께 그 구멍으로 빠져 들어갔다. 일리야 스승은 구멍 밖에 타고 올라올 밧줄을 설치하고는 따라 내려올 거다.

내부는 칠흑같이 어두웠다. 애쉬는 준비해 뒀던 횃불을 꺼내며 말한다.

"쯧, 아무래도 사용하지 않는 통로인 모양인데?"

"오히려 다행일 수도 있어. 경비가 없다는 뜻이니까."

나는 벽과 바닥을 살피며 진행 방향을 탐색했다.

"바닥과 벽의 흔적을 보면 공사 물자를 옮기는 통로였던 것 같아."

그 정보를 바탕으로 진행 방향을 정했다.

"이쪽으로 내려가자. 스승, 뒤를 따라오면서 도주로를 위한 표식을 설치해 줘요."

"맡겨 둬라."

여차할 때는 자결을 해 구원이동을 강제 발동시킬 수도 있었지만, 이곳에 어떤 변수가 있을지 알 수 없었다.

가장 좋은 형태는 구원이동이 발동하지 않고 정해진 경로대로 퇴각을 하는 것이었다.

대략 20분을 걷자 묘한 소리가 들려오기 시작했다. 그 시점부터는 길을 찾기 어렵지 않았다.

애쉬는 눈살을 찌푸렸다.

"뭐야, 이 진동은. 전쟁이라도 벌어지고 있는 거냐고."

그렇게 느껴질 정도의 고동이었다.

마침내 지하 시장으로 이어지는 통로가 보였다.

그곳에 보초가 코를 후비며 앉아 있었다. 형식상의 경비병인 듯, 그 얼굴에선 위기감이 보이지 않았다. 외부의 소란을 알고 있는 것 같지도 않았다.

"응?"

우리가 다가가자 휘둥그렇게 눈을 뜨더니, 퍽! 내 일격에 비명도 지르지 못하고 쓰러졌다.

그런 그에게 애쉬가 배낭에서 꺼낸 수면 주문서를 사용했다.

"좋아, 이걸로 10시간은 족히 자고 있을 거야. 그래도 혹시 모르니 포박을 해 놓자."

살짝 궁금함이 생긴 나는 경비를 포박하고 있는 애쉬를 도우며 물었다.

"꽤나 유용해 보이네."

"이 마법 주문서 말이야? 용병들한텐 기본이야. 용병들은 마법을 사용하지 못하는 놈들이 대다수고 마법을 사용할 줄 안다고 해도 마나가 부족한 경우가 많으니까. 보통 이런 것들을 사용하지. 가격은 조금 비싸지만 말이야."

"나쁘지 않네. 나도 만들어 볼까."

"넌 비전과 빛의 마법이라고 했었지? 흐음, 비전 마법 중에 주문서로 애용되는 건 없었던 것 같은데. 만들 거면 빛의 마법 주문서를 만드는 게 좋을 거야. 임시 조명 용도로 사용하는 경우가 있으니까."

그런 잡담을 하고 있자니 스승이 검지를 코에 가져다 댔다.

"쉿."

스승은 문에 귀를 대고 건너편을 탐색하고 있었다.

"……건너편에 짧은 통로가 하나. 보초는 둘. 그리고 그 이후부터가 목적지인 모양이다."

"휘유!"

포박을 끝낸 애쉬가 휘파람을 분다.

"역시 진짜 용병한텐 못 당하겠구만. 마법도 안 쓰고 탐지를 해 버리다니."

우리는 일리야 스승의 신호와 동시에 문을 열고 뛰쳐나갔다.

스승의 말대로 문 너머엔 짧은 통로가 펼쳐져 있어 문을 지키고 있는 보초가 둘이 있었다.

"뭣……!?"

"누구냐!"

경악성을 내지르는 둘을 빠르게 제압한 우리는 문을 열고 지하 시장에 진입했다.

그와 함께 칙칙한 지하 통로와는 다른 별세계가 나타났다.

그건 마치 돔 야구장을 세 개쯤 합친 것 같은 커다란 공간이었다.

중앙에는 피가 여기저기 묻어 있는 무대가 놓여 있었고, 그걸 중심으로 외곽으로는 관람석처럼 사람들이 빼곡하게 들어차 있었다.

"윽!"

칙칙한 지하 통로를 거쳐 왔기 때문일까. 강하게 내리쬐는 조명에 순간적으로 눈이 부셨다.

"뭐, 뭐야 이건."

애쉬가 망연히 중얼거렸다.

"이 정도의 지하 공간이 있다니……. 말이 돼?"

화려한 것도 화려한 거지만 압도적인 크기였다.

현대였다면 당장이라도 싱크홀이 생겨 지반이 무너져 내릴 것 같은 공간이었다.

애쉬가 놀라고 있는 이유는 어떻게 이걸 만들었냐는 것이다.

"있을 수 없어……. 이런 공간이 있는데 울란드의 시민 대부분은 이곳의 존재를 모르고 있다니."

그는 곧 깨달았다는 듯이 중얼거린다.

"역시……. 이건 사람이 만든 게 아닌 거야."

"그게 무슨 소리야."

"몬스터가 만든 거라고. 그게 아니면 설명이 안 돼."

지금은 그게 중요한 게 아니었다. 이렇게 크면 목적지를 찾기가 힘들어지는 게 더 큰 문제였다.

"엘리엇의 말로는……."

이곳 지하 시장의 물류를 담당하는 구역이라고 했다.

나는 엘리엇이 준 정보. 그리고 사람들의 움직임을 관찰하며 한 곳을 특정했다.

"저기다."

끊임없이 물자들이 드나드는 장소. 지하 최하층이었다.

목표가 정해진 이상 이제부턴 속전속결이었다.

우리는 득달같이 내려가 지하층으로의 침입을 개시했다.

알스가 펼친 습격 작전은 딱히 은밀한 한 건 아니었던 만큼 금방 발각이 됐다.

연맹의 대처는 더할 나위 없이 신속했다.

지하 시장의 경비 총괄자인 클랜시는 키힉 하며 웃었다.

"쥐새끼들이 들어온 건가. 슬슬 그럴 때가 됐다고 생각은 했지!"

엘란 왕국의 왕위 계승 다툼도 있었고, 상위 연맹들의 무분별한 노예사냥으로 인해 중하위 연맹들의 불만이 높아진 상태였다.

이곳 지하 시장이 타깃이 될 가능성은 충분했다.

그렇기에 그 경비의 질과 양은 어느 때보다도 높았다.

"놈들은 구원이동을 사용하고 있을 가능성이 높다! 구원이 동이 발동하지 않게끔 무력화시켜서 생포해라! 자결도 못 하게 막아!"

그는 일망타진을 믿어 의심치 않았다. 그러나 들려온 소식 은 달랐다.

"최하층으로 가는 경비가 돌파당했습니다! 적들은 그대로 최하층으로 진입!"

"뭐라고?! 상대의 수가 얼마나 많기에 이렇게 빨리 돌파를 당하는 거냐!"

"현재 혼란을 일으키고 있는 적의 숫자는 대략 마흔! 다만 최하층으로 향한 건 그중 스무 명뿐입니다!"

"목적이 여러 가지인 건가? 아무튼, 그 정도의 숫자라 면 문제없다. 경비는 내부의 물을 흐리는 자들을 먼저 소 탕해라!"

"최하층으로 향한 자들에 대해선 어찌할까요?"

"놔둬라. 그곳은 로어의 영역이야. 게다가 오늘은 집회가 있는 날이니까. 괜히 들어갔다간 우리도 화를 입는다."

그는 입맛을 다셨다.

"놈들은 남을 잘못 잡아도 단단히 잘못 잡았어. 하필 로어의 미치광이들이 전부 모여 있는 날을 고르다니."

소름이 돋는지 몸을 부르르 떠는 클랜시.

그는 최하층으로 향한 침입자들을 도리어 동정하며 내부 소탕 작전을 개시했다.

경비들을 제압하고 최하층으로 향하는 루트를 확보한 우리는 다른 일행을 잠시 기다렸다.

얼마 지나지 않아 엘리엇과 그 연맹의 일원들이 나타났다.

"화려하게 저질러 버렸구만."

그들의 숫자는 열아홉. 상당한 정예인지 엘리엇은 의기양양하게 말을 이어 간다.

"여기서부턴 나도 정보가 없어. 그러니 신중하게 진행하는 게 좋을 거다."

"지하의 최하층……. 이곳에서 음식들이 운반된다고 했죠?"

"그것에 관해서인데, 조금 이상한 부분이 있긴 해."

"……지금에 와서 말입니까?"

"미안하다. 나도 진입 직전에 받은 정보라서 말이야."

우리는 최하층으로 가는 통로를 지나치고 있었다. 그 통로는 지금까지 지나친 어떤 통로보다도 넓었다.

"음식이 오고 가는 건 사실이지만 출입의 물량이 맞질 않나 봐."

"들어간 것에 비해서 나오는 양이 적다는 거라면 그거야 안에 있는 사람들이 먹을 식량이 필요하니 당연한 것 아닙니까?"

"그 차이가 생각보다 훨씬 크더군. 게다가 음식뿐만이 아니라 천으로 내용물을 가려 놓은 수상한 수레도 나왔다고 해."

"그건……."

엘리엇은 말없이 고개를 끄덕였다.

그게 뜻하는 바는 하나. 이 최하층의 인구가 예상보다 많다는 뜻이다.

우리는 마침내 최하층에 도달했다.

"말도 안 돼……."

조금 전 지하 시장의 모습에 감탄을 했던 애쉬는 지금에 와선 완전히 말문을 잃고 말았다.

엘리엇은 입맛을 다시며 중얼거린다.

"역시 그런 거였어. 자고로 시장은 도시 안에 있는 법이니까."

지하 시장보다도 더욱 규모가 큰 지하 공동. 그곳에서 사람들이 개미 떼처럼 움직이고 있었다.

더 아래로 광산이 형성돼 있는지 채광용 도구들이 여기저기 보였다.

무엇보다 놀라운 건 이런 지하에 거주용 건물들이 다닥다

닥 세워져 있다는 것이었다. 5층 이상의 건축물들도 더러 보였다.

"지하 도시……!"

급조해 만든 것 같은 도시도 아니었다. 환기하는 마법을 사용하고 있는지 공기의 질도 괜찮았고, 습도, 온도 등등의 요소들도 쾌적했다.

인구는 어림잡아 4만. 무려 4만의 사람들이 지하에 살고 있다는 건 말도 안 되는 일이었다.

엘리엇은 입꼬리를 씨익 올린다.

"노예사냥으로 잡은 노예들을 이곳으로 옮긴 거였군. 하핫, 이거야 원, 제대로 짚은 것 같은데."

엘리엇의 목적은 상위 연맹들의 횡포를 고발하는 것이니 적당히 이곳에 있는 노예들을 구출해 빠져나가면 된다.

그러니 그들은 작전 난이도가 내려갔지만 우리는 반대였다.

사람 수가 많아진 만큼 유미르를 찾기가 어려워졌기 때문이다.

엘리엇은 냉정하게 선을 그었다.

"돌발 상황이 발생하긴 했지만 작전은 예정대로 진행할 거다. 니희들이 정해진 시간까지 돌아오지 못한다 해도 기다리지 않고 내뺄 거야. 원망하지 말라고."

연맹원을 이끌고 있는 그로서는 어쩔 수 없는 선택이었을 테다.

엘리엇 일행은 경비들을 피해 여기저기 흩어져 작전을 시작했다.

"알스, 경비들이 오고 있어. 우리도 어서 움직이자."

우리도 서로의 구역을 정한 뒤 유미르의 수색을 개시했다.

갑작스러운 습격에 비상이 떨어진 지하 도시.

이 지하 도시는 연맹의 최대 이권 중 하나였다.

이곳 광산에 매장된 광석의 질과 양이 엄청났기 때문이다.

연맹이 이곳을 발견한 건 대략 10년 전으로, 지질학자가 우연히 발견했다.

그 시점에 이곳은 벌레 형태의 몬스터들로 득실거렸지만, 로어 연맹의 주도로 토벌을 진행했다. 도시 지하에 몬스터들이 있다는 사실이 알려지면 큰 혼란을 초래할 수도 있는 만큼 그 토벌은 은밀하게 진행됐다.

그렇게 1년이 지난 시점엔 지하 전체를 장악할 수 있었다.

당초엔 쓸모가 없는 공간이었지만 막대한 규모의 광산이 발견되자 얘기가 달라졌다.

상위 연맹들이 누구 할 것 없이 이 광산에 침을 바른 것이다.

로어는 당연하게도 격분. 이곳은 몬스터를 토벌한 자신들의 영역이니 꿈도 꾸지 말라며 엄포를 놓았다.

　　이에 상위 연맹들은 지하 영역도 지상에 있는 울란드의 일부라며 로어의 주장을 일축하면서 다툼이 일어나게 된다.

　　그러기를 자그마치 5년. 겨우 절충안이 나오게 되는데 그게 꽤나 독특했다.

　　상위 연맹들도 광산을 채굴할 권리를 얻는 대신 광산으로 얻은 이익의 일정 퍼센트를 로어에게 지불하기로 한 것이다.

　　여기까지는 평범했지만 다른 조항이 있었다.

　　바로 광산을 채굴할 인부들에 관한 것이었다.

　　이곳 광산의 존재가 세간에 널리 알려지게 될 경우 상위 연맹뿐 아니라 중위, 하위 연맹들도 너 나 할 것 없이 채굴의 권리를 달라고 난리를 칠 게 뻔했다.

　　그러니 로어는 광산의 존재를 숨기기 위해 자기 연맹원을 제외한 지하 도시의 사람들을 절대로 외부로 내보내지 않기로 한 것이다.

　　그런 제약이 붙었으니 상위 연맹들은 인부들을 구하는 데 애로 사항이 생기고 말았다. 자기 연맹원들을 광산에 보냈다간 다시 돌아오지 못하니 다른 방법으로 인부들을 구해야 했다.

　　그런 맥락에서 노예사냥이 시작된 것이다. 그 노예들을 이곳의 인부로 사용하기 위해서.

그렇게 계속해서 노예들 혹은 사기를 당한 자들이 이곳으로 흘러 들어와 규모가 커졌고, 지금의 도시를 이루게 된 것이다.

"……지금 뭐라고 했냐?"

로어의 간부 잉엄은 미간을 팍 찌푸렸다.

"침입자가 이곳까지 침투해 왔다고?"

"옛! 이미 스물에 달하는 인원들이 도시에 잠입했다고 합니다!"

"빌어먹을……."

어느 세력이 이런 일을 저질렀는지 감도 잡히지 않았다. 그만큼 광산을 노리는 자들이 많았기 때문이다.

"아니, 적어도 상위 연맹들은 아니겠군."

상위 연맹이라면 어제부터 내일까지 3일간 로어의 총집회가 열린다는 걸 모를 리 없다.

"그렇다는 건 중하위 연맹 놈들인 건가……. 가소롭기 짝이 없군."

그는 냉혹하게 고했다.

"간부들을 전부 쥐새끼 수색에 투입해라!"

"연맹장님께는……."

"내가 보고하지."

"옛!"

잉엄은 빠른 발걸음으로 연맹 건물의 상층으로 향했다.

그곳에선 벌거벗은 수인이 여자를 안고 있었다.

여성의 수는 하나가 아니었다. 이미 다섯의 여성이 지쳐서 널브러져 있었다.

잉엄은 그 모습에 내심 질색을 하면서도 눈 하나 꿈쩍하지 않고 보고한다.

"알라가 형님, 곤란한 일이 발생했습니다."

"앙……?"

알라가라 불린 수인은 땀으로 범벅이 된 얼굴로 시선을 주었다. 그 눈빛엔 불쾌감이 서려 있었다.

"잉엄, 이 몸이 씨를 뿌리는 중에는 일에 관한 건 얘기하지 말라고 하지 않았냐. 이건 거룩한 일이라고. 절대 방해받아선 안 되는 거룩한 일!"

"그건 명심하고 있습니다만 한시가 급한 사안입니다."

"쳇!"

안고 있던 여성을 물건 다루듯 던져 버린 그는 외투를 걸쳐 입으며 묻는다.

"무슨 일인데. 간부들로도 대처하기 어려운 일인가?"

"그렇지는 않습니다만, 형님께 꼭 보고를 해야 하는 사안입니다."

"꼭 보고를 해야 하는 사안? 뭐, 누군가 이곳에 침입하기라도 했다는 거냐?"

"그렇습니다. 침입자의 숫자는 스무 명이라고 합니다."

"……오호."

그는 놀라거나 초조해하지 않고 오히려 흥미를 드러냈다.

"상위 연맹 놈들은 아닐 테고. 그 외에 떨거지 놈들인가 보군."

"아마도요."

"어떤 연맹인지는 모르겠으나 멍청한 놈들인걸. 벌집을 건드리다니 말이야."

이곳은 이권이 집중된 곳. 어중간한 연맹이 여길 들쑤셨다 간 로어를 포함한 상위 연맹들의 표적이 되어 공중분해된다.

"오히려 잘됐어. 그 연맹 놈들 전부 이곳의 노예로 부려 주지."

그러면서 그는 무기를 챙겼다.

"형님께서 직접 가시려고요?"

"오랜만에 몸 좀 풀어야 쓰겠다. 너무 씨만 뿌리고 있자니 좀이 쑤시더라고."

"모시겠습니다."

"됐다. 넌 여기 애들이나 돌려보내라."

널브러져 있는 여성들을 눈짓하는 알라가.

잉엄은 작게 한숨 쉬고는 그녀들에게 주섬주섬 옷을 입혔다.

도시를 수색하고 15분.

나는 어렵지 않게 이상한 점을 발견할 수 있었다.

'죄다 남자밖에 없어⋯⋯. 어째서지?'

그 이유를 알고 싶었으나 도시 전체에 비상이 떨어졌는지 시민들은 건물에 들어가 숨을 죽이고 있었다.

'대처가 신속한걸.'

그래도 시간은 있다. 이곳은 건물 덕에 숨을 곳이 많은 만큼 상대로서도 소탕에 어려움을 겪겠지.

"저쪽이다!"

"포위해!"

사람을 붙잡고 정보를 모으고 싶었으나 그 정도의 여유는 없는 것 같다.

두 명의 경비가 나를 노리고 달려왔다.

속박 마법을 사용하려는지 그들의 손에서 마력이 소용돌이쳤다.

나는 그 마법이 발동하기 전에 접근하여 서걱! 그들의 목을 베었다.

"크헉!?"

"케흑⋯⋯!"

비명도 제대로 지르지 못하고 사망하는 경비. 멀리서 달려

오던 다른 경비들은 이 모습에 경악한다.

"조, 조심해라! 제법 실력이 있는 놈이다!"

"간부들을 불러!"

나는 그들도 처리해 놓기로 했다. 다른 동료들을 위해서라도 경비들의 숫자를 줄여 놓는 게 맞았다.

"오, 온다!"

"이놈……!"

상대는 내가 근접전을 펼치는 전사 유형이라고 생각했는지 무기를 들고 수비 태세를 굳혔지만, 나는 자그마한 빛의 구체를 만들어 둘 사이에 쏘아 냈다.

펑! 둘 사이에서 자그마한 폭발을 일으키며 강렬한 빛을 내뿜는 구체.

이에 상대는 실명에 가까운 타격을 받고 무력화된다.

그 둘의 목을 베는 것으로 일단 내 쪽으로 온 경비는 정리가 됐다.

'빠르게 움직여야 돼.'

나는 검에 묻은 피를 털어 내고 바로 발걸음을 옮기려 했으나 그때 배후에서 목소리가 들려왔다.

"흥미로운걸."

"……!"

배후에서 천천히 다가오는 수인 남자.

그의 귀와 꼬리는 표범처럼 얼룩이 있었다. 무엇보다 턱

쪽에 커다란 흉터가 있었다. 그 특징적인 모습에 엘리엇이 준 자료가 떠올랐다.

'로어의 간부인가!'

엘리엇이 말한 로어의 미치광이 중 하나였다.

"사람을 죽이고도 그렇게 냉철할 수 있는 녀석은 얼마 없지. 네놈······. 대체 몇 명이나 죽여 본 거냐?"

"······네가 상상하는 것 이상일 거야."

내가 대답할 거라곤 기대하지 않았는지 녀석은 더욱 재밌어했다.

굳이 녀석에게 어울려 준 이유는 정보를 캐내기 위함이었다.

'입이 가벼워 보이는 녀석이야.'

민감한 정보는 주지 않아도 적당한 정보는 재미 삼아 줄지도 모른다.

"하나 물어봐도 될까?"

"마음에 들었어. 말해 봐. 대답해 줄 수 있는 거라면 해 주지."

녀석은 손쉽게 날 제압할 수 있을 거라 생각하고 있다. 그렇기에 더욱 입이 가벼운 건지도 모른다.

"여자들이 하나도 보이지 않는데. 뭐야 여긴, 남자들만 있다니 지옥이 따로 없잖아?"

"하하핫! 제대로 봤군. 남자 놈들에겐 지옥처럼 느껴질 거다. 다만 이곳에 여자가 없는 건 아니야."

"……그렇담 어디 있는 거지?"

"말해 줄 것 같냐, 멍청아. 어디서 날 떠보려고. 내가 그렇게 만만해 보였냐?"

"응. 그래 보였는데."

"크하핫! 건방진 놈이군. 죽이는 보람이 있겠어."

혀를 날름거리며 무기를 꺼내는 녀석.

"이 몸이야말로 로어의 서열 10위 자바커스! 이름 정도는 들어 봤겠지?"

"못 들어봤어. 서열 10위 따위를 일일이 기억하는 사람이 있겠냐."

"……."

은근히 속을 긁는 말이었는지 표정을 굳히는 녀석.

"홍, 곱게 죽을 생각은 버려라."

녀석은 살기등등하여 달려들려 했으나 그때였다.

푹! 녀석의 가슴을 꿰뚫고 나오는 창촉.

"커헉!?"

"뭐야, 이놈은."

녀석을 뒤에서 기습한 애쉬는 같잖지도 않다며 다른 손으로 단도를 꺼내 머리를 찔러 즉사시켰다.

애쉬는 무기를 갈무리하고는 멍하니 있는 내게 말한다.

"알스, 유미르 씨가 있는 곳을 알아냈어."

"정말?"

애쉬가 겉으로는 경박해 보여도 제법 영리한 녀석이었다. 그 수준은 아마 가스파르의 바로 아래 정도일 거다. 괜히 용병을 하며 먹고살던 것이 아니다.

"이유는 모르겠지만 이곳에 거주하는 여자들은 한곳에 격리돼 있나 봐."

"격리? 어째서……."

"이유는 모른다니까. 어쨌든 위치는 알아냈어. 저기 저 높은 건물 보이지? 그 뒤에 있는 것 같아."

"바로 가자."

"좋았으, 일리야 씨가 시선을 끌어 주고 있는 사이에 어서 처리하자고!"

여자들만 따로 격리돼 있는 이유.

나는 그것에 왜인지 모를 꺼림칙함을 느끼며 기척을 숨긴 채 애쉬와 함께 목적지로 향했다.

여성들이 격리돼 있다는 구역으로 이동하던 우리는 마치 아방궁을 연상케 하는 건물의 앞에 도착했다.

애쉬는 어이가 없다며 중얼거린다.

"실화냐. 지하에 이딴 게 있다니."

지하에 건설된 건물 주제에 화려함의 도가 지나쳤다. 지하 시장의 이권을, 여기 광산의 이권을 상징하는 것처럼 불필요하게 사치스러웠다.

"알스, 이런 곳에 여자들이 다수 격리돼 있다는 건 보나 마나 하렘 같은 걸 만든 걸 거야. 왕족인 나는 잘 알지."

"하렘……."

"왜, 남 일 같지 않아?"

"입조심해. 아무리 나라도 기분 나쁘니까."

"헤헷, 미안하다."

그 하렘이라는 곳에 유미르가 있다고 하니 속이 뒤집히는 것 같았다.

내가 은은히 살기를 내뿜자 애쉬는 쓰게 웃으며 말한다.

"다른 일행이 시선을 잘 끌어 주고 있는 모양이야. 경비가 없어. 바로 진입하자."

우리는 5층짜리의 메인 건축물을 지나쳐 그 뒤에 있는 정원 같은 곳으로 향했다.

그러던 도중이었다.

"젠장, 내가 왜 이딴 일을 해야 하는 거냐고."

투덜거리며 인형처럼 널브러진 여자들을 씻기고 있는 수인 남자.

여자들에겐 정사의 흔적이 남아 있었는데, 그녀들의 몸엔 얻어맞은 듯한 피멍 자국이 심심치 않게 보였다.

"빌어먹을. 다른 연맹을 알아봐야 하나?"

순간 애쉬와 나의 눈이 맞았다. 내가 고개를 끄덕이자 애쉬는 기척을 극도로 죽였다. 그러자 마치 유령이 눈앞에 있는 것 같은 착각이 들 정도로 그의 기척이 희미해졌다.

애쉬는 무심한 손길로 여자들을 씻기고 있는 남자의 등 뒤로 다가가 목에 단검을 들이밀었다.

"조금이라도 소리를 냈다간 그 목을 찢어발길 거다."

"……!?"

흠칫하며 몸을 굳히는 남자. 제압된 걸 확인한 나는 여성들에게 유미르에 대한 정보를 알아보기로 했다.

애쉬도 제압한 남자를 심문하기 시작한다.

"이름은?"

"큭……!"

단검의 날이 목을 짓눌러 오자 남자는 마지못해 입을 뗀다.

"잉엄! 잉엄 세이브리드다!"

"소속을 밝혀라."

"로어의 서열 12위다."

"조무래기로군."

애쉬는 능숙하게 심문을 진행했다. 나는 나대로 널브러진 여자들에게 정보를 캐내 보려 했지만 겁에 질려 아무런 말도 하지 않았다.

매혹이라도 쓸까 했지만 마침 애쉬가 심문을 끝냈다.

"이봐, 금발 양아치! 정보를 알아냈어."

"누가 금발 양아치냐."

"그렇다고 이름을 부를 순 없잖냐."

애쉬는 잉엄이란 자를 앞장세웠다.

녀석은 일단 우리에게 협조하면서 도움을 부를 타이밍을 노리고 있는 것 같았다.

하여 하렘의 입구에 다다랐을 때, 그곳을 지키고 있는 경비에게 소리를 지르려 했으나 서걱! 애쉬는 그 전에 놈의 목을 단검으로 그어 버렸다.

"크……. 역시 중앙 대륙 출신이라니까. 냉혹함이 달라, 냉혹함이."

죽이지 않으면 본인이 죽는다는 철학이 본능에 각인돼 있다고 할까.

내 감탄에 애쉬는 피식 웃는다.

"그러는 너도 중앙 대륙 출신이잖냐. 뭐, 무슨 말을 하고 싶은지는 알겠지만, 그보다 저 경비들은 어떻게 할 거야?"

"저건 내가 처리할게."

나는 섬광 구체를 던진 뒤에 눈이 보이지 않아 신음하고 있는 경비들을 손쉽게 처리했다.

그 뒤에는 그들이 가지고 있는 열쇠 꾸러미를 챙겼다.

입구는 개방돼 있었다.

우리는 조심스레 하렘의 내부로 향했다.

연맹원들과 함께 도시를 수색하고 있던 엘리엇은 머지않아 증거를 확보할 수 있었다.

'광산을 채굴할 인부들을 확보하기 위한 상위 연맹들의 무분별한 노예사냥……! 이건 파란을 불러올 거야!'

그는 서둘러 이곳을 빠져나올 생각이었다. 알스가 어떻게 되든 알 바는 아니었다.

증거를 수집하던 중 로어의 간부를 만나고서 그 생각이 더 확고해졌다.

"이게 로어의 간부인가……! 순 괴물 같은 놈이잖아!"

다른 연맹원들과 협공을 했음에도 겨우 사살할 수 있었다.

그런 상대의 서열은 9위. 이보다도 흉악한 놈들이 위로 여덟 명이나 있다는 것이다.

"미안하군, 웨이드. 부디 나를 원망하지 말아라."

엘리엇은 이번 일을 세간에 고발하는 것이야말로 정의이자 대의라 생각했다. 그 대의를 위해서라면 알스의 작전이 실패하느냐 성공하느냐는 중요하지 않았다.

게다가 알스는 구원이동 주문서를 쓰고 있으니 작전이 실패한다고 한들 죽을 가능성은 희박하다.

그렇기에 엘리엇은 예정된 시간보다도 빠르게 이 지하 도시를 이탈하기로 결정한다.

"이제 됐다! 전투를 최소화하고 빠르게 이탈한다! 증인을 보호하고 있는 녀석들이 우선적으로 빠져나가라!"

그렇게 지하 도시의 출구로 향하던 때였다.

그 출구에 인파가 형성돼 있었다.

'젠장, 역시 출구를 가장 먼저 봉쇄한 건가!'

엘리엇은 낭패라고 생각했으나 상황은 정반대였다.

출구를 지키고 있는 건 상대가 아니라 일리야였던 것이다.

애쉬가 알스와 함께 목적지로 향했음을 안 일리야는 상대의 시선을 끌기 위해서, 그리고 둘의 퇴로를 확보하기 위해서 출구를 지켜 서 있던 것이다.

엘리엇은 경악했다.

'혼자서 거길 지킨다고? 미친 짓이야!'

엘리엇은 이렇게 된 거 일리야를 미끼 삼아 도주를 하려고 했으나 그는 곧 상황이 묘하게 돌아감을 눈치챘다.

일리야는 거리를 두고 대치하고 있는 상대들을 응시하며 씨익 웃는다.

"뭘 망설이지? 덤비지 않는 건가?"

"……!"

움찔하는 로어의 연맹원들. 그들은 일리야를 경계하며 한 발자국도 움직이지 않았다.

그런 그녀의 주위를 확인한 엘리엇은 입을 떡 벌린다.

'저건……!'

로어의 간부들이었다. 서열 7위, 3위, 4위, 6위가 시체가 돼 나뒹굴고 있었다.

엘리엇은 받아들이기 힘든 이 상황에서도 빠르게 계산을 끝냈다.

'빠져나가려면 지금이 기회야!'

그는 포위망의 시선이 일리야에게 집중된 틈을 타 강행 돌파를 시도했다.

"미안하지만 먼저 빠져나가겠소!"

"……."

일리야는 엘리엇을 슬쩍 노려봤지만 딱히 제지하지는 않았다. 그들의 입장도 이해를 하고 있기 때문이다.

엘리엇 일행이 이탈을 하면서 이제 이곳에 남은 건 알스 일행밖에 없었다.

일리야는 겉으로는 당당했으나 내심으론 초조해하고 있었다.

'적의 숫자가 점점 많아지고 있어.'

더 많아졌다간 탈출이 불가능해질 수도 있었다.

그러던 와중 그 남자가 나타났다.

우락부락한 인상의 수인. 그가 나타나자 로어의 연맹원들은 몸을 부르르 떨었다.

"연맹장님!"

"알라가 형님! 오셨습니까!"

모습을 드러낸 알라가는 죽어 있는 간부를 보고는 사백안을 부릅떴다.

"네 이놈. 잘도 내 동생들을 죽였구나."

그는 어마어마한 기백을 발산했다. 일리야는 그 기백에 입맛을 다신다. 지금까지 상대했던 녀석과는 차원이 다른 강함이 느껴졌으니까.

"어디서 온 놈이냐. 누구의 사주를 받았지? 네놈 정도의 강자가 무명일 리는 없을 터. 이름을 대라!"

"최강 애엄마."

"……뭐라고?"

"지금은 그런 이름을 하고 있다."

애쉬가 지어 준 일리야의 작전용 별명이었다.

"장난치는 거냐!"

"장난이 아닌데 말이지. 사실이긴 하니까."

알라가는 분개하여 등에 차고 있던 대검을 들어 올렸다.

"그 목을 쳐 내고 낯짝을 확인해 주지!"

일리야는 내심 다행이라고 생각했다. 알라가가 괜한 호승심을 부려 단신으로 덤벼들어 온 덕에 시간을 더 벌 수 있었으니까.

'어서 일을 끝내라, 알스. 시간이 얼마 없다……!'

캉! 일리야는 상대의 대검을 흘려 내며 알스가 향한 곳을 곁눈질했다.

하렘의 내부는 아름다웠다. 주인의 취향인지, 그도 아니면 상류층에 대한 열등감의 발로인지는 몰라도 내부는 왕궁의 정원 같은 느낌이었다.

다만 그곳을 거닐고 있는 사람들의 생기가 없어 아름답다기보다는 소름이 돋았다.

정원에는 임신을 한 여성이 수도 없이 있었다. 임신을 하지 않아도 어린아이를 데리고 있는 여성도 있었다.

그 무지막지한 숫자에 애쉬는 탄성을 내지른다.

"키야! 누가 주인인지는 몰라도 엄청나게 절륜한 모양인걸."

"애쉬, 흩어져서 찾자."

"그래야겠네. 나는 저쪽 저택 방면을 수색할게."

내부엔 거처로 보이는 대저택이 여섯 개 정도가 있었다. 그곳을 일일이 확인할 시간은 없었기에 위험을 감수하고서라도 소동을 일으키기로 했다.

나는 비전 구체를 하늘로 던져 요란한 폭발을 일으켰다.

이것으로 이곳 사람들의 이목을 끌었을 것이다.

"유미르!! 찾으러 왔어!"

나는 소리를 지르며 수색을 개시했다.

애쉬 쪽도 '유미르 씨! 왕자님이 데리러 왔다고요!'라며 소리치고 있었다.

그러나 20분가량이 지나도 반응이 없었다. 그럴수록 내 안의 불안감이 커져 갔다.

엘리엇의 추적 마법은 단순히 실패한 것이었고, 이 모든 게 허탕이 아니었냐는 불안이.

이곳에서 목격됐다던 수인 임산부에 대한 소문도 당연한 것이었다. 이렇게나 임산부가 많으니 소문이 날 수밖에.

"유미르! 어디 있어!"

이제 시간제한은 기껏해야 15분.

애쉬도 초조함을 느끼는 모양이었다. 녀석은 참지 못하고 내게 돌아온다.

"알스, 어떻게 할 거야? 끝까지 수색할 거라면 막지는 않겠지만 그렇게 유미르 씨를 찾아봤자 오히려 역효과만 날 거야."

우리는 끝까지 수색을 할 수 있다. 구원이동을 사용한 상태이니 위험한 순간에 자결을 시도하면 탈출할 수 있다.

그러나 유미르는 아니다. 그 경우 괜히 벌집을 들쑤셔서 유미르만 위험해지는 결과가 될 수도 있다.

결단을 내려야 했다. 위험을 무릅쓰고서라도 일단 유미르의 행방을 확실히 하느냐. 그도 아니면 일단 빠져나가 재정비를 하느냐.

뭐가 더 옳은 판단인가는 명확했다.

"……빠져나가자. 대신 아슬아슬할 때까진 찾아볼 거야."

"알았어. 그럼 나는 퇴로를 만들어 둘게."

"아니, 네게도 부탁이 있어."

나는 이 구역을 대표하듯 서 있는 고층 건물을 가리켰다.

"애쉬, 너는 저곳에 가서 기밀문서로 보이는 것들은 모두 가져와 줘."

"오오, 뭐라도 챙겨 가자는 거야? 하긴 빈손으로 돌아가기는 속이 쓰리지. 좋아, 맡겨 두라고."

애쉬를 보낸 뒤에는 다시금 공허한 수색에 들어갔다.

"유미르!! 있다면 제발 나와 줘!"

그러던 중이었다.

"저기……."

쭈뼛쭈뼛 다가오는 여성. 보나 마나 구해 달라 하려는 거라고 생각했기에 무시하려고 했지만 이어지는 말에 발이 멈췄다.

"역시 그, 유미르 씨를 찾으러 온 건가요?"

"알고 있는 겁니까!"

"히, 히익!"

내가 달려들자 겁에 질려 엉덩방아를 찧는 여성.

유미르와 이름만 같은 다른 사람일 수도 있는 만큼 인상 착의를 물어보려 했지만 겁에 질렸는지 아무런 말도 하지 않는다.

"쳇!"

물불 가릴 처지가 아니었기에 나는 복면을 벗고 여성과 눈을 맞췄다.

'매혹!'

최대 강도로 시전한 매혹. 그러자 순간 여성의 동공이 풀리더니 곧 나에 대한 경계심이 옅어졌다.

너무 마나를 많이 담았는지 시선에 오묘한 감정까지 담기고 만다.

"유미르에 대해 아는 게 있다면 말해 주세요."

"그……. 임신을 하고 있던 수인분이었어요. 무척 침착하신 분이라 기억이 나요."

유미르가 맞다. 그렇다는 건 엘리엇의 추적 마법은 제대로 들어맞았다는 뜻이 된다.

"그녀는 지금 어디 있죠?"

"그게, 저도 모르겠어요. 보름 정도 전부터 보이질 않았거든요."

"그게 무슨……."

설마 로어의 녀석들에게 해코지를 당했다는 걸까? 그런 거라면 더 이상 이성을 유지할 수 없을 거라는 확신이 들었다.

그게 표정에 새어 나왔는지 여성은 다시금 겁을 먹으면서도 나를 위로하듯 말한다.

"이곳의 주인인 알라가란 수인은 태어난 아이가 자신의 아이가 아니면 용납을 하지 않아요. 만약 자신의 아이가 아니라는 걸 알면 곧장 그 아이를 죽여요."

빠득! 나도 모르게 이를 갈았다.

"유미르 씨는 알라가의 아이를 가졌다고 거짓말을 하고 여기서 지내고 계셨어요. 마침 알라가가 지상에 나가 있던 시기였던지라 어떻게든 속여 넘겼던 것 같아요. 그래서 알라가에게 불려 갈 일도 없었죠. 이미 임신을 하고 있던 상태였으니까."

문제는 출산일이 가까워지고 나서였다. 알라가라는 놈이 확인을 했다간 큰일이 나기 때문이다.

"그래서 어떻게 된 거죠?"

"그 이후부터는 저도 잘……. 이건 소문에 불과하긴 한데, 광산의 이권을 가진 상위 연맹 중 하나가 은밀하게 이곳 사람들을 지상으로 빼돌린다는 얘기를 들었어요. 유미르 씨가 죽은 게 아니라면 그들의 도움을 받아 지상으로 올라간 게 아닐까 하고……."

머리가 혼란스러웠다.

그렇다 해도 유미르가 이 하렘에 없는 건 확실한 상황이었기에 더 이상 볼일은 없었다.

"고맙습니다. ……추후 보상을 드리죠."

"아……."

자기도 데리고 나가 달라는 듯 눈물을 글썽이며 애원의 눈빛을 보내는 여성. 이게 바로 매혹의 곤란한 점이었다.

"미안합니다. 그래도 반드시 이곳을 탈출할 수 있게 해 드릴게요. 시간은 조금 걸리겠지만……."

"그런……! 흑! 흐윽!"

마침 기밀 서류를 챙겨 온 애쉬가 돌아왔다.

애쉬는 오열하고 있는 여성을 보곤 전율한다.

"너, 너 설마 이런 순간에도 여자를 꼬시고 있던 거냐?"

"헛소리 말고. 어서 빠져나가자."

습격에서 도주로 변경된 작전.

우리는 일리야 스승이 버티고 있는 출구로 향했다.

6장

출입구로 향한 우리는 얼마 지나지 않아 수백의 상대와 대치하고 있는 일리야 스승을 발견할 수 있었다.

아무리 일리야 스승이라도 혼자 상대할 수 없는 양과 질이었지만, 다행히 상대가 객기를 부렸는지 일기토를 벌이고 있었다.

상대의 외형은 조금 전 탐문을 했을 때 알아낸 알라가란 녀석과 일치했다.

특유의 점박이 문양. 혼혈 수인이지만 수인 쪽 피를 짙게 이었는지, 그도 아니면 그냥 털이 많은 체질인지는 몰라도 얼핏 보면 순혈 수인처럼 보인다.

그는 일리야 스승을 거칠게 몰아치고 있었다.

"으라앗!"

캉! 힘 하나만큼은 탁월한지 스승은 온전히 받아넘기지 못하고 이리저리 튕겨 나가고 있었다.

이에 기고만장해진 알라가는 더더욱 기세를 올린다.

그럼에도 시간이 지연되고 있는 이유는 두 가지.

먼저 상대가 구원이동의 발동을 경계해 급소를 노리고 있지 않다는 점이다.

상대는 구원이동이 발동되지 않게끔 완전한 제압과 생포를 원하고 있었다. 상대가 그런 핸디캡을 가지고 있으니 쉽게 결착이 나질 않았던 것.

'그렇다 해도 제법 강한걸.'

과연 상위 연맹의 연맹장이라는 걸까. 놈의 무예 수준은 나보단 높아 보였다. 게다가 사람을 상대하는 것도 익숙한지 움직임에 빈틈이 적었다.

다만 그렇다고 해도 일리야 스승이 제압하지 못할 정도는 아니다.

그럼에도 승부를 질질 끌고 있는 이유는 상대의 기세를 올려 일기토 승부를 계속하게끔 만들기 위함이었다.

상대도 그 지능적인 시간 끌기를 슬슬 눈치채기 시작한 모양이었다.

"네놈……. 설마 이대로 시간을 지연시킨다면 도망갈 수 있을 거라든가, 그런 착각을 하고 있는 건 아니겠지!"

"홋, 네가 알아채는 게 조금이라도 빨랐다면 불가능했을지도 모르지."

"뭣······!?"

그때 나와 애쉬가 난입해 들어왔다.

"흐읍!"

나는 폭발하는 비전의 창을 소형 크기로 세 개를 만들어 무리에 투척하며 스승과 합류했다.

콰과광! 폭발이 일어나자 상대는 일시적으로 혼란 상태에 빠졌다.

"스승, 어서 탈출해요!"

"유미르는? 찾지 못한 거냐?"

"안타깝게도요. 그래도 단서는 얻었습니다."

"으음······! 차라리 잘됐을지도 모르겠구나."

"예."

유미르가 있었다면 도주 난이도가 수십 배는 상승했을 거다.

반면 유미르가 없는 지금은 도주 난이도가 무척 쉽다.

여차할 땐 그냥 자결을 하면 그만이기 때문이다.

"어서 가자!"

곧 정신을 차린 상대가 마법으로 파상 공세를 취했다.

이걸 오러의 방벽을 사용해 전부 상쇄시키고 나서야 우리는 위로 향하는 통로에 진입할 수 있었다.

"감히 나의 낙원을 더럽히다니······! 두고 봐라, 반드시 그 목을 물어뜯어 주마! 반드시!"

그런 삼류 악당의 대사를 내뱉는 알라가 녀석을 뒤로하고 우리는 지나온 통로를 빠르게 올라가기 시작했다.

상대는 왜인지 추격해 오지 않았다.

후방을 경계하고 있던 애쉬는 안도의 한숨을 내쉬었다.

"휘유! 의외로 맥이 빠지는데? 출구 쪽에 병력을 집중 배치하기라도 한 건가? 아니, 그렇다고 해도 뒤에서 쫓지 않을 이유는 없는데."

"그보다 다른 확실한 방법이 있는 거겠지."

"다른 방법? 그게 뭔데?"

나는 슬쩍 머리 위를 바라보았다.

상층의 지하 시장으로 나가려면 10분 정도는 더 올라가야 했다. 상대가 우리를 확실하게 잡을 생각이었다면 폐쇄된 공간인 이 통로에서 승부를 보는 게 옳다.

그럼에도 그렇게 하지 않은 건 다른 자신감이 있었기 때문이다. 가령, 이 통로 통째로 우리를 끝장내 버린다든가.

쿠르르릉! 아니나 다를까 진동과 함께 무너져 내리기 시작하는 통로.

"쳇! 이래서 추격해 오지 않은 거군."

이건 일종의 최후의 보루 같은 게 아닐까 싶었다. 상대 입장에서도 이 통로가 무너지면 복구하기까지 한 달 이상의 시간이 필요하다.

그 시간 동안 지하 도시는 외부와 완전히 단절된다.

이게 발동하는 경우는 아마 한 가지. 지하 도시의 노예들이 반란을 일으킨 경우일 테다.

상대는 그런 최후의 수단을 고작 우리를 상대로 썼다.

그만큼 열을 받았다는 뜻이기도 했고, 냉정하게 판단을 할 수 없을 정도로 침입에 익숙하지 않다는 뜻이기도 했다.

"이거야 원, 차라리 유미르 씨를 찾지 못해서 다행인데."

"그러게 말이야."

유미르 탈환 작전은 엘리엇 일행이 독단으로 먼저 빠져나간 시점에 이미 실패를 한 셈이었다.

최고의 시나리오는 숫자가 적은 우리가 먼저 유미르를 데리고 이곳을 빠져나가고 그다음 엘리엇 일행이 나오는 것이었는데, 그게 반대가 돼 버리면서 일이 꼬여 버린 것이다.

우리는 망연히 무너져 내리는 통로를 지켜봐야 했다. 우리가 아무리 좋은 실력을 가지고 있다고 해도 이걸 막을 순 없었다.

"미친놈들! 알스! 그 기밀문서는 구원이동으로 함께 가져갈 수 있는 거냐?"

"잘 모르겠어. 아마 가능할 것 같긴 한데."

혹시 모르니 중요한 서류들은 옷 속에 집어넣기로 했다.

"그렇다면 최소한의 성과는 있다는 거구만. 그럼 지상에서 보자고, 알스."

스륵! 바위가 머리 위로 떨어지기 직전에 사라지는 애쉬.

스승도 바위에 깔리기 전에 구원이동이 발동해 사라졌다.

나는 기밀문서들을 꼭 안은 채 구원이동이 발동하길 기다렸다.

"빌어먹을!"

알라가는 분노를 여과 없이 드러내고 있었다.

당초엔 쥐새끼들을 사냥한다는 가벼운 마음가짐으로 임했으나 상황이 그렇게 가볍지 않다는 건 일리야가 죽인 연맹 간부들의 시체를 보고 금방 알아챌 수 있었다.

엄청난 실력자들의 습격.

그 상황에서 알라가의 대처는 심히 좋지 못했다.

먼저 일리야와 일기토를 한 것. 이건 호승심 때문도 있지만 기본적으론 정치적인 이유였다.

간부들을 여럿 죽인 일리야를 자신이 처치하면서 연맹의 위신을 세우고 자신의 힘을 보여 주기 위함이다.

영리한 선택이긴 했으나 일리야의 실력이 그의 예상을 크게 상회하면서 이는 결과적으로 실패로 돌아가게 된다.

두 번째 실책은 분을 이기지 못하고 통로를 폭파시킨 것이었다.

"전부 매장시켜 버려!"

"하, 하지만 알라가 형님, 그건 최후의 수단 아닙니까. 그랬다간 우리도 곤란한 상황에 빠집니다. 통로가 재건될 때까지 비축된 식량으로 버틸 수 있을지……."

반대 의견이 쏟아졌다.

"어차피 상대는 구원이동을 사용하고 있을 가능성이 높습니다! 통로를 폭파시켜서 얻는 이득보다 잃는 것이 더 많습니다. 그러니 저들에 대한 추적은 지하 시장의 경비대에게 맡기십시오!"

"우리도 지금 정비가 끝났습니다! 우리도 뒤를 쫓으면 지하 시장의 경비대와 함께 앞뒤로 포위할 수 있을 겁니다!"

충언이자 정론이었으나 알라가는 그 정론이 마치 자신의 권위에 도전하려는 것처럼 느껴져 참을 수 없었다.

"시끄러워! 어서 해! 내 말을 따르지 못하겠다는 거냐!"

"아, 아닙니다!"

그렇게 통로를 폭파시킨 알라가는 씩씩거리며 본거지로 돌아왔다. 그즈음엔 그도 어느 정도 열이 식어 있었다.

통로를 폭파시킨 건 아무리 그래도 과한 게 아니었을까 하며 내심 후회하고 있던 차, 그는 난장판이 된 자신의 방을 보고 눈을 부릅떴다.

"그놈들이!?"

털려 버린 본거지. 알라가는 급히 기밀문서들을 확인했으나 애쉬가 전부 챙겨 가 버린 탓에 어디에도 보이지 않았다.

일차적으론 본거지를 비워 두고 간 탓이었지만 근본적으론 그런 기밀문서를 마땅한 보안 없이 놔두었던 안전 불감증의 탓이었다.

"망했다……!"

거기엔 민감한 정보들이 많았다. 한탄의 숲에 관한 일에서부터 엘란 왕국 왕위 계승 다툼에 대한 연맹의 개입까지도 전부.

문제는 그런 기밀이 누출된 사실을 지상에 알릴 수 없다는 점이었다.

그러니 상위 연맹은 기밀이 누출됐다고는 생각지 못하고 예정대로 일을 처리하려 하겠지.

이번 일로 인해 일이 틀어지게 되면 자신은 상위 연맹에 의해 제거될 가능성이 높았다.

꿀꺽! 마른침을 삼키는 알라가.

부디 이번에 침입한 자들이 엘란 왕국과는 연관이 없는 자이기를.

그는 사색이 되어 그렇게 빌 수밖에 없었다.

몸이 붕 뜨는 느낌과 함께 시야가 반전했다.

깜깜한 통로에서 구원이동 주문서를 사용한 장소로 이동한 것이다.

"우욱!"

순간이동의 부작용인지 순간 속이 울렁거렸다. 애쉬는 아예 쉼 없이 구토를 해 대고 있다. 반면 일리야 스승은 진귀한 경험을 했다는 듯 웃고 있다.

"알스, 어서 이동하자꾸나. 괜히 눈에 뜨일 수도 있어."

"자, 잠시만요. 우욱!"

나는 속이 진정되길 잠시 기다렸다가 움직였다.

거점지인 폐저택에는 이미 작전을 끝낸 엘레나 일행이 대기하고 있었다. 상당한 격전이었는지 귄터의 경우에는 온몸에 상처를 입고 소피아에게 치료를 받고 있었다.

"돌아왔나!"

반색하며 마중 나온 가스파르는 유미르가 없는 걸 보고는 오만상을 찌푸렸다.

"뭐냐, 결국 그곳엔 없었던 거냐."

가스파르도 그런 가능성을 내심으론 알고 있었는지 실망할 뿐, 화를 내진 않았다.

나는 그런 그에게 애매하게 고개를 끄덕여 보였다.

"유미르는 없었지만 유력한 단서는 찾았어요."

"일단 안에서 얘기하자."

일의 자초지종을 설명하자 가스파르의 표정이 굳었다.

"그 아이가 이미 그곳을 빠져나왔다고?"

"만약 그곳에 있었다면 소동을 확인한 유미르가 우리와 접촉하려 했을 거예요. 그러지 않았으니 그곳엔 없었다고 생각하는 편이 맞겠죠."

"네가 유미르의 이름을 부르짖으며 찾아다닌 곳은 그 하렘이라는 곳밖에 없었잖아. 그 아이가 다른 곳에 있었다면 미처 소동을 확인하지 못했을 수도 있지."

"그 가능성을…… 부정할 순 없습니다."

"더 확실히 했어야 했어! 만약 그 애가 아직도 그곳에 있다면, 일이 어떻게 되는 건지 알고 있냐!"

지하 도시로 향하는 통로는 이제 막혔다. 다시 그곳을 습격하려고 해도 한 달 정도의 시간이 필요할뿐더러, 다시금 습격하기에도 적의 경계가 부쩍 높아져 있을 테니 쉽지 않을 테다.

"진정하십쇼, 가스파르 씨."

애쉬가 나를 변호하듯 나선다.

"당시의 상황에선 그게 최선이었어요. 엘리엇 씨의 일행이 먼저 빠져나가면서 모든 이목이 우리에게 쏠려 있었다고요. 게다가 유미르 씨가 그곳을 빠져나갔을 거라는 근거도 있잖습니까. 엘리엇 씨가 말했어요. 지하 도시로 수많은 물자가 출입했다. 그리고 지하 도시 쪽에서 나오는 물자 중엔 천으로 내용물을 가린 수레나 마차가 많았다고."

"천으로 내용물을 가린 수레……. 유미르가 그걸 통해 빠져나왔다고?"

"가능성은 있다는 거죠. 그렇지, 알스?"

애쉬의 지원사격에 나는 고개를 끄덕였다.

"그 광산을 이용하는 상위 연맹 쪽에서도 불화가 있었을 수 있습니다."

당장 엘리엇 일행도 증거를 잡고선 상위 연맹을 무너뜨릴 수 있을 거라고 호언장담했다.

그럴 청도이니 상위 연맹들끼리 뒤통수를 칠 가능성도 충분했다. 제대로 터뜨리기만 한다면 다른 상위 연맹들을 모조리 몰락시키고 독보적인 위치에 올라설 수도 있으니까.

"그걸 위해 지하 도시의 인물들을 몰래 외부로 빼내고 있었을 가능성이 충분히 있어요. 훗날 증인으로 삼기 위해서죠. 유미르가 어떻게 그런 세력과 접촉할 수 있었는지는 설명할 수 없지만……. 뭐가 됐든 그녀가 그곳을 빠져나왔다고 한다면 최근의 일입니다. 적어도 우리가 혈석에 추적 마법을 걸었을 당시에는 그곳에 있었던 것 같아요. 그러니 재차 혈석에 추적 마법을 건다면, 유미르의 위치를 확실히 알아낼 수 있을 겁니다."

그제야 가스파르의 표정이 밝아졌다.

"그, 그렇군. 아니, 아니야! 그런 거라면 내가 찾을 수 있다. 그 애가 밖에 있다면 내가 냄새로 추적할 수 있어!"

"지금은 안 됩니다!"

당장이라도 뛰쳐나가려 하는 가스파르를 어떻게든 만류했다.

지금은 벌집을 들쑤신 것 같은 상황인지라 섣불리 움직일 수 없었다.

"우선은 엘리엇 일행과 얘기를 나눠 보고 앞으로의 방향을 결정하는 게 좋겠어요. 그 전까진 잠시 재정비를 하도록 하죠."

"휘유! 나는 그럼 한숨 잔다. 피곤해 죽겠네."

애쉬가 능청스럽게 분위기를 풀자 다들 고개를 끄덕이곤 휴식을 취했다.

나도 쉬고 싶었지만 챙겨 온 기밀 서류를 정리해야 했다.

이 기밀 서류에 소피아가 관심을 드러냈다. 마침 일손이 부족하기도 해서 소피아의 도움을 받기로 했다.

연맹 정세에 능한 소피아는 무엇이 중요한 정보인지 바르게 판단해 주었다.

"이건 정말 엄청난 정보네요. 몬스터에게 괴멸당했다고 알려진 밀리엄 연맹이 사실은 상위 연맹에게 축출당한 거였다니!"

"뭘 놀라요. 우리 대륙에서도 비슷한 일은 많았잖아요?"

"그렇긴 하네요. 도적의 습격으로 몰락한 귀족 가문이라든가, 그런 것들 대부분은 정적들의 흉계였으니……."

당장 내 친어머니가 속한 세력도 도적의 습격을 받아 죽었다고 알려졌지만, 실상은 크로싱 공화국이 습격을 한 것이었다.

그런 일은 일상다반사. 딱히 기밀도 아니다.

설령 이 일을 고발한다고 해도 커다란 파문을 일으키지는 못하겠지.

진짜 기밀이라고 함은 그 세력에 치명적인 타격을 입힐 수 있는 것을 뜻한다.

지금 이 정보처럼.

"체크메이트."

절로 그런 말이 나왔다.

엘란 왕국 왕위 계승 다툼의 전말이 적혀 있는 기밀문서.

거기엔 누가 내통자고, 누가 이 일을 주도했는가까지 전부 적혀 있었다.

이미 예상하고 있던 내용이었지만 이렇게 물증까지 얻었으니 더욱 확실해졌다.

'어째서 리노아가 다른 배신자에 대해 입을 다물고 있었는지 알 것 같아.'

이 정도라면 나라도 말하지 못했을 테다.

'이런 거라면 사전 공작이 조금 복잡해지겠는데.'

적어도 나 혼자선 불가능했다.

그러니 정보원인 고드릭에게 부탁해 왕국의 재상과 연락

을 취해 보기로 했다.

이번 일의 심각성은 연맹의 사후 대처에서 나타났다.

도시의 출입이 일순 봉쇄됐고, 불심검문이 노골적으로 진행됐다. 우리가 거점지로 삼은 폐저택에도 수색대가 기습적으로 방문했을 정도다.

"휘유, 어떻게든 속여 넘겼네."

예상치 못한 수색으로 인해 내가 직접 대응할 수밖에 없었다. 대응이라고 해 봐야 매혹을 사용하는 것밖에 없었지만.

"대, 대단하네. 그 살벌한 표정을 짓던 놈들이 네 말을 순순히 믿고 돌아갈 줄이야."

애쉬는 순수하게 감탄했다.

"그거 여자애들한테 사용하면 어떻게 되는 거야?"

"묻지 않는 게 좋을걸."

"크……! 나도 빛의 속성을 타고났으면 좋았을걸! 젠장, 나도 왕자니까 그 정도의 자질은 있었어도 괜찮잖아!"

"쓸데없는 소리 말고. 다시 정찰 좀 하고 와 봐."

"돌아온 지 얼마나 됐다고? 사람 험하게 굴리는구만."

"너밖에 할 수 있는 사람이 없어."

엘레나와 가스파르를 비롯한 외부 작전 팀은 흔적을 너무 많이 남겼다.

그 흔적을 바탕으로 모종의 추적 마법을 사용하고 있을지도 몰랐기에 외부 팀은 이미 도시를 떠난 상태였다.

이 저택에 남은 건 소피아와 우리 내부 팀뿐.

다만 나와 스승은 연맹 내에서 은근히 이름이 팔린 상황이었기에 이런 민감한 시기에 나돌아 다닐 수 없다.

애쉬는 푸념하더니 2시간 정도 도시를 둘러보고 돌아왔다.

그 표정은 밝지 않았다.

"경계도가 더 높아졌어. 듣자니 올란드에 존재하는 연맹 지부 모두에 출입 제한 조치가 떨어진 것 같아."

"같은 연맹을 범인으로 의심하는 거네. 타당한 의심이야."

"그래. 그래서 엘리엇 씨가 오지 못하는 것 같아. 도로시 녀석도 발이 묶인 것 같고."

"어떻게든 엘리엇만 데려올 방법은 없는 거야?"

"힘들 거야. 그 사람은 연맹의 간부니까. 지금 그쪽은 죽을 맛일걸. 챙겨 온 게 많으니."

"우리보다 상황이 안 좋은 거군."

"그래. 그나마 우리는 거기서 가져온 게 서류 더미밖에 없으니까."

반면 엘리엇 일행은 증인들을 10여 명 데리고 나왔다. 그들의 존재가 발각된다면 엘리엇이 속한 연맹은 풍비박산 나버리고 엘리엇도 죽고 말 거다.

"이러다간 도로시의 목숨도 위험해질지도 모르는데. 어쩔

래?"

"아무리 그래도 미래의 구원이동 마법사를 함부로 해치려 하지는 않겠지. 만약 억류된다면 그때 구해도 된다고 생각해. 우리가 섣불리 움직였다가 괜히 일이 더 꼬여 버릴 수도 있어."

이에는 애쉬도 동의했다.

"그럼 그건 그렇다 치고. 유미르 씨는 어쩔 거야?"

거기가 문제였다.

유미르를 숨겨 주고 있는 상위 연맹이 어디인가를 알기 위해선 엘리엇의 추적 마법이 필요했기 때문이다.

"이번에 우리가 벌인 일로 인해 그 정의의 사도님들도 곤란한 상황에 직면했을 거야."

애쉬는 비꼬는 투로 말했다.

광산의 이권을 취하고 노예사냥을 한 건 그들도 마찬가지다. 다른 연맹을 고발하려는 건 그게 자기들에게 이익이기에 하는 것일 뿐.

"만약 이번 수색 과정에서 그들이 지하 도시의 노예들을 빼내고 있었다는 게 발각된다면, 그 연맹에 몸을 숨기고 있던 유미르 씨도 위험해져. 듣자니 지금쯤이 출산 예정일이라고 했었지? 그렇담 유미르 씨도 스스로 상황을 극복하기는 어렵지 않겠어?"

"말하지 않아도 알고 있어!"

나도 모르게 짜증이 섞여 나왔다.

"후우! 미안하다. 나도 모르게……."

"괜찮아, 그 심정은 충분히 이해해. 오히려 그 정도로 냉정한 게 무서울 정도야. 나였으면 반쯤 발광하고 있었을 텐데 말이야. 차라도 한잔 줄까? 잘 타지는 못하는데."

"고맙다."

그때 2층에서 창밖을 살펴보고 있던 스승이 1층으로 내려왔다.

"알스, 잠깐 둘이서 하고 싶은 얘기가 있다."

"무슨 일이시죠? 여기서 하면 안 될까요?"

"음."

애쉬의 눈치를 보는 스승. 애쉬는 어깨를 으쓱인다.

"저도 이젠 동료 아닙니까. 숨기기 없기예요."

"네가 그렇게 생각한다면 상관없겠지."

스승은 팔짱을 낀 채 말을 이어 간다.

"남은 실종자들에 관한 얘기를 하고 싶었어. 나는 이번에 우리가 습격한 곳에 애거트가 있지 않을까 생각했다."

노예 사냥꾼들에게 붙잡혀 어떤 연맹으로 팔려 간 애거트. 하지만 그 지하 도시에서 애거트는 발견하지 못했다.

"그저 발견하지 못한 것일 수도 있겠다만 그 가능성을 배제한다고 봤을 때, 불법으로 잡은 노예들이 그곳 지하 광산 이외에 또 다른 비밀스러운 시설들로 이동한다고 가정할 수 있지."

"그렇게 생각하는 게 자연스럽겠죠."

"그래, 오히려 그 경우밖에 없다고 생각한다. 멜로디아나 공주나 네 누이인 율리아를 제외한 다른 실종자들은 제각각 출중한 능력을 가지고 있었어. 그런데도 반년 동안이나 아무런 실마리가 없다는 건 이번 유미르의 경우처럼 무언가의 이유로 억류당하고 있다고 봐야겠지."

"혹은 잃어버린 땅에 있을 가능성도 있습니다. 스승과 에스텔이 그랬던 것처럼요."

"뭐가 됐든 움직일 수 없는 상황은 똑같아. 그런 그들을 구하기 위해서……. 더불어 우리가 스스로를 지키기 위해서도 지금 움직이는 방식만으론 힘들 거다."

그제야 스승이 말하고자 하는 바를 알 것 같았다.

이제 양지에선 실종자들을 찾기 힘들 거라는 뜻이자, 이번 일처럼 음지의 일과 마주해야 한다는 뜻이었다.

"이번 일로 확신했다. 내가 그림자로 들어가겠어. 뒷세계의 일은 책임지고 처리하마. 내게 맡겨 다오."

중앙 대륙에선 음지의 일은 쥬라스가 알아서 처리해 줬기에 상관이 없었으나 여기선 아니었다.

로자 공주를 왕으로 추대하는 앞으로의 계획을 생각하면 나와 내 지인들의 목숨을 노리는 정적이 생길 가능성이 농후했다. 그러니 스승은 미리 음지에서의 움직임을 준비하겠다는 거다.

첩자, 암살, 경호, 그 외에 더러운 일까지.

"그건……."

나도 필요성은 느끼고 있었으나 애써 생각하지 않고 있던 것이었다. 적임자가 없었기 때문이다.

스승은 씨익 웃는다.

"보아하니 가스파르를 생각하고 있었던 거겠지."

"예, 하지만 가스파르도 고령입니다. 그 나이에 그런 고생을 시키고 싶지는 않았어요."

"동감이다. 그도 슬슬 안식을 가질 때가 됐어. 손주 얼굴이나 보면서 쉬라고 해."

"하지만 그런 거라면 스승도 갓난아이가 있지 않습니까!"

"다름 아닌 내 아들이다. 어미의 보살핌 따위가 없어도 의연히 클 거야. 안톤도 있고 말이야."

지켜보고 있던 애쉬는 경악하며 소리친다.

"다, 당신 정도나 되는 사람이 스스로 어둠으로 들어가겠다니……! 알고는 있습니까? 그건 제정신으로 할 짓이 못 된다고요! 당신같이 무도의 자긍심을 가진 사람은 더더욱!"

"훗, 그러고 보니 애쉬 너도 왕자였지. 그런 사정엔 밝겠군."

"밝다마다요! 그 말로가 어떤지도 잘 알고 있죠! 작전 중에 죽는 거라면 그나마 낫습니다! 하지만 대부분은 버림 말이 되어 토사구팽을 당하고 말죠! 알스가 그럴 거라는 말은 아니지만……! 어쨌든 다시 생각해 보십쇼, 당신 같은 사람이 그런 일을 한다는 건 비극이나 다름없어요!"

"마땅한 대안이 없어. 이런 일을 에오니아나 엘레나 씨에게 시킬 수도 없는 노릇이니까. 귄터도, 너도 아직 어수룩하고."

"엘란 왕국의 도움을 받으면 되는 것 아닙니까?"

나도 처음엔 그럴 생각이었다.

그러나 장기적으로 보면 그건 도움이 되지 않았다. 엘란 왕국도 결국엔 정복해야 할 국가이기도 했고, 뭣보다 왕국 요원들의 최우선 순위는 왕가를 향한 복종이다. 여차할 때 우리를 배신할 가능성이 있다.

"스승, 저도 스승에게 그 일을 맡기고 싶진 않아요."

"대안은 있는 거냐?"

"아직은 없지만 어떻게든 찾아낼 겁니다."

"후우! 역시 지인에게는 어리숙하구나. 그게 네 좋은 점이긴 하지만……. 알겠다. 만약 적임자를 찾아내지 못한다면 언제든 내게 말하렴. 망설임 없이 그림자로 들어갈 테니."

"……"

무거워진 분위기.

그때 응접실에서 혼자 서류를 살펴보고 있던 소피아가 어리둥절하며 나온다.

"분위기가 처지네요. 무슨 일이라도 있어요?"

"아뇨, 아무것도 아닙니다."

"흐음, 좋은 소식을 전해 주려 했는데 이런 분위기라면 힘들겠는데요?"

"좋은 소식이라뇨?"

소피아는 의기양양하게 웃으며 말을 이어 간다.

"아무래도 찾은 것 같아요. 유미르 씨를 숨겨 주고 있는 상위 연맹이 어디인가를."

"정말입니까!"

"아직 확신은 없어요. 그러니 함께 검토하도록 하죠."

그건 마치 9회 말에 역전 주자가 출루한 것 같은 기분이었다.

소피아가 제시한 자료들을 검토한 나는 그녀와 같은 결론에 이르렀다.

상위 연맹 중 하나인 '램퍼트'.

로어 다음으로 인간 외 종족의 비율이 높은 연맹이었다.

"경계가 더 강화되기 전에 움직이겠습니다. 애쉬, 넌 먼저 램퍼트의 본거지 주변을 정찰해 줘. 스승님은 작전의 준비를. 저는 소피아 공주를 도시 외부의 가스파르에게 인도하고 오겠습니다."

이제 남은 건 주자를 부르는 역전 적시타뿐.

나는 울란드에서의 마지막 작업에 들어가기로 했다.

알스 일행이 벌인 습격 작전으로 인해 연맹은 뒤집어져 있었다.

애초에 신뢰가 옅었던 탓에 서로가 서로를 의심하는 상황이 됐다. 그런 상황에서 제 발이 저릴 수밖에 없는 건 실제로 지하 도시의 존재를 고발하려는 준비를 하고 있던 램퍼트였다.

램퍼트의 간부 이보르는 연맹의 조사대를 응대하며 식은 땀을 줄줄 흘리고 있었다.

'대체 어떤 놈들이 일을 저지른 거야!'

이번 건은 아주 조심스럽게, 알맞은 타이밍에 터뜨리지 않는다면 그저 벌집을 들쑤신 것에 불과하게 된다.

그렇기에 그들도 충분한 증거를 확보했음에도 터뜨리지 않고 있었던 것이다.

그걸 심지어 대놓고 습격해서 소란을 일으키다니.

어떻게든 조사대를 돌려보낸 이보르는 서둘러 연맹장 우프레틴에게 향했다.

"연맹장님, 이제 다른 방법이 없습니다. 어서 증거를 인멸해야 합니다!"

물증이야 그냥 없애 버리면 된다. 하지만 증인들은?

증인들을 인멸한다고 함은, 즉 죽여서 암매장을 한다는 뜻이 된다.

연맹장 우프레틴은 고개를 흔든다.

"안 된다. 우리를 의지하고 있는 자들을 죽인다니. 그런 짓을 할 수는 없어."

"그런 말을 하고 계실 때가 아닙니다! 만약 이 사실이 발각된다면 연맹원 모두의 목숨이 위험해집니다!"

"그렇게 된다면 그 정도의 악행을 벌였다는 거겠지. 노예 사냥에 가담해 죄 없는 자들을 그곳으로 보내 버렸으니……."

우프레틴은 자조의 웃음을 흘린다. 이보르는 답답함에 발을 동동 구른다.

"다른 연맹에 비하면 우리는 가담했다고 하기에도 민망한 수준입니다! 게다가 발각될 경우 우리를 노리게 되는 건 그 가증스러운 놈들입니다! 그놈들에게 업보를 청산받는다니, 말도 안 되는 일이에요!"

"그래, 적어도 그놈들이 정의를 집행하게 놔둘 수는 없지."

"그렇담……!"

"이참에 지하 도시에 관한 일을 전부 고발하도록 하겠다."

정면 돌파를 선언하는 우프레틴.

이보르는 그러기엔 타이밍이 좋지 않다며 만류했으나 증거인멸을 하는 것 외에는 그 방법밖에 없었다.

이보르는 어깨를 축 늘어뜨린 채 대면실을 나왔다.

그런 그에게 연맹원들이 다가와 말한다.

"이보르 님, 감시망의 빈틈을 발견해 다수의 인원을 외부로 빼내는 데에 성공했습니다."

"뭣! 그게 정말이냐! 하지만 어디에 그런 틈이 있었던 거지?"

"어떤 경위로 틈이 생겼는지는 자세히 모르겠습니다. 행운이라고밖에는……."

이는 알스가 소피아 공주를 외부로 빼낼 때 매혹을 사용해 만든 틈이었다. 램퍼트도 우연찮게 그 빈틈을 이용한 것이다.

"남은 건 몇 명이지?"

"스무 명입니다. 거동이 불편한 부상자와 고령자. 그리고 임산부가 셋. 그중 하나는 진통이 시작돼 산파가 붙은 상황입니다. 이들은 아무래도 발각의 우려가 높아서 함께 이동하지 못했습니다."

"……."

이보르의 눈이 스산해졌다. 전부 다 죽이는 건 그도 거부감이 있었으나 스무 명뿐이라면 얘기가 다르다.

'그 정도라면 연맹장도 눈감아 줄 거야. 모든 건 연맹의 존속을 위해!'

이보르는 연맹장에겐 보고하지 않고 직속 부하들을 이끌

고 독단적인 행동에 나섰다.

 램퍼트의 연맹 거점지를 눈앞에 둔 나는 묘한 울렁임을 느꼈다.

 연맹들의 거점지는 제각각의 형태를 하고 있었는데, 어떤 연맹은 그저 건물 하나만 있는가 하면 또 어떤 연맹은 도시 내의 영토를 가지고 있는 경우도 있었다.

 램퍼트도 상위 연맹이라는 명성답게 거점지의 크기가 상당했다. 대학 캠퍼스 하나 크기라고 할까.

 "이거야 원, 지하 도시를 수색할 때보다도 난항을 겪겠는데."

 애쉬의 푸념에 일리야 스승은 고개를 흔들었다.

 "아니, 당시엔 우리의 침입이 발각된 상태였기에 움직이기 어려웠던 거다. 지금은 은밀히 움직일 수 있어."

 그러면서 스승은 샤샥! 하는 움직임과 함께 지나가던 연맹원 하나를 납치해 왔다.

 나는 직접 정보를 캐내기로 했다.

 "지하 도시에서 빼내 온 사람들이라뇨!? 저, 저는 모릅니다!"

 겁을 집어먹고 울먹이는 남자.

역시 간부급 클래스가 아니면 모르는 정보인 듯했다. 이에 묻는 방법을 바꾸기로 했다.

"임산부 말입니까……? 몇 명 있긴 합니다만……."

"그들이 머무르고 있는 곳은 어디지?"

"그걸 왜……."

픽! 슬쩍 피부를 베는 시늉을 하자 울먹이며 모든 걸 실토했다.

나는 녀석을 기절시킨 뒤 한 지점을 목표로 삼았다.

거점 내부에 위치한 임시 구역이었다. 이곳에 급조하여 만들어진 천막들이 여러 개가 있었는데, 왜인지 지금은 텅 비어 있었다.

'원래 비어 있었던 건가?'

그렇다기엔 곳곳에 생활의 흔적이 남아 있었다.

"알스, 사람의 기척이 있다."

스승이 가리킨 건 구역 중심부의 천막이었다.

그리고 그와 동시에 주변을 경계하고 있던 애쉬가 표정을 구겼다.

"뭔가 이상해! 이쪽으로 부대 하나가 이동하고 있어! 들켰을 리는 없는데 어째서……!?"

나는 상황이 묘하게 꼬였음을 느꼈다.

"스승! 잠깐만 시간을 벌어 줘요! 애쉬 넌 퇴로를 찾아봐!"

나는 소수의 사람들이 모여 있는 천막으로 뛰었다.

이곳엔 부상으로 움직이기 어려운 자들이나 노인들이 보였다.

그들은 복면을 착용하고 난입한 나를 두려워하며 경계했다.

'어디지?'

주변의 사람 하나를 붙잡고 심문해 볼까 했으나 그 전에 먼저 낯익은 소리가 들려왔다.

"으윽……! 큭……!"

"……!"

고통을 버티는 듯한 신음 소리.

내가 그 목소리를 잘못 들을 리 없었다.

나는 홀린 듯이 소리가 새어 나오는 천막으로 발걸음을 옮겼다.

어렸을 적부터 산전수전을 겪어 온 유미르는 어느 상황에서든 냉정을 유지할 수 있는 평정심을 지니고 있었다.

그렇기에 이상한 전이에 휘말려 다른 세계에 왔을 때도, 지하 도시에 억류되었을 때도 당황하지 않고 최선의 대처를 할 수 있었다.

하지만 이번 경우는 달랐다.

"어젯밤에 누군가 지하 광산을 습격했다나 봐."

"뭐!? 대체 누가 그런 짓을……!"

"큰일이야, 분명 우리에게 불똥이 튈 거야!"

습격 소식은 램퍼트에 의해 지하 도시를 탈출한 사람들에게도 전해졌다. 상황이 잘못되면 입막음을 당할 수도 있었던 만큼 그들은 극도로 예민해져 있었다.

그렇기에 램퍼트의 연맹원들에게 발 빠르게 도시를 탈출할 것을 제안했고, 운 좋게 대부분이 탈출할 수 있었다.

다만 유미르는 예외였다.

막 진통이 시작되어 움직일 수가 없었기 때문이다.

유미르를 포함해 거점지에 남게 된 20여 명의 사람들은 자신들이 낙오됐다는 걸 어렴풋이 알고 있었다. 그 사실을 차마 입 밖에 내지 못하고 있었을 뿐.

그러다 누군가가 절망한 듯이 중얼거린다.

"우린 죽을 거야……. 죽을 거라고!"

"내 다리만 멀쩡했어도……."

그런 절망감이 전염되어 낙오자들은 흐느꼈다.

유미르도 마음의 준비를 하고 있었다.

죽음에 대한 각오야 어렸을 적부터 해 오던 것이기에 상관없었지만 태어날 아이를 위한 각오가 필요했다.

유미르는 산파에게 간곡하게 부탁한다.

"부디 아이만큼은 살 수 있게 해 주십시오. 부탁드립니다."

"……."

산파는 뭐라 대답하지 않았다. 그 본인은 지하 도시 출신이 아니었지만 괜히 말려들어 가 죽을 가능성도 충분히 있었기에 당장이라도 도망가고 싶어하는 눈치였다.

유미르는 그 모습을 보고 시간이 촉박함을 느꼈다.

그녀는 그때 처음으로 모셨던 주인을 떠올렸다.

'리즈나 님……. 이런 심정이셨던 거군요.'

아이러니함에 쓴웃음이 나왔다.

당시 주인의 마지막 명령을 받고 갓 태어난 아기를 데리고 몸을 숨겼던 자신이 이제는 아기를 도망치게 하고 희생하는 상황이 되다니.

'아가야, 부탁이니 어서 얼굴을 보여 주렴.'

유미르는 속으로 기도하며 진통을 견뎌 냈지만 시간은 그녀의 편이 아니었다.

소란스러워지는 외부.

그때까지도 아이가 나올 기미가 보이지 않았기에 급기야 산파는 도망가 버리고 만다.

"큭……! 안 돼……!"

유미르는 어떻게든 도망치려고 했지만 몸이 생각대로 움직이지 않았다.

그때 천막 바로 앞에서 인기척이 느껴지자 좌절감에 얼굴을 구겼다.

스륵! 천막을 걷으며 나타나는 복면의 괴한.

진통으로 정신이 없었던 유미르는 상대가 누구인지 침착하게 판단할 여유가 없었다.

최소한의 저항이라도 하자는 생각으로 근처에 있던 날붙이를 쥐었다.

그러나 안도의 한숨이 섞인 상대의 목소리를 듣자 힘이 풀려 날붙이를 떨어뜨리고 만다.

"정말이지, 이렇게 극적일 필요는 없었잖아."

"도련님······!?"

알스가 복면을 벗자 유미르는 순간 꿈이 아닐까 생각했다. 자신을 죽이러 온 흉수가 아닌 것만으로 천만다행일진대 알스가 찾아오다니.

감정이 북받쳐 오른 건 알스도 마찬가지인지라 그는 유미르를 꼭 껴안았다.

그러나 곧 현실을 깨닫고 힘을 풀었다.

"너, 너무 꼭 껴안았나? 배에 부담이 가지 않았어?"

"괜찮······습니다. 그보다도 도련님이 어째서 이곳에······."

"당연히 데리러 왔지. 미안해, 더 일찍 왔어야 했는데."

"아뇨······."

유미르는 알스가 자신을 찾아냈다는 것 자체가 신기하다

고 생각했다. 지금이야 도시 외부에 있지만 얼마 전까지만
해도 자신은 지하에 있었으니까.

거기까지 생각이 미치자 유미르는 무언가를 깨닫는다.

"설마 지하 도시를 습격했다는 무리가 도련님이었던 건가
요!"

"회포는 나중에 풀자. 지금은 움직여야 돼. 일어날 순 있
겠어?"

"예, 그 정도는……."

"안 되겠네."

알스는 유미르를 안아 들었다. 만삭인 상황이라 등에 업을
순 없었기에 양손으로 안아 들어야 했다.

유미르는 생전 처음 받아 보는 취급에 당황하면서도 흔들
리지 않도록 양손으로 목을 끌어안았다.

알스가 유미르를 구출하는 사이.

일리야는 램퍼트의 연맹원들과 대치하고 있었다.

"거기까지. 그 이상 접근하지 마라."

일리야의 엄포에 연맹 간부 이보르는 주춤한다.

그의 등골에는 식은땀이 줄줄 흐르고 있었다.

그에겐 눈앞의 일리야가 연맹이 파견한 특수 조사대처럼
보였기 때문이다.

하필이면 노리고 있던 지점이 지하 도시의 증인들이 머무

르고 있는 곳이기에 그렇게 오해할 수밖에 없었다.

"누구신지는 정확히 모르겠으나 그곳에 있는 인물들에 대해선 전부 설명할 수 있습니다. 그러니 일단 진정하십시오."

일리야의 정체를 오해한 그는 구구절절 변명을 시작했다.

"그곳에 있는 건 분명 지하 도시의 사람들이긴 하나 전부 사정이 있습니다! 거동이 불편한 부상자들이나 임산부들을 효율 좋게 처리할 수 있도록 아주 잠시 지상에 옮긴 것뿐입니다! 그러니 불필요한 오해는 하지 않으셨으면 합니다. 예."

"……?"

왜 자신에게 해명을 하는가 영문을 몰라 고개를 갸웃하는 일리야.

뭐가 됐든 상대가 멈칫한 건 도움이 됐다.

마침 알스가 유미르를 안은 채 빠져나왔고, 시기적절하게 애쉬가 퇴로를 확보했다.

일리야는 망설이지 않고 몸을 뺐다.

이 행동을 본 이보르는 또 한 번 오해했다. 이미 자신들이 벌인 일은 들키고 말았고, 이제는 연맹장 우프레틴이 말한 것처럼 상위 연맹을 고발하며 정면 돌파를 하는 방법밖에 없다고 여긴 것이다.

"이보르 님, 어떻게 할까요?"

낙오자들을 죽일 거냐 묻는 부하에게 이보르는 신경질을

냈다.

"이미 들통 났잖냐! 이렇게 된 이상 계획 변경이다! 저들을 역으로 이용해야겠어."

부상자들이나 임산부들은 동정심 호소에 용이하다. 여론을 휘어잡기 위해선 오히려 이들의 도움이 필요했다.

유미르를 탈환한 알스의 개입이 아이러니하게도 다른 이들의 목숨까지 살려 낸 것이다.

램퍼트의 거점지를 벗어난 우리는 기세를 몰아 도시의 경비망까지 뚫어 내며 도시 외부로 빠져나왔다.

나는 초조함을 감출 수 없었다.

유미르의 안색이 급격히 안 좋아졌기 때문이다.

"애쉬! 가스파르 일행이 머무르고 있는 지점까지 얼마나 남았다고!?"

"1시간은 더 가야 돼! 뭣하면 마차라도 하나 훔쳐 올까?"

"그런다 해도 늦을 것 같아. 스승!"

내 눈빛을 읽은 일리야 스승은 고개를 끄덕이곤 부리나케 어디론가 달려간다. 애쉬는 화들짝 놀란다.

"진짜로 마차를 훔쳐 오게!?"

"됐고, 애쉬 너는 민지 기서 가스파르 일행더러 이쪽으로 오라고 해."

"너 설마!"

그 설마였다.

나는 정찰을 다녀온 일리야 스승의 안내를 따라 자그마한 마을로 향했다.

그러고는 촌장의 집에 무작정 들이닥쳤다.

스승이 사전에 이야기를 했기에 촌장 가족들이 비명을 지르지는 않았지만 불편한 기색이 역력했다.

이럴 땐 금융 치료가 제격이라고. 나는 품에 있던 꾸러미를 던져 주었다.

그 꾸러미의 내용물을 확인한 촌장의 눈이 휘둥그레진다.

"마을의 산파를 데려와 주세요. 빨리요!"

"아, 알겠습니다!"

받은 만큼은 일을 하려는지 촌장은 이 오밤중에도 산파를 데려왔다.

용병 일을 하면서 출산을 도운 적이 있는 스승도 보조를 시작했다.

나는 곁을 지키고 있을 생각이었으나 나 때문에 유미르가 억지로 비명을 참는 것을 알아챈 스승이 나를 밖으로 내보냈다.

'타이밍이 좋은 건지 나쁜 건지.'

가능한 유미르의 출산에는 어머니가 함께했으면 했다. 출산 경험도 많아 도움이 될 테고, 무엇보다 감동을 함께 나누고 싶었으니까.

그래도 배부른 소리를 할 때는 아니었다. 하루만 늦어졌어도 어떻게 됐을지 끔찍한 상황이었으니.

그렇게 발을 구르며 초조하게 기다리고 있자니 가스파르가 달려오는 게 보였다.

마차를 타고 오기엔 성질에 맞지 않았는지 직접 말에 기승하여 달려온 모양이다.

"알스! 어떻게 되고 있는 거냐!"

"보면 알잖아요."

"큭!"

"들어갈 생각은 하지 마요. 나도 나와 있을 정도이니."

"으, 음. 내가 들어갈 명분은 없지. 아비란 걸 밝힌 것도 아니니……."

"어휴, 언제까지 그럴 겁니까? 슬슬 사실대로 말하는 게 어때요?"

"안 돼. 아버지가, 할아버지가 망나니에 개차반이었다는 걸 아느니 모르고 사는 게 나아."

자기가 망나니처럼 살아왔다는 자각은 있는 모양이다.

가스파르에 이어 엘레나와 애쉬를 비롯한 다른 일행도 도착했다.

출산이 시작됐다는 소식에 소피이는 안도의 한숨을 쉰다.

"아슬아슬했던 거군요."

"당신 덕분에 늦지 않을 수 있었어요. 고맙습니다, 소피아 공주."

"그 공주라는 호칭은 그만해요. 그보다…… 출산이 끝난 뒤에 곧바로 바이언으로 이동할 건가요?"

"아마도요."

"그런 거라면 우리들은 북대륙으로 돌아가는 게 좋을 것 같네요. 귄터는 왕국에서 수배자 신세이니까요."

"그렇게 칼같이 구속할 거라고 생각하진 않지만……. 조심해서 나쁠 건 없죠."

"내일 아침을 기해 이동하겠어요. 출산이 늦어지면 아기를 보지 못하고 갈 테지만, 마음에 담아 두지 말아 줘요."

"물론입니다. 애쉬, 너도 가는 거지?"

애쉬는 어깨를 으쓱인다.

"난 어디로 가든 상관없어. 이번 일이 있기 전에 용병단에 한 달 정도 휴계를 냈으니까. 소피아 공주님께서 정 나를 원한다면 북대륙으로 돌아가도 되지만."

소피아는 썩은 미소로 답한다.

"심심하면 술이나 퍼먹고 다니는 사람이 필요할 거라고 생각해요?"

"그, 그거야 리시테아가 없는 허전함을 달래기 위해서 어쩔 수 없는 거라니까요."

"뭐가 됐든 이렇게 바쁜 시기에 당신 같은 일손을 놀게 할 수는 없죠. 지금 북대륙에 돌아가 봤자 할 거라곤 연맹의 동태 조사밖에 없어요. 그거야 저도 할 수 있는 일이니⋯⋯. 당신은 웨이드를 돕도록 해요. 거긴 왕위 계승 다툼이니 뭐니 해서 한창 분주할 테니 도움이 될 테죠."

"으엑, 그렇게 말하니까 진심으로 가기 싫은데요."

어쨌든 애쉬는 나와 함께 돌아가기로 결정이 난 듯하다.

이렇게 보니 두 사람도 은근히 친분을 쌓은 것 같았다.

베카비아의 공주와 툰카이의 왕자. 두 국가의 관계를 생각하면 이 둘이 친교를 쌓는다는 건 꿈같은 얘기인데 말이다.

'내부 결속력의 강화인가⋯⋯.'

이곳으로 오기 전에 줄곧 생각하던 것이었다. 가신들 사이의 결속력 강화.

그게 기묘한 형태이지만 착실히 진행되고 있는 듯한 느낌이 들었다.

"앙? 뭘 웃고 있는 거야."

"별거 아냐. 그렇게 티격태격하다가 사귀는 거 아닌가 싶어서."

"무, 무슨 소리냐. 소피아 씨의 나이가 얼마인지나 알아? 스물다섯이라고! 나보다 여섯 살이나 많아!"

그게 소피아의 역린을 건드렸는지 둘은 다시금 언쟁을 벌인다.

그즈음이었다, 아기의 울음소리가 들리기 시작한 건.

소피아 일행과 헤어져 바이언으로 돌아온 난 순간 다리가
풀리는 것 같은 감각을 느꼈다.

'폭풍 같은 시간이었어…….'

에오니아를 구하러 엘프들의 섬에 갔다가, 흑마법사들과
전쟁을 치르고, 이번엔 연맹의 비밀 시설을 습격했다.

마음 같아선 두 달 정도 느긋하게 쉬고 싶었지만 그럴 여
유는 당연히 없었다.

"도련님, 괜찮으신가요?"

유미르가 걱정스럽다는 듯 물어 온다.

그녀는 아기를 감싼 담요를 소중하게 안아 들고 있었다.
나는 억지로 안색을 고쳤다.

"너야말로 괜찮은 거야? 출산 후에 쉬지도 않고 마차에 타
다니……."

"일리야 님은 다음 날 바로 무예 단련을 했다고 들었습니
다."

"스승은 예외지. 어쨌든, 가자."

"예."

우리는 관문을 통과해 저택으로 향했다.

바이언의 경비가 한층 더 강화돼 있긴 했지만 먼저 왕궁으로 돌아간 국왕 직속 정보원 고드릭이 조치를 취해 놨는지 별다른 문제 없이 도시 내부로 들어갈 수 있었다.

"이곳이 바이언이군요. 아름다운 도시네요."

"그러고 보니 처음이겠네. 방문한 도시는 울란드가 전부인 거야?"

"예……."

유미르는 울란드 부근의 마을에 전이됐다고 한다. 당시 그녀는 나를 찾기 위해 정보를 모으려 했으나 말이 제대로 통하지 않은 탓에 연맹의 사람에게 속아 지하 도시로 끌려간 것이다.

"섬뜩한 이야기네."

운이 좋았기에 망정이지 자칫하면 험한 짓을 당했을 수도 있었다.

"특히 그 알라가라는 녀석."

"저는 이미 임신을 한 상태였기에 불려 간 적은 없습니다. 다만 그 악행은 충분히 전해 들었어요."

"그놈과는 언젠가 다시 상대할 날이 올지도 모르겠네."

마침 브랜포드 저택이 보여 왔다.

루크레치아가 붙여 둔 아카샤 가문의 경호원들이 앞을 막았으나 내가 얼굴을 보이자 자세를 고쳐 잡았다.

나는 마차에서 내리기 전에 유미르에게 한 가지를 당부해 두기로 했다.

"유미르, 네가 놀랄 만한 소식이 있는데, 너무 놀라거나 노여워하지 않았으면 좋겠어."

"제가 놀라거나 노여워할 만한 일이라는 게……?"

짐작이 가지 않는지 말끝을 흐리는 유미르.

그러나 그녀는 마중을 나온 사람을 보고는 소스라치게 놀라고 만다.

"돌아오셨습니까. 알스 님 그리고…… 유미르."

다른 사람이 있는 자리라 그런지는 몰라도 에오는 존댓말을 사용해 왔다.

"에, 에오니아, 그건 혹시……."

유미르는 크게 부풀어 오른 에오의 배를 보며 멍하니 묻는다.

그러나 에오가 뭐라 대답할 새도 없이 어머니가 뛰쳐나왔다.

"유미르! 내 딸!"

어머니는 유미르를 와락 끌어안으려 했으나 그녀가 안고 있는 앙증맞은 아기를 보고는 멈칫하더니, 승천할 것 같은 표정이 된다.

"오늘은 축제야! 에오, 메이센! 어서 음식을 준비하자꾸나!"

"어, 어머님. 저는요?"

자연스럽게 요리 담당에서 제외된 에리나가 당황하여 물었으나 어머니는 그걸 들을 귀가 없는지 부리나케 주방으로 향했다.

그 광경을 보니 쌓여 있던 피로가 풀리는 것 같은 기분이 들었다.

"하핫, 오늘은 축제라네. 들어가자."

"예, 도련님."

이걸로 남은 실종자는 다섯.

그들을 찾는 것은 정밀 수색을 통한 장기전이 될 거라고 봤을 때, 당장의 실종자 수색은 이걸로 일단락됐다고 봐도 좋았다.

그날은 저택에서 조촐한 파티가 열렸다.

주변 상황이 상황이니만큼 요란스럽게 할 수는 없었기에 사람을 초대한다거나 하는 짓은 할 수 없었다.

'초대할 수 있다고 해도 초대할 사람이 없기도 하지만.'

기껏해야 루크레치아 정도일까. 그 루크도 나를 만나기 위해 잠시 들른다고 했으니 올 사람은 다 오는 셈이다.

어머니의 주도로 차려진 음식들이 식당의 테이블에 차례차례 놓여 갔다.

애쉬와 가스파르는 벌써부터 술병을 비우며 껄껄 웃고 있었다.

"우오옷! 그걸 한 번에 다 마시는 겁니까! 역시 가스파르 씨군요!"

"크하핫! 이 정도는 간에 기별도 안 가! 자, 애쉬, 네 차례 다!"

가스파르도 본래 소피아 일행과 북대륙으로 가야 했지만 유미르가 안전히 정착하는 걸 보고 싶다고 말해 함께 왔다.

다른 이들과 달리 왕국 내에서 수배자 신세인 것도 아니니 문제가 없기도 해서 며칠 정도는 머물다 가기로 했다.

"나 참……."

리노아는 기가 찬다는 표정으로 그 둘을 흘겨보고는 내게 말한다.

"이런 상황에서 어떻게 저렇게 태평할 수 있는 건지 모르 겠네요."

그녀의 말대로 바이언의 내부 정세는 터지기 직전의 폭탄 같은 상황이었다.

2왕자 란디스와 4왕자 조셉이 암투를 벌이며 왕궁에선 매 일같이 시체가 나오는 상황이었다.

여차할 땐 우리에게도 화가 미칠 수 있는 상황이었기에 루크레치아가 자기 가문의 경비대를 저택에 배치해 준 것이 었다.

"그건 그거고 이건 이거니까요. 즐길 때는 즐겨야죠."

"전 그 정도로 강심장이 아니거든요. 그보다도……."

리노아는 유미르가 안고 있는 아이를 보며 싱긋 웃었다.

"여자아이라고 했죠? 이름은 뭐예요?"

"아직 안 정했어요."

"음? 보통은 미리 생각해 두지 않나요?"

"가족끼리 상의를 하고 싶었거든요."

본래 나는 유미르가 생각한 이름을 따르려고 했지만, 그 녀는 아이의 이름에 대해 다양한 선택지를 가지고 있지 않 았다.

남자애에 대한 염원이 얼마나 강했는지 남자애의 이름 서 른 개를 생각할 동안 여자애 이름은 단 하나도 생각하지 않 았던 것이다.

리노아는 곰곰이 생각하더니 말을 이어 간다.

"그런 거라면 에르니 같은 이름은 어때요? 후훗, 조금 주 제넘는 걸까요?"

"아뇨, 당신은 은인이나 다름없는 사람이니 이름을 지어 준다고 해도 이상하지 않죠. 에르니…… 괜찮네요."

그런데 이 이름, 어디선가 들은 듯한 기분이 든다.

아니나 다를까, 에오니아가 안절부절못하기 시작한다. 그 러고는 울먹이는 눈초리로 나를 바라본다.

"하핫…… 에르니는 안 되겠네요. 선점한 사람이 있어서 요."

"선점한 사람이라뇨?"

리노아도 무슨 뜻인지 눈치채곤 피식했다.

"보아하니 저쪽은 이름으로 고민할 필요도 없겠네요."

"그렇죠. 이미 남자애도, 여자애도 전부 정해 놨으니까요."

에오는 얼굴을 붉게 물들이며 도주. 유미르는 그런 소녀틱한 태도에 고개를 갸웃한다.

"에오니아에게 무슨 일이 있었던 건가요?"

"참 많은 일이 있었지. 차차 설명할게."

음식이 다 나오고 나서야 파티가 본격적으로 시작됐다.

파티의 목적은 출산 축하였지만, 곧 자연스럽게 아이 이름 정하기로 바뀌었다.

피오나, 마나, 로라 등등 여러 이름이 나왔지만, 결국엔 유미르가 나지막이 말한 '류나'로 정해졌다.

류나 일라인.

이 이름으로 부르자 아기가 엉엉 울기 시작했기에 싫어하는 건가 싶었으나 아기는 곧 새근새근 잠들었다.

그렇게 아이 이름을 정하는 것도 끝이 나서 파티가 무르익던 참에 겨우 시간을 낸 루크레치아가 저택을 방문했다.

왕궁의 일이 바쁜지 핼쑥해진 그녀는 유미르에게 간단한

인사를 건네고는 곧장 내게 속삭였다.

"잠시 이야기를 하고 싶습니다."

파티 중에 굳이 이런 말을 한다는 건 어지간히 급한 용건이라는 뜻이었다.

나는 응접실로 자리를 옮겨 그녀와 독대했다.

루크는 피곤이 몰려왔는지 눈을 질끈 감더니 낮은 목소리로 말한다.

"당신이 올란드의 지하 도시에서 가져온 그 정보들은 신뢰할 수 있는 겁니까? 거짓 정보일 가능성은 없는 겁니까?"

"그들이 그 기밀 서류를 가져가게끔 함정을 판 거라면 그럴 수도 있겠지만, 그런 건 아니니까요. 적어도 거짓 정보는 아닐 거예요."

"큭……!"

루크는 머리를 감싸 쥐었다.

"도무지 말이 안 돼요. 모든 왕자님들이 연맹과 관계를 맺고 있었다뇨!"

그것이 이번 왕위 계승 다툼의 진상이자 리노아가 왕국 내의 배신자에 대해 더 깊이 털어놓지 않았던 이유였다.

다음 왕위를 이을 왕자들이 모조리 배신자였으니까.

"그나마 4왕자 조셉은 연맹과 손을 잡은 지 얼마 안 된 것 같아요."

조셉이 연맹과 손을 잡은 시기는 최근이었다. 그대로 라디스가 왕위를 이을 경우 자신은 죽은 목숨이나 다름없으니 지푸라기라도 잡는 심정으로 연맹에게 도움을 청한 것이다.

루크도 그 부분은 이해를 하는 모양이었다.

"란디스 왕자님과 조셉 왕자님의 뒤에 연맹이 관여돼 있다는 것쯤이야 저도 예상했어요. 하지만 프라우드 왕자님까지 연맹과 손을 잡고 있었다뇨! 아무리 그래도 이건 거짓 정보입니다!"

지난 아티클과의 전쟁에서 암살자들에게 죽고 만 1왕자 프라우드.

그가 연맹과 밀월관계에 있었다는 사실에 루크는 충격에 빠져 있었다.

"그분은 왕위 계승이 확정적인 분이셨습니다. 그런 그분이 대체 무슨 이유로 연맹과 손을 잡은 건가요!"

"정치 쪽은 원래 무슨 일이 일어날지 알 수 없는 법이에요. 관계가 복잡하게 얽혀 있으니까요."

나는 프라우드 왕자의 행동도 이해가 갔다.

그는 알았던 것이다. 구원자 연맹의 손길이 이미 왕국 깊숙하게 뻗어 있다는 걸. 자신이 왕위를 계승하기 위해선 그들을 견제함과 동시에 포섭해야 한다는 걸 말이다.

"프라우드 왕자는 자신을 적대시하는 연맹을 견제하기 위해 다른 연맹과 손을 잡은 겁니다."

"그런 짓이……! 연맹 놈들에게 언제 배신을 당할지 알 수 없는데 어째서!"

"당신도 알다시피 연맹은 점조직이에요. 통일된 집단이 아니죠. 이해관계가 일치한다면 배신에 대한 걱정도 적어져요. 프라우드 왕자는 그걸 잘 알고 있었던 겁니다."

문제는 상대를 너무 경시했다는 점이었다.

"프라우드 왕자가 자신들을 견제하기 위해 다른 연맹과 손을 잡았다는 걸 안 그들은 되레 프라우드 왕자를 견제하기 위해 2왕자 란디스, 3왕자 파리스에게 붙어 버린 겁니다."

그 양상이 격화되고 격화되다 벌어진 일이 암살 사건이었다.

루크도 그제야 모든 진상을 파악한 듯했다.

"그, 그렇담 지금 조셉 왕자님을 지지하는 세력은……!"

"맞습니다. 아마도 프라우드 왕자에게 붙어 있던 연맹의 세력이겠죠."

그녀는 현기증이 나는지 소파에 등을 기댔다.

나는 이참에 그녀를 완벽하게 포섭해 놓기로 했다.

"이젠 당신도 왜 로자 공주를 왕위에 세워야 하는지 잘 알겠죠?"

"로자 공주님만이 연맹과 관계를 맺지 않았다는 겁니까."

"바로 그겁니다. 로자 공주가 왕이 되지 않는다면, 왕국은 머지않아 연맹의 허수아비 신세가 되겠죠."

"……"

루크는 한동안 침묵했다.

식당의 왁자지껄한 소리만이 들려왔다.

이윽고 루크가 입을 뗀다.

"라일란드 재상님께서 이미 동의를 하셨습니다."

"그렇다는 건……!"

"예, 로자 공주님을 지지하기로 하셨어요."

당장의 실권을 잡고 있는 라일란드 재상은 왕위 계승 다툼에선 한 발자국 물러나 정치적 중립을 주장하고 있었지만, 왕자들 모두가 연맹과 관련돼 있고, 그로 인해 국왕이 암살당했다는 정황증거가 나오자 결심을 굳혔다.

"당신의 계획을 따르기로 했습니다. 재상님 직속의 정보부대가 이미 움직이기 시작했어요. 저도 아버님의 허락을 받고 아카샤 가문의 전력을 이쪽으로 이동시키고 있고요."

"들키지 않게 주의해 줘요. 괜히 의심의 눈초리를 받았다간 일이 틀어지게 되니까."

"걱정 마세요."

덤으로 안두하의 주도하에 브랜포드 가문의 전력도 은밀히 바이언으로 이동한 상태였다.

최종 규모는 아마 1천 명 정도.

눈곱만한 규모이긴 했으나 목적은 도시의 점령이 아니라 왕궁의 점거이니 그 정도면 충분하다.

'이걸로 대부분의 준비는 끝났어.'

이젠 터뜨릴 타이밍만 확실하게 하면 된다.

나는 그 시점이 머지않았음을 본능적으로 느끼고 있었다.

파티가 끝나고.

사람들은 제각각의 방으로 돌아가 취침을 하려 했으나 여기서 문제가 발생했다.

애초에 이 브랜포드 저택은 포화 상태였다는 점이다.

그나마 이전까진 리노아가 본가로 돌아가며 공간 활용에 여유가 있었지만 지금은 그렇지 못했다.

최소한 리노아의 방과 그 주변은 조용하게 만들어 줘야 했기에 방 배치가 어려워진 것.

마음 같아선 가스파르와 애쉬를 내쫓아 여관에서 자게끔 하고 싶었으나 이미 둘은 인사불성이 돼서 사이좋게 자고 있었다.

술 냄새가 진동하니 그 둘을 한 방에서 재운다고 치고, 어머니와 비스케타, 메이센이 한 방, 손님인 루크레치아에게 양해를 구하고 엘레나와 한 방을 사용하게 하니 내 방밖에 남지 않게 됐다.

"어서 새로운 저택을 구하긴 해야겠네."

나는 당혹스러움을 감추기 위해 그렇게 중얼거렸다.

곁에는 에리나, 유미르, 에오니아가 쭈뼛거리며 서 있었다.

당황한 건 그녀들도 마찬가지인지 에리나는 머리카락을 연신 만지작거리고 있었고, 에오는 침을 꼴깍 삼킨다. 유미르는 표정은 침착하지만 꼬리가 부산하게 움직인다.

"나는 바닥에서 잘게."

넷이서 자기엔 침대가 너무 좁았기에 그렇게 제안했으나 그녀들은 그런 일만큼은 있을 수 없다며 극구 반대했다.

어떻게 해야 할지 혼란에 빠져 있던 차, 유미르가 침착하게 말한다.

"도련님과 에오니아는 반드시 침대에서 자야 한다고 생각합니다."

하기야, 임산부를 바닥에서 재울 수도 없는 노릇이다.

"그리고 공작가의 영애이신 에리나 님도 침대에서 주무셔야 합니다. 그러니 제가 바닥에서 취침하도록 하겠습니다."

당연히 즉각 반대 의견이 나왔다.

에리나는 한탄의 숲에서 했던 노숙의 경험을 피력하며 자신이야말로 바닥에 어울리는 인재라 주장한다.

에오니아도 자신을 배려해 줄 필요는 없다며 바닥을 원했다.

그 이상한 논쟁을 보다 못한 내가 중재안을 내놨다.

"많이 좁을지도 모르겠지만 전부 침대에서 자 볼까?"

이 제안을 기다리고 있었는지 셋 모두 무언으로 긍정.

아기를 요람에 재운 뒤 어색한 분위기 속에서 침대에 눕는다.

슈퍼 싱글보다 조금 더 큰 정도에 불과한 침대였기에 넷이서 자기엔 굉장히 좁았다. 당연히 서로의 피부를 맞대는 수밖에 없었다.

파티가 끝난 뒤에 막 잠드는 것이기 때문인지 은은한 포도주 냄새가 풍겨 왔다. 유미르도 에오도 음주는 하지 않았으니 아마 에리나의 향기인 모양이다.

그 음주 탓인지 에리나는 금방 차분한 숨소리를 냈다. 그렇게 그녀가 내 등을 꼭 껴안고 잠들어 버린 탓에 몰래 바닥으로 내려간다는 선택지도 사라져 버리고 말았다.

'에라 모르겠다.'

나는 눈을 꼭 감고 잠을 청했다.

그러나 코앞에서 숨결이 느껴져 도무지 잠이 오질 않았다.

몇 분 후에 슬쩍 눈을 떠 보니 에오니아와 정면으로 눈이 맞았다.

"……안 자?"

"자, 잘 겁니다."

"그러고 보니 계속 존댓말을 하네. 기억이 꽤 많이 돌아왔나 봐."

"예, 거의 대부분은……. 정말 죄송했습니다. 알스 님께 그런 결례를 범하다니."

그 모습이 왜인지 마음에 들지 않았다.

"둘만 있을 때는 존댓말 금지."

"예!?"

"금지라면 금지야."

에오는 당황한 듯, 그러면서 기쁜 것처럼 눈알을 굴린 뒤.

"……그래도 돼?"

"이젠 그게 더 익숙하거든."

"응, 그럼 이제부턴 그렇게 할게. 그, 그래도 다른 사람들 앞에선 존댓말을 할 거야."

"왜, 이전에는 다른 사람들이 있을 때도 해 놓고."

"이, 이젠 부끄럽단 말이야. 읍……!?"

숨결이 느껴질 만큼 얼굴을 가까이 대고 있었기 때문일까, 나도 모르게 입술을 맞췄다.

에오는 움찔하더니 곧 힘을 푼다. 그러곤 계속하고 싶다는 듯 내 뺨에 손을 가져간다.

그러나 그때였다.

"도련님."

"……!?"

아기가 울 경우를 대비해 가장자리에 누워 있었던 유미르였다.

"왜, 왜 그래?"

"내일을 대비해서라도 일찍 주무시는 건 어떠신가요? ……에오니아도, 늦게 잠드는 건 좋지 않습니다."

"넵……."

꾹! 내 등을 껴안고 있던 에리나의 팔에도 힘이 들어가는 것 같았다. 자고 있는 줄 알았는데.

나는 쥐 죽은 듯 잠을 청하기로 했다.

7장

파티 다음 날의 아침.

아카데미에 나갈 준비를 하고 있자니 저택 밖에서 당찬 기합성이 들려왔다.

창문을 통해 슬쩍 보니 루크레치아가 엘레나와 함께 아침 단련을 하고 있는 모양이었다.

"정말 꾸준하네."

감탄하며 방을 나와 식당으로 향했다. 에오가 기억을 찾으면서 음식의 질이 높아졌기에 식사를 기대했으나, 나를 기다리고 있던 건 초록색으로 점칠된 건강식들이었다.

"어서 드십시오."

"그게…… 오늘은 아침을 거를까 봐. 어제 너무 많이 먹은 것 같아."

"도련님, 편식은 안 됩니다."

"그, 그렇담 적어도 에오가 만든 요리를 몇 개만이라
도……!"

아무리 유미르라도 집주인인 리노아나 손님인 애쉬에게도
자신의 식단을 강제할 생각은 없는지 에오가 만든 요리도 제
대로 있었다.

리노아는 에오의 요리를 한껏 음미하고 있었다.

"굉장하네요! 당신, 우리 주방에서 일할 생각 없어요?"

"과찬이에요."

"아뇨, 절대 과찬이 아니에요. 왕궁의 파티에서도 이 정도
로 맛있는 음식은 나오지 않는걸요."

"후훗, 고맙습니다."

"한 접시 더 주겠어요?"

오늘만큼 리노아가 부러운 적이 있었을까.

물론 유미르가 한 건강식들이 맛없다는 건 아니다. 오히려
건강식치곤 맛이 괜찮은 편이다.

에오의 요리 실력이 문제였다. 평범한 사람들도 편식을 하
게 만드는 요리라니.

유미르는 작게 한숨 쉰다.

"저녁엔 에오니아의 요리를 드셔도 괜찮아요. 그래도 아
침에는 건강하게 드셔 주셨으면 해요."

"으…… 어쩔 수 없지."

그렇게 식사를 하고 있자니 괴성이 들려온다.

"우오오오오옷!"

"……?"

쿵! 식당 문을 박차고 들어오는 애쉬.

"아, 알스 너……. 그게, 그게 사실이냐!?"

"뭐가?"

"네, 넷이서 한 침대에서 같이 잤다니……! 그게 사실이냐고!"

"……그렇게 됐다."

"우오오오옷! 이 발칙한 녀석! 부러운 녀석!"

분노하는 애쉬에게 싸늘한 시선이 쏟아졌다.

"당장 나와! 때려눕히지 않고선 직성이 풀리지 않겠어!"

대충 대련이라도 하자는 모양이다.

나도 몸을 풀고 싶기는 했기에 식사를 마치고 애쉬를 따라 나갔다.

그러나 아까 확인했듯이 저택 밖의 공터에는 선객이 있었다.

"하아앗!"

"허리가 더 앞으로 나와야 합니다!"

바닥을 차며 창을 내지르는 루크레치아. 엘레나는 그 공격들을 가볍게 받아 내며 조언을 해 주고 있었다.

애쉬는 나를 때려눕히겠다던 기세는 어디 갔는지 헤벌레하며 웃는다.

"크! 미인들의 대련은 그림이 되는구만! 귄터 선배와 가스파르 씨의 땀내 나는 대련을 보다가 이걸 보니 눈이 정화되는 느낌이야!"

그때 마침 훈련 세션이 끝났는지 루크가 땀을 닦으며 우리 쪽을 눈짓한다.

나는 어깨를 으쓱이며 말했다.

"교대하죠. 식사라도 하고 와요."

"벌써 그런 시간이 됐군요. 대련에 응해 주셔서 감사합니다, 엘레나 님."

둘은 훈련 장비를 정리하기 시작했다. 그때 애쉬가 아무 생각 없이 중얼거린다.

"그런데 저, 루크레치아라는 사람도 그렇고 엘레나 씨도 그렇고, 움직임에 낭비가 많네."

이에 호승심이 강한 루크가 반응한 건 당연했다.

엘레나도 눈살을 찌푸리며 애쉬를 추궁한다.

"지금 제 움직임에 낭비가 많다고 한 겁니까?"

말실수를 했다는 걸 뒤늦게 깨달은 애쉬는 손사래를 쳤다.

"아, 아뇨! 엘레나 씨의 실력은 훌륭하죠! 그저 그, 뭐라고 해야 할까."

변명할 거리를 찾던 애쉬는 최악의 선택을 하고 만다.

"일리야 씨에 비하면 그렇다는 거예요. 일리야 씨는 뭐랄까, 무서울 정도로 빈틈이 없잖아요?"

순간 공기가 얼어붙은 느낌이 들었다.

"제가 일리야 안페이보다 뒤처진다는 뜻입니까……!"

"엥?"

엘레나와 스승의 관계를 모르는 애쉬는 당황할 수밖에.

"무기를 드십시오! 그런 말을 할 자격이 있는지 확인해 보겠습니다! 일라인 당신도요!"

"저는 왜요!?"

제자인 나도 마음에 들지 않는다며 무기를 들라 재촉하는 엘레나.

나는 아카데미 등교를 핑계로 어떻게든 빠져나왔으나 자업자득인 애쉬는 아니었다.

그래도 엘레나 본인이 하려는 건 아닌지 루크레치아가 준비를 했다.

녀석은 왜 상황이 이렇게 된 건가 어리둥절해하면서도 오히려 잘됐다는 눈치였다.

"어차피 숙취 해소를 겸해서 움직일 생각이었으니 상관은 없는데……. 제 상대는 그쪽의 루크레치아 누님이 해 주는 겁니까?"

"누가 누님입니까."

"그야 저보다 나이가 많으니까요. 알스에게 들었다고요.

소피아 공주랑 동년배라던데요?"

애쉬는 훈련장 한편에 놓인 나무창을 들었다.

이를 본 루크의 눈에 이채가 흘러간다.

"당신도 창잡이입니까?"

"당신이 생각하는 창잡이와는 다를걸요. 내가 익힌 건 기마창술이니까. 본래 백병전에선 검을 사용합니다."

"그렇담 검을 드십시오."

"별로…… 그 정도의 상대는 아닌 것 같아서요."

"뭐라고요!"

애쉬는 창을 겨누며 짓궂게 웃는다.

"그렇게 불만이라면 어디 덤벼 보든가."

"웨이드도 그렇고 당신도 그렇고…… 중앙 대륙의 사람들은 하나같이 거만하기 짝이 없군요!"

"그야 그런 허술한 창술을 보면 누구라도 그럴걸."

나는 구경꾼이 된 겸, 장작을 더 집어넣기로 했다.

"그나마 그게 많이 나아진 거야! 처음엔 더 심했어!"

"진짜냐……."

이 도발에 루크는 진심으로 분노했는지 문답무용으로 창을 휘둘렀다.

애쉬는 그 공격을 어렵지 않게 받아 내며 합을 맞춰 주기 시작한다.

애쉬가 이래 보여도 무력 수준이 굉장히 높았다.

나와 비교해도 기마전에선 애쉬가 한 수 위에 있다. 이는 내가 기마전에 약한 탓도 있지만, 애쉬가 무서울 정도로 기마전에 능숙하기 때문도 있다.

그나마 백병전에선 내가 우위를 점할 수 있으나 그렇다고 가볍게 제압할 수 있다는 건 아니다.

"하아앗! 핫!"

"휘유! 엇챠! 어이쿠!"

여유롭게 모든 공격을 받아 내는 애쉬.

제풀에 지친 루크의 창끝이 무뎌지자 애쉬는 태세를 가다듬었다.

"슬슬 반격해도 괜찮겠지?"

"크윽……!"

공세에 돌아선 애쉬는 강맹한 창술을 선보였다. 화려하지 않지만 직선적이고, 낭비가 없는 창술.

기마창술이란 그런 것이었다.

기마 위에서 창을 다루기 위해선 조금의 낭비도 있어선 안 된다. 한 번만 잘못 찔러도 기마의 달리는 속도에 의해 찌른 창을 회수하기 어려워지기 때문이다. 그렇기에 직선적이고 효율적이어야 한다.

더불어 승마 도중에는 한 팔로 창을 찌르는 경우가 더러 있기에 창을 다루는 팔의 힘을 길러야 한다.

칵! 루크는 창대를 가로로 세워 내리찍는 애쉬의 창을 막았다.

그녀는 창을 떨쳐 내고 반격을 하려고 했으나 애쉬의 창은 떨어질 생각이 없었다.

애쉬는 한 팔로 창을 쥔 채 완력만으로 루크를 짓눌렀다.

"크윽!"

그 상상 이상의 힘에 루크는 무릎을 굽혔다. 오러를 사용해 떨쳐 내 보려 했지만 애쉬가 마찬가지로 오러를 사용하자 상쇄됐다.

꾸욱! 짓눌리는 루크. 이대로 가다간 무릎을 꿇을지도 몰랐다.

"루크! 빠져나와요!"

힘을 비껴 내며 몸을 뒤로 빼라는 엘레나의 외침이었다. 힘 싸움의 패배를 시인하는 행위였지만 무릎을 꿇는 것보단 낫다는 판단이었다.

그러나 자존심이 강한 루크레치아는 어떻게든 힘으로 이겨 낼 생각이었다.

그도 당연했다. 자신은 두 팔로 창을 지탱하고 있는 데 반해 애쉬는 한 팔로 창을 누르고 있을 뿐이다. 거기서 밀린다면 자존심이 무너지고 만다.

"크아앗!"

온힘을 다해 밀어 내려는 루크. 애쉬는 어림도 없다며 조소하고는 루크를 무릎 꿇리려 한다.

그때 탁! 애쉬의 창이 부러지며 루크레치아가 풀려났다.

애쉬는 그럴 줄 알았다며 혀를 찬다.

"에잉, 역시 나무창으로 이 짓을 하는 건 힘드네."

"허억! 허억! 허억!"

숨을 가쁘게 몰아쉬는 루크. 애쉬는 좋은 대련이었다며 상쾌하게 웃는다.

"이런 창술도 있다는 걸 알았겠죠? 창술은 알스나 당신이 하는 것처럼 화려하다고 해서 좋은 게 아니라고요. 빠르고 낭비가 없어야 필살의 찌르기가 나오는 겁니다. 뭐, 알스는 창 하나만 다루는 게 아닌지라 예외의 경우에 들어가지만, 당신이나 엘레나 씨는 예외가 아니니까요. 찌르기에 낭비가 있다. 그걸 말하고 싶었을 뿐입니다. 주제넘었다면 용서해 주십쇼."

엘레나도 느끼는 바가 있는지 이번엔 화를 내지 않았다.

애쉬는 부러진 창을 휙 던져 버리고는 등을 돌렸다.

그러고는 내게 속삭인다.

"나 지금 멋있지 않았냐? 루크레치아 씨가 나한테 반하지 않았을까?"

"응, 그럴 일 없어."

그래도 효과가 없었던 건 아닌지 루크는 왕궁으로 떠나기 전의 점심에도 애쉬에게 대련을 요청했다고 한다.

5일 만에 돌아온 아카데미의 분위기는 한층 더 험악해져 있었다.

같은 반 소속인 조셉은 수업 중에도 철통같은 호위를 받고 있었다. 그의 주변으로는 반 친구들의 접근조차 허용되지 않았다.

그 탓에 그의 주변은 마치 외딴섬 같은 모양새가 돼 있었다.

'저 호위병들의 문양은……'

아카샤 가문과 함께 무도 가문으로는 쌍벽으로 꼽히는 키로스 가문의 문양이었다.

조셉의 파트너 편입생인 다이언 키로스가 무게를 잡고 있는 걸 보면 키로스 가문은 조셉에게 도박을 건 듯했다.

"거기까지. 그 이상 다가오지 마라."

"예? 미, 미안합니다."

그런 그들의 경계심이 도가 지나쳐 지나가는 학생들을 불편하게 만들고 있었다.

조셉은 그 안에서 이미 왕처럼 군림하고 있었다.

로자 공주는 그 모습을 걱정스럽게 바라보았다.

방과 후에 만들어진 밀담 자리에선 조셉에 대한 이야기를 꺼냈다.

"이야기는 라일란드 재상에게 들었어. 조셉이…… 연맹과 결탁을 했다고."

"그는 어쩔 수 없었던 부분이 있었어요. 그대로 란디스 왕자가 왕위에 올랐을 경우 조셉 왕자는 숙청당할 가능성이 높았으니까."

"그랬겠지……. 하지만 조셉에게 붙은 세력이 프라우드 오빠에게 붙어 있던 자들이라니. 그건 이상해, 프라우드 오빠는 연맹을 굉장히 싫어하셨으니까."

"싫어하는 거랑 본인이 왕위에 오르는 거랑은 별개의 이야기입니다. 당신이 저를 딱히 믿지 않으면서도 도움을 요청하는 것과 비슷하죠."

"……."

로자는 정곡을 찔린 듯 멈칫했으나 곧 고개를 흔들었다.

"아니, 난 너를 믿어, 웨이드. 너보단 에리나와 루크레치아를 믿는다는 편이 정확하지만…… 어쨌든. 그 둘을 따르게 한 너를 믿기로 했어."

"나는 믿지 않지만 내 가신들은 믿는다는 겁니까……."

그러자 루크는 '누가 네 녀석의 가신이냐!'라며 반발했고, 에리나는 '내가 알스 님의 가신……!'이라며 기뻐한다.

"그럼 이참에 공주님의 각오를 듣고 싶습니다만. 왕위에 오른 뒤에는 어쩌실 거죠?"

"전부 다 숙청하겠어. 아버님과 프라우드 오빠를 암살한

죄는 작지 않아. 연맹과 밀접한 관계를 맺고 왕위 다툼을 조장한 귀족들은 모조리 숙청해 버릴 거야."

"그거야 당연한 거라고 치고. 형제들은요?"

"……유폐시킬 거야."

"아직도 어수룩하네요. 오히려 당신 오빠들이야말로 가장 먼저 숙청해야 하는 대상입니다."

"그 부분만큼은 내 방식대로 할 거야. 다른 건 다 좋으니 거기엔 토를 달지 말아 줘."

"뭐, 잘만 유폐한다면 문제가 없을 수도 있지만……."

아무리 봐도 로자 공주가 그 정도로 독하게 유폐를 시킬 것 같지는 않았다.

"웨이드, 이후의 일보단 작전을 성공시키는 게 먼저입니다."

루크레치아가 로자 공주를 돕기 위해 화제를 돌린다.

"재상님도 당신의 작전에 동의했습니다. 여러 가지 조정을 거친다면 작전의 개시는 아마 6일 후. 그때까지 모든 준비를 끝마칠 수는 있는 겁니까? 아무리 재상님의 도움이 있다고 해도 1천에 달하는 병력을 왕궁에 침투시키는 건 생각처럼 쉽지 않을 겁니다."

"걱정 마요. 그 준비는 이미 끝났으니까."

울란드로 가기 전에 이미 비스케타에게 준비를 시켰다. 아카샤 가문의 병력을 최근에 새로이 받았지만 이미 체계를 갖쳐 놨기에 별문제는 없었다.

"당장 작전을 시작해도 괜찮을 정도예요."

"……재상님께도 그렇게 전해 놓겠습니다. 괜찮겠습니까, 공주님?"

눈앞으로 다가온 작전. 로자 공주는 결연한 얼굴로 고개를 끄덕였다.

국가의 명운이 걸린 중대사가 수일 앞으로 다가와 있었지만 난 한가한 생활을 보내고 있었다.

대부분의 일은 재상 측에서 처리를 해 줬고, 내 쪽에 할당된 일도 비스케타가 배후에서 지휘를 해 주었기에 나는 느긋함을 만끽하고 있었다.

"쿠……."

내 가슴 위에서 자고 있는 딸 류나. 그 모습을 멍하니 바라보고 있는 것만으로도 시간이 훌쩍 지나갔다.

그러다가 류나가 울면, 밥을 먹이거나 기저귀를 채운 뒤 다시 자는 모습을 바라보고.

6시간 정도를 그렇게 지내고 있으니 애쉬가 어이가 없다며 말한다.

"딸 바보가 따로 없네. 그리고 하루를 끝내게? 며칠 뒤에 정변을 일으키려 한다는 게 믿기지 않을 정도다."

"왜, 할 일은 다 했잖아."

"그래도 언제 어떤 변수가 발생할지 알 수 없으니 계속 긴장을 타고 있어야 하는 거 아니냐?"

"그 정도의 변수들은 대비를 하고 있어도 소용없거든. 발생하면 그때 대처하는 거야. 그보다 애쉬. 어때, 우리 딸 귀엽지?"

"그거 대체 몇 번을 묻는 거냐."

애쉬는 피식 웃더니 내 옆에 앉아 류나의 뺨을 손가락으로 쓰다듬었다.

"수인이라 그런가? 벌써 머리카락이 이렇게 자랐네."

"가스파르한테 듣자니 수인은 한 살까지 가파르게 성장한대. 어려운 환경에 적응하기 위해서라나. 한 달 뒤면 걸어 다닐 수도 있다더라."

"핫, 그럼 말을 배우는 것도 빠르겠네. 어서 이 몸에 대해 가르쳐 둬야겠어. 미래의 남편이라고."

"죽고 싶냐?"

애쉬는 곧 정보 수집을 하러 주점으로 향했다. 말이 정보 수집이지 술이라도 퍼먹고 오려나 보다.

애쉬가 떠나자 이번엔 에리나가 주변에 사람이 없는 걸 확인하며 조심스럽게 방으로 들어왔다.

"알스 님, 같이 있어도 될까요?"

"물론이지. 너도 안아 볼래?"

"예……."

에리나는 아기를 안고는 포근하게 미소 지었다.

그러나 곧 뭔가를 망설이는 듯, 우물쭈물한다.

"저기, 저……."

"응?"

"저는 언제쯤 소식을 얻을 수 있는 걸까요!?"

"무슨 소식? 어디서 연락을 받기로 했었나?"

"그런 게 아니라……!"

에리나의 얼굴이 잘 익은 것처럼 벌게졌다.

"유미르 씨도 무사히 아이를 낳으셨고 에오니아 씨도 순조로운 것 같으니, 이젠 제 차례가 아닐까 싶어서요!"

무슨 차례를 말하는 걸까?

내가 이해를 하지 못하고 있자 에리나는 답답하다는 듯 아랫입술을 깨물더니, 작정하고는 떨리는 목소리로 외친다.

그리고 마침 주점으로 간다던 애쉬가 문을 벌컥 열며 돌아왔다.

"미안하다, 알스! 돈이 없었어! 조금 빌려……."

"저도 아이가 갖고 싶어요!"

애쉬와 에리나의 말이 겹쳤다.

"앗!?"

에리나는 애쉬를 보며 화들짝 놀란다.

"그게……. 그러니까, 실례하겠습니다!"

그녀는 당황하여 어쩔 줄 몰라 하더니 도망가듯 방을 나갔다.

애쉬는 부들부들 떨었다.

"이 부러운 놈! 치사한 놈! 귄터 선배한테 일러바칠 거다!
우오오오옷!"

기성을 내지르며 사라지는 애쉬.

그 소동에 유미르가 얼굴을 비친다.

"도련님, 무슨 일이라도 있나요?"

"아니, 시답잖은 일이야. 그보다 하루 종일 어디에 있었던
거야?"

"에오니아와 함께 시장에 갔다 왔습니다. 그, 아기 옷을
함께 구매했습니다."

"음……."

나는 손짓하여 그녀를 곁에 앉혔다.

"유미르, 그 말투는 이제 바꾸는 게 좋지 않을까 하는데."

"무슨 말투를 말씀하시는 건가요?"

"호칭. 언제까지 도련님이라 부를 거야? 존댓말을 하는 것
도 그렇고."

유미르는 고개를 흔들었다.

"제게 도련님은 언제까지나 도련님입니다."

에오니아도 겨우 존댓말을 하지 않게 되었건만. 유미르는
시간이 오래 걸릴 것 같았다.

곧 에오가 구매해 온 옷을 들고 나타났다. 그 옷을 류나에

게 대보고 있자니 일을 처리해 주고 있던 비스케타와 그녀를 호위하고 있던 엘레나가 나타났다.

"일라인, 아카샤 가문에서 온 병력을 도시 내에 전부 잡입시켰어요."

"수고하셨습니다. 제가 움직이기에는 너무 시선을 끌어서 부탁을 드렸는데, 어렵진 않으셨나요?"

"어려운 일은 아니었지만 아무래도 노구이니까요. 지치고 마는군요."

비스케타는 안락의자에 앉아 구두로 보고를 시작했다.

반면 엘레나는 류나를 안아 들고는 심각한 표정으로 관찰하고 있었다.

난 비스케타의 보고보다 그런 엘레나의 행동이 더 신경 쓰였다.

"아이한테 무슨 문제라도 있나요?"

"그런 건 아닙니다. 그저 만약 저와 멜리안에게서 아이가 있었다면 이런 모습이었을까 상상을 해 본 것뿐이에요."

"그래서 어땠나요?"

"제가 생각하던 모습과는 다르네요. 너무 앙증맞아요. 제가 생각하던 아기는 듬직했거든요. 남지아이를 원했죠."

그러면서 에오에게 시선을 둔다.

"에오가 남자아이를 낳았으면 좋겠네요. 그러면 제 꿈의 편린을 조금이나마 엿볼 수 있을지도……."

"걱정 마세요, 스승님! 꼭 남자애를 낳을 거니까요!"

본래 있던 중앙 대륙도 그렇지만 이 세계도 남아 선호 사상이 유독 심했다.

유미르도 내심 실망을 많이 한 듯 보였으니 말 다 한 셈.

그에 대해 어머니는 남자애가 태어날 때까지 계속 낳으면 된다면서 위로를 해 주었었다. 그러면서 내가 힘을 내 줘야 한다고 말씀하셨는데……

"제 앞에서 그런 말은 하지 말죠? 저는 아들이건 딸이건 상관이 없거든요."

행복하게 흘러가는 일상.

그 일상의 공기가 깨진 것은 애쉬가 말한 갑작스러운 변수 때문이었다.

사흘 뒤의 자정, 우리 저택에 루크레치아가 상처투성이가 된 채 나타난 것이다.

결행일까지 남은 날은 2일.

그런 와중 루크레치아가 피투성이가 돼 나타났다.

당연히 우리 저택에 비상이 떨어졌다.

"루크레치아! 괜찮습니까!?"

그녀의 스승인 엘레나가 저택 2층에서 단박에 뛰어 내려와 루크를 부축했다.

"에, 엘레나 님……. 쿨럭!"

루크는 검은 피를 토했다. 그 얼굴도 무서울 정도로 파리했다.

나는 곧장 지시를 내렸다.

"메이센! 상처를 봐주세요!"

"예!"

중앙 대륙의 신성 마법을 사용할 수 있는 메이센은 이곳치유 마법사들보다도 월등한 실력을 가지고 있었다.

그 마법사들에 비해 마나가 부족하여 여러 번 사용할 수는 없지만, 효과 자체는 압도적이다.

메이센은 정신을 집중하고 외상을 치료하기 시작했다.

그러나 곧 고개를 흔든다.

"독이 퍼져 있는 것 같아요! 진정을 시키고는 있지만, 이미 온몸에 독이 퍼졌는지 치유되는 속도보다 악화되는 속도가 더 빨라요!"

"독……!"

독을 사용했다는 건 작정을 했다는 뜻이었다.

이 세계에서 독은 그 의미가 남다르다. 독 자체의 위력보단 구원이동의 천적이라는 점 때문이다.

구원이동의 발동 원리는 시전자가 사망하는 미래를 읽고 그 공격이 닿기 전에 순간 이동을 하는 거다.

이건 확실한 죽음이 보이는 상황에선 일절의 예외가 없다.

그런 만큼 이걸 역이용하는 방법이 있었는데, 그게 바로 독이다.

첫 번째로는 치사성이 매우 높은 즉효성 맹독을 사용하는 것. 이 경우 사용하는 것만으로 구원이동을 확정적으로 발동시켜 버릴 수 있다.

그렇기에 즉효성 맹독은 상대에게 구원이동이 걸려 있는 것을 확인하고, 만약 걸려 있다면 강제로 발동시켜 버리는 효과를 가진다.

두 번째는 치사성이 낮은 지효성 독이다.

이 지효성 독은 사망에 직접적으로 관여하는 경우가 적기 때문에 구원이동의 발동 범위에 들어가지 않는다.

그러니 구원이동을 사용하고 있는 자도 이 지효성 독은 막아 내지 못한다.

"가스파르! 어떤 독인지 짐작이 갑니까?"

"쳇! 미안하지만 이쪽 세계의 독에 대해선 나도 잘 몰라. 꽤나 맹독인 것 같은데."

그렇다는 건 누군가가 루크레치아에게 구원이동이 걸려 있는가를 확인하고, 걸려 있을 경우 그 구원이동의 효과를 끝내기 위해 중독을 시켰다는 뜻이다.

"비스케타! 당장 약에 정통한 사람을 수소문해 줘요!"

"잠깐."

그때 애쉬가 나섰다.

녀석은 루크의 몸에 난 반점들을 보고는 독을 특정했다.

"이건 아마 크렉톤의 독이야. 몬스터의 던전에서만 서식하는 독초의 독인데 꽤나 위험하지."

그러면서 애쉬는 자신의 배낭을 가져와 무언가를 꺼냈다.

"그건……?"

"용병들이 주로 사용하는 만능 해독제. 이걸로 완전히 해독은 하지 못해도 증상을 지연시킬 수는 있을 거야."

그걸 먹이자 확실히 루크의 안색이 괜찮아졌다.

메이센은 그 여세를 몰아 완전히 치료를 해 버렸다.

"휘유! 역시 우리 대륙의 신성 마법은 대단하다니까! 외상 치료와 해독까지 한 번에 해 버리다니 말이야. 메이센 씨, 같이 용병이나 하지 않을래요? 엄청 인기 있을걸요."

어쨌든 애쉬 덕분에 한숨 돌릴 수 있었다.

죽다 살아난 루크는 가쁜 숨을 몰아쉬더니 메이센에게 감사를 표했다.

"정말 고마워, 메이센."

"천만에. 평소 신세를 지고 있는 입장에서 당연히 해야 할 일인걸."

메이센의 부축을 받고 일어난 루크는 곧장 나와 눈을 맞췄다.

"웨이드, 상대가 눈치를 채고 말았습니다."

"그런 거라면 되도록 우리 저택으로 도망치지 않았으면 좋았을 텐데요."

"미, 미안해요. 달리 상황을 모면할 방법이 떠오르질 않아서……."

"가스파르! 엘레나! 주변을 경계해요. 저택을 감시하려는 시선이 있으면 제거해도 좋습니다."

둘을 저택 밖으로 보낸 뒤에는 루크에게 남은 이야기를 들었다.

"저들이 노린 건 라일란드 재상님이었습니다. 재상님이 로자 공주님을 꼭두각시 왕으로 삼아 권력을 잡으려 한다고 생각한 거겠죠."

"재상은요? 죽었습니까?"

"모르겠습니다. 저를 비롯한 근위대가 괴멸했으니 이미 적의 손아귀에 떨어졌을지도……."

"곤란하네요."

당장은 나에 대해 눈치를 챘다기보단 라일란드 재상이 몸통이라 생각하고 습격한 모양이었다.

다만 그것도 시간문제.

라일란드 재상의 입을 통해 나의 개입이 발각된다면 우리가 위험해진다.

"역시 엘레나를 호위로 붙여 뒀어야 했었나……."

이에 루크는 면목이 없다며 고개를 푹 숙인다.

왕국 요인의 호위는 근위대의 자부심이자 존재 의의라며 고집스럽게도 재상과 로자 공주의 호위를 우리에게 맡기지 않았으니까.

"그래도 재상님은 직속 정보부대를 휘하에 두고 있습니다. 혹시 빠져나왔을 가능성도……."

"그런 애매한 가능성에 미래를 걸고 싶지는 않네요."

이러면 어쩔 수 없다. 예정을 바꿔 보다 신속하게 일을 진행하는 수밖에.

"지금부터 거짓 정보를 흘리겠습니다."

"거짓 정보요……?"

"조셉 왕자가 왕궁을 점거하고 왕좌를 강제로 탈취하려 한다는 소문을 퍼트리는 거예요. 당장 움직여 주세요."

이미 재상의 도움을 받아 왕궁 내에 시종을 여럿 잠입시킨 상황이었다. 그들이 발각돼 제거되기 전에 선수를 친다.

"그것만으로는 부족할 테니 실제로 모션을 줘야겠네요. 비스케타, 훈련도가 높은 2백 명을 선발해 동이 틀 무렵에 왕궁의 정문을 습격해 경비병들을 제압하고 기절시켜 줘요. 그 후엔 그 병력을 예정된 거점지에 감쪽같이 숨기면 됩니다."

"그다음은요?"

"상대가 어떻게 행동하는가를 보고 대처를 해야겠죠. 몇 가지 예상 가는 방향이 있긴 하지만 정확히 어떻게 흘러갈지는 아직 모르겠네요."

변수가 발생한 이상 이번 정변은 즉흥극이 될 수밖에 없었다.

이 부분만큼은 전쟁이랑 다를 바가 없었다.

나는 전쟁과 똑같은 중압감을 느끼고 있었다.

그렇기에 오히려 자신감이 느껴졌다. 그도 그럴 게 난 지금껏 그 어떤 전쟁에서도 패배하지 않았으니까.

상황은 예상 이상으로 좋지 않았다.

"공격한 무리가 정확히 어디인지를 모르겠다고요?"

내 물음에 루크레치아는 면목이 없다는 듯 고개를 떨어뜨린다.

"갑작스레 퍼진 독 연기가 눈앞을 가린지라⋯⋯. 이후에 추격자들과 전투를 벌이긴 했으나 그들 모두 신분을 추정할 만한 것들을 철저히 감추고 있었습니다."

"어떤 모습인지 한번 보고 싶은데⋯⋯."

그때 주변을 정찰하고 있던 가스파르와 엘레나가 돌아온다.

엘레나는 하나의 시체를, 가스파르는 빈손이다.

엘레나가 먼저 말한다.

"주변을 배회하던 수상스러운 자를 배제했어요. 하나는 구원이동이 발동돼 사라졌지만, 이자는 그대로 죽었습니다."

가스파르는 어깨를 으쓱인다.

"나는 둘을 잡아 포박을 했는데, 뭔가 자결할 수단이 있었나 봐. 내가 뭔가를 하지 않았는데도 훌쩍 사라져 버리더군."

가스파르는 그러면서 엘레나를 나무랐다.

"네 녀석, 정말 수호대인지 뭔지의 대장을 맡긴 한 거냐? 이런 건 당연히 포박을 했어야지! 네가 죽인 놈은 구원이동을 사용하지 않고 있었으니, 생포했다면 분명 커다란 단서가 됐을 거다!"

"그, 그건······."

"설마 너 정도의 실력을 가진 사람이 생포가 힘들었다고 말하진 않겠지?"

"비겁한 암기를 사용하려 한지라 저도 모르게 머리에 열이 올랐습니다."

엘레나도 자신이 경솔했다는 걸 인정하는지 뭐라 반박하지 않았다.

단서는 시체뿐. 나는 눈짓으로 루크에게 물었다.

루크는 고개를 흔든다.

"저를 추격하던 자들의 복장이 아니에요."

"그렇다는 건 이번 일과 관계없이 그저 우리 저택을 감시하던 자였다는 거네요. 그리고 구원이동이 발동돼 사라진 자들이야말로 당신을 노린 자들이고."

그렇다면 이곳은 위험하다.

"곧 이곳에 대한 감시가 크게 강화될 거예요. 그러니 저택을 비우겠습니다. 가스파르, 당신은 에오니아와 어머니, 그리고 메이센을 안전한 곳으로 이동시켜 줘요. 그다음 저에게 합류하십시오. 어머니, 류나를 부탁드립니다."

내게서 아기를 넘겨받은 어머니는 비장한 표정으로 고개를 끄덕인다.

그들이 떠난 이후에는 작전 투입 인원들에게 지시를 전달했다.

작전 투입 인원은 애쉬, 엘레나, 리노아, 안두하, 에리나, 유미르, 비스케타, 그리고 나까지.

"그렇게 요란하게 행동했다는 건 일을 벌인 쪽도 오늘을 승부처로 삼았다는 뜻이에요. 아직 정확히 어떤 세력이 승부수를 띄운 건지는 알 수 없으니 상황을 더 지켜볼 겁니다. 그전에 준비해야 할 것들이 있어요. 먼저 에리나, 리노아, 안두하, 그리고 엘레나."

호명된 넷은 긴장된 표정으로 내 다음 말을 기다린다.

"당신들은 왕궁에 잠입하여 로자 공주를 확보해 줘요. 리노아와 에리나는 요인 확보. 안두하와 엘레나 둘은 호위 역할입니다만…… 솔직히 걱정이네요."

엘레나 쪽이다. 최근까지 함께 일을 하면서 느낀 건데, 엘레나는 실력에 비해 믿음직스러움이 부족했다.

이런 부분은 정말이지 에오니아와 판박이다.

엘레나는 그런 내 의중을 읽었는지 되레 의욕을 불태운다.

'그런 점이 걱정스럽다는 건데…….'

그나마 냉철하게 판단할 수 있는 안두하를 붙였으니 괜찮을 거라고 위안을 하는 수밖에.

"웨이드."

리노아가 굳은 얼굴로 말한다.

"로자 공주님만 구출하는 건가요? 라일란드 재상님은요?"

"애매합니다. 둘 다 구속 중이라고 가정했을 때, 로자 공주님이 살아 있을 가능성은 매우 크지만, 라일란드 재상은 그렇지 않아요. 이미 죽임을 당했을 가능성이 큽니다. 그러니 그를 찾을 위험을 감수하기보단 로자 공주님만이라도 확실하게 확보하는 방향으로 작전을 진행하는 게 낫습니다."

"만약 실마리가 있다면요?"

"실마리요……?"

"당신은 조셉 왕자 일파와 란디스 왕자 일파 중 누가 재상님을 습격했다고 생각하나요? 누가 그럴 필요가 있었을까요?"

뼈가 있는 물음. 나는 고개를 흔들었다.

"둘 다 그럴 필요는 없었습니다. 만약 제거할 기였으면 이미 했겠죠. 두 세력 모두 라일란드 재상에 대해선 왕위를 이은 후, 국정의 빠른 안정을 위해 활용할 생각이었을 겁니다."

"그럼 답이 나온 거잖아요? 두 일파가 벌인 일이 아니라면 수색은 쉬워요. 두 일파의 세력이 미치지 않는 곳을 탐색하면 되는 거니까요. 그런 곳은 한정돼 있거든요. 그곳을 수색하겠습니다."

"무슨 뜻인지는 알겠지만 그만큼 위험할 겁니다."

"그 정도는 감수할 수 있는 위험 아닌가요? 재상님을 되찾는다면 분명 큰 도움이 될 거예요."

하이리스크 하이리턴. 나는 잠시 고민한 뒤 고개를 끄덕였다.

"로자 공주님을 확보한 뒤에 시간이 남는다면 그렇게 해줘요. ……그리고 에리나."

"넷!"

에리나는 로봇 같은 움직임으로 고개를 끄덕인다. 그녀는 이런 진지한 작전이 처음인 만큼 돌처럼 굳어 있었다. 그나마 언데드와의 전쟁을 겪은 다음이기에 망정이지 그 경험이 없었다면 벌벌 떨고 있었을지도 모른다.

"정말 괜찮겠어?"

"괘, 괜찮아요!"

가능하면 리노아와 에리나는 작전에 포함시키지 않고 싶었지만, 왕궁 내부를 가장 잘 아는 게 둘이었기에 어쩔 수 없었다.

"에리나, 네겐 따로 부탁할 게 있어."

"뭐든 말하세요."

"어려운 건 아닌데……."

작전 전달이 끝나자 그들도 먼저 이동을 했다.

나는 가볍게 한숨을 내쉰 뒤 이번엔 비스케타와 애쉬, 루크레치아 쪽을 바라봤다.

"이쪽은 아까 말했다시피 게릴라 부대를 조직해서 동이 틀 무렵에 왕궁의 정문을 습격해 줘요. 부대 편성과 도주로, 은신처 확보는 비스케타. 그리고 습격 지휘관은 애쉬, 네가 맡아라."

"헤헷, 역시 너는 적재적소라는 걸 안다니까? 기습은 내 특기야. 맡겨 두라고."

"부관은 루크, 당신입니다. 아카샤 가문의 병력이 명령에 잘 따르도록 당신이 노력해 줘요."

내 인선 덕에 상급자가 된 애쉬는 짓궂게 입꼬리를 올린다.

"흠, 루크 부관. 잘 부탁한다."

"전 루크라고 부르는 걸 당신에게 허락한 기억은 없습니다만."

"나 참. 상관에게 그런 태도라니. 상관이 뭐라 부르건 그건 중요한 게 아닌데 말이야. 그런 것에까지 일일이 자존심을 세우다니, 이곳 군인들의 정신 상태도 알 만하군."

"큭……! 조, 좋습니다. 이번 일에 한하여 묵인하도록 하죠."

"그래, 루크."

그 뒤로 애쉬는 무려 서른 번 이상을 루크라 부르며 간단한 작전 회의를 끝마쳤다.

그렇게 셋까지 떠나자 남은 것은 나와 유미르.

유미르는 이젠 자신도 작전 수행이 가능하다며 자신감을 드러내고 있었다.

나는 그런 그녀와 함께 오밤중의 데이트를 나가기로 했다.

도시는 고요했다. 시민들도 왕궁의 날 선 분위기를 잘 알고 있었기에 섣불리 밤에 돌아다니려 하지 않았다.

애초에 밤이 조용한 도시였던 만큼 그 적막함은 무서움이 느껴질 정도였다.

나는 밤눈이 밝은 유미르의 도움을 받아 최대한 인적이 드문 곳을 골라서 이동했다.

목적지는 도시 외곽에 있는 허름한 의뢰소였다.

"유미르, 잠깐 얼굴을 가리고 있을래? 적당히 가리고만 있으면 돼."

그녀는 군말 없이 내가 건넨 망토로 눈을 제외한 머리를 감쌌다.

그 후에 건물 안으로 들어갔다.

건물 안에는 아무것도, 누구도 없었다.

'약속 장소는 분명 이곳이었는데⋯⋯.'

그때 유미르가 한 지점을 가리켰다. 다른 곳에 비해 먼지가 쌓이지 않은 장판이었다.

잠시 그곳을 조사해 보니 지하로를 숨긴 장치라는 걸 알 수 있었다.

"하여간 연맹 애들은 지하 시설을 뭐 이리 좋아하는지."

장치를 열고 지하로로 들어가니 15평 남짓한 공간이 나타났다. 그곳에서 램퍼트의 연맹원 8명이 우리를 예의 주시하며 경계하고 있었다.

"반갑습니다. 램퍼트의 연맹원분들이 맞으시겠죠?"

"넌⋯⋯?"

"웨이드라고 합니다. 그러는 당신은⋯⋯."

"이보르다."

램퍼트의 핵심 간부 중 한 명이었다. 그는 날카로운 눈으로 말을 이어 간다.

"가타부타할 것 없이 미로 본론으로 들어가지. 라일란드 재상은 우리에게 상위 연맹을 무너뜨릴 수 있는 실마리를 주겠다고 했다. 그러니 손을 잡자고 말이야. 그건 대체 뭐지?"

"착각하는 것 같은데 우린 손을 잡는다든가 하는 그런 화기애애한 관계가 아닙니다. 단지 서로의 이해관계가 맞아떨어지니 묵인하에 각자의 일을 하는 거죠."

로자 공주의 정통성을 위해서라도 연맹과의 밀접한 관계는 피해야 했다.

선을 긋는 내 말에 이보르는 불쾌하게 표정을 구겼다.

"말장난을 하자는 거라면 대화는 여기서 끝이다만?"

"그럼 끝내시죠. 이만 가 보겠습니다."

"……쳇. 알겠다. 알겠다고. 우리도 여기까지 와서 빈손으로 돌아갈 순 없으니까. 이번 우리의 협력에 대해선 공식적으론 없는 일이다. 그런 걸로 되겠지?"

"충분합니다."

자신이 을의 입장이라는 걸 인정하는 이보르. 나는 그제야 본론으로 들어갔다.

"상황이 급박해졌습니다. 라일란드 재상이 정체불명의 흉수들에게 피습되어 행방이 불분명한 상태입니다."

"핫, 망했다는 거군. 우리에게 부탁하고 싶은 거라는 것도 뻔하군. 필시 그 재상을 찾아 달라는 거겠지? 결정권자가 납치당해 아무것도 못 하는 상황이 됐을 테니까 말이야."

"그 부분은 이미 조치를 취했습니다만? 라일란드 재상은 죽은 걸로 가정하고 움직이기로 했습니다."

이해하지 못하겠다며 고개를 갸웃하는 이보르.

"그게 무슨 소리지? 주동자인 재상이 적에게 당했으니 끝인 거잖아!"

"누가 라일란드 재상이 주동자라고 했습니까?"

"……뭐라고?"

"자기 입으로 이런 말을 하긴 뭐하지만, 이번 일을 계획하고 지휘하고 있는 건 저입니다."

"새파랗게 어린 놈이 헛소리를…….."

"믿지 못하겠다면 증거를 보여 줄 수도 있습니다만?"

"핫! 증거? 어디 보여 봐라!"

나는 유미르에게 손짓했다. 그러자 유미르는 얼굴을 가리고 있던 망토를 풀었다.

무슨 짓을 하는 건지 의아해하고 있던 이보르는 유미르의 얼굴을 확인하곤 눈을 부릅떴다.

"유미르……?"

"어, 이름까지 알고 있었습니까?"

"알다마다……! 누군가에 의해 우리 연맹의 거점지가 습격당한 그 사건 이후 실종된 녀석은 저 녀석밖에 없었으니까 말이지!"

이보르는 이를 악물고는 으르렁거렸다.

"네놈이었구나! 우리 연맹을 습격한 것도, 그리고 지하 시장에서 분탕을 친 것도!"

"이미 거기까지 결론을 낸 상태라면 얘기가 빠르겠네요."

"네놈 때문에 우리가 어떤 수모를 겪고 있는지 아는 거냐!

네놈이 경솔하게 지하 도시를 습격한 탓에 우리도 강제로 움직일 수밖에 없었다! 그 탓에 상위 연맹이 우리를 강하게 압박하고 있지! 연맹장님께선 긴급 연맹 회의에 불려 가 회의라는 이름의 구속을 당하고 계신다! 모든 게 네놈 때문이야!"

"알 바 아닙니다. 어쨌든, 제가 작전의 몸통이라는 건 이걸로 증명이 됐겠죠?"

"됐다마다……! 지하 도시를 습격할 정도의 미친놈이라면 이 정도의 일은 아무렇지도 않게 실행하겠지."

"병 주고 약 주고일지도 모르지만, 이번 일이 잘 풀리면 당신들 상황도 분명 나아질 겁니다. 로자 공주……. 아니, 로자 여왕을 통해 배후에서 당신들을 지원하도록 하죠. 여기도 분명히 하겠습니다만 당신들과 손을 잡는 게 아니라 그저 감히 왕위 계승 다툼에 관여한 상위 연맹들을 벌하기 위해서 각자의 일을 하는 것뿐입니다. 이 점은 명심하시길."

"후우! 알겠다. 그때의 일로 앙심을 품고 지금 너를 쳐 봤자 얻을 수 있는 건 아무것도 없으니……."

협력 관계를 확인한 이후부턴 본론 이외의 이야기도 차분하게 진행할 수 있었다.

우선 나는 궁금했던 것을 물어보기로 했다.

"지하 도시의 상황은 지금 어떻죠?"

"열심히 통로를 복구하고 있는 중이야. 거기가 막혀 있으면 지하 도시의 사람들은 굶어 죽거나 질식해 죽을 테니까."

거기 사람들이 전부 죽는 건 나로서도 바라는 일이 아니었다. 로어 연맹원들이 죽는 건 그렇다 쳐도, 억울하게 잡혀 온 광산 노예들. 그리고 하렘에 잡혀 있는 여성들까지.

"그 기간은 어느 정도죠?"

"질식에 대한 위험은 당장은 괜찮아. 거긴 환기 마법이 걸려 있으니까. 땅을 통해서 공기를 순환시키는 대지 마법의 일종인데, 그게 보름 정도는 버텨 줄 거거든. 진짜 문제는 식량이지. 거긴 워낙 사람들이 많았으니까. 이 부분은 나도 자세히는 몰라. 듣자 하니 일주일이면 비축된 식량이 전부 떨어진다고 했었나."

그때 이후 벌써 일주일이 넘게 지났다. 이보르의 말대로라면 그곳의 사람들은 이미 굶주리고 있다는 뜻이 된다.

"거긴 식물도 거의 자라지 않고 가축도 기를 수 없는 환경이니까. 비축된 식량이 떨어지면 굉장히 난감해지지."

"통로의 복구 기간은요?"

"원래 한 달이라고 계산을 했던 것 같은데, 그건 한쪽에서만 복구를 할 경우야. 양쪽에서 복구 작업을 진행한다면 절반 정도로 줄어들겠지. 이제 아마 며칠 내로 복구가 끝날 거다."

내 심각한 표정을 보고 이보르는 조소한다.

"왜, 이제 와서 그곳 사람들이 걱정되나?"

"별로요. 통로를 폭파한 건 제가 아니거든요."

"그건 그렇지."

나는 겸사겸사 도로시가 속한 연맹에 대해서도 물어봤지만 이보르도 거기까진 알지 못했다.

그에게서 알아낼 수 있는 건 충분히 알아냈기에 작전에 대해 얘기하기로 했다.

"당신들에게 부탁하고 싶은 건 간단하면서도 복잡합니다."

"그냥 복잡하다고 말해라. 어떤 작전이지?"

"도화선에 불을 붙이는 거죠. 지금 란디스 왕자와 조셉 왕자의 측근에는 상위 연맹들에게 포섭된 귀족들이 붙어 있습니다. 당신들은 상위 연맹을 사칭하여 그들을 부추겨 주세요. 그들이 행동에 나서게끔."

나는 기밀 서류를 통해 얻어 낸 상위 연맹의 자료를 그들에게 넘겨주었다.

그걸 확인한 이보르는 눈을 빛낸다.

"네놈……. 이 자료는 어디서 난 거냐!"

"로어의 본거지에서 훔쳤습니다."

"하하핫! 알라가 놈. 그곳이 절대적으로 안전하다고 생각한 거군. 멍청한 놈."

이보르는 그 기밀 서류를 강하게 요구해 왔다.

"그것들을 우리에게 넘겨 다오! 너희는 아무렇지 않게 생각하는 정보도 우리가 해석하기에 따라 그 의미가 달라질 수 있다! 다른 상위 연맹을 압박할 훌륭한 무기가 될 거야!"

"이번 일이 끝나면 고려는 해 보겠습니다."

"안 주겠다는 것처럼 들리는데?"

"괜히 줬다가 우리에게 부메랑이 되어 돌아올 수도 있으니까요."

"까탈스러운 녀석이군. 뭐, 좋다. 네 지시대로 움직이지. 구체적인 작전은?"

그렇게 새벽 내내 그들에게 작전 내용을 전달했다.

그리고 동이 틀 무렵. 애쉬가 왕궁의 정문을 습격하며 본격적으로 작전이 개시됐다.

다음 권으로 이어집니다

신 컨의
원 코인
클리어

아케레스 퓨전 판타지 장편소설

퇴마하는 톱☆스타

이상한하루 현대 판타지 장편소설

흙수저, 영능력자가 되다!
사짜 직업 중 최고는 퇴마사 아닐까?

불운만 꼬이는 작가 지망생 장태수
쓰러진 노인을 발견한 기연으로 능력을 얻었다
그런데…… 뭐? 칠성문 33대 퇴마사?

영혼이 보상을 준비하고 있습니다.

도움받은 원혼들이 장르 가리지 않는 보답
소설만 잘 쓰면 족했는데 이것저것 능력이 늘어난다!

퇴마부터 소설, 연기, 연출까지
팔방미인 퇴마사 나가신다!

꿈의 도약, 로크에서 하십시오
(주)로크미디어에서 신인 작가를 모십니다

즐거운 세상, 로크미디어는 꿈을 사랑하고 도전을 두려워하지 않는 작가 분들의 참신한 작품을 기다리고 있습니다. 21세기 장르 문학계를 이끌어 갈 차세대 선두 주자 (주)로크미디어에서 여러분의 나래를 활짝 펴 보시길 바랍니다.

모집 분야 판타지와 무협을 포함한 장르 문학
모집 대상 아마추어 작가, 인터넷 작가
모집 기한 수시 모집
작품 접수 시 유의 사항
   1. 파일명은 작가명_작품명.hwp형식을 갖춰 주십시오.
   1. 파일에 들어갈 내용은 다음과 같습니다.
      − 성명(필명인 경우 실명을 밝혀 주세요), 연락처, 이메일 주소
      − 제목, 기획 의도
      − A4용지 1장 분량의 등장인물 소개
      − A4용지 2장 분량의 전체 줄거리
      − 본문
   1. 작품이 인터넷에 연재되고 있다면, 게시판명과 사이트의 구체적이고 정확한 주소를 기재해 주십시오.

선택된 작품은 정식 계약 후 출판물로 간행되어 전국 서점에 유통됩니다.
작가 분은 (주)로크미디어의 전폭적인 지원하에 전속 작가로 활동하시게 됩니다.
※ 자세한 내용은 로크미디어 홈페이지(rokmedia.com)를 참조하세요.

(04167)서울시 마포구 마포대로 45 일진빌딩 6층
(주)로크미디어 편집부 신간 기획 담당자 앞
전화 : 02) 3273 - 5135
www.rokmedia.com   이메일 : rokmedia@empas.com

우리 교황님 좀 말려 주세요

판미손 퓨전 판타지 장편소설

비정상 교황님의
듣도 보도 못한 전도(물리) 프로젝트!

이세계의 신에게 강제로 납치(?)당한 김시우
차원 '에덴'에서 10년간 온갖 고생은 다 하고
겨우 교황이 되어 고향으로 귀환했건만……

경고! 90일 이내 목표 신도 숫자를 달성하지 못할 시
당신의 시스템이 초기화됩니다!

퀘스트를 밀 당하지 못하면 능력치가 도로 0이 된다고?
그 개고생, 두 번은 못 하지!

"좋은 말씀 전하러 왔습니다, 형제님^^"

※주의※ 사이비 아닙니다, 오해하지 마세요!

망한 가문의 검술 천채가 되었다

소구장 퓨전 판타지 장편소설

역사에서도 잊힌 비운의 검술 천재
최강의 꼰대력으로 무장한 채
후손의 몸으로 깨어나다!

만년 2위 검사 루크 슈넬덴
세계를 위협하던 마룡을 물리치며
정점에 이른 순간

이대로 그냥 죽어 다오, 나를 위해서.

라이벌인 멀빈 코넬리오에게 목숨을 잃……
……은 줄 알았는데,
200년 후의 몰락한 슈넬덴가에서 눈뜨다!
가족이라고는 무기력한 가주, 망나니 1공자뿐
망해 버린 가문을 살리기 위해
까마득한 조상님이 팔을 걷었다!

설풍 같은 검술, 그보다 매서운 독설로
슈넬덴가를 정점으로 이끌어라!